KB049941

강한 내가 되는 습관

고전에서 배우는 직장인의 지혜

강한 내가 되는 습관

초판 1쇄 인쇄일 2017년 7월 27일
초판 1쇄 발행일 2017년 8월 05일

지은이 김해원
펴낸이 양옥매
디자인 박무선 송다희
교   정 임수연

펴낸곳 도서출판 책과나무
출판등록 제2012-000376
주소 서울특별시 마포구 방울내로 79 이노빌딩 302호
대표전화 02.372.1537 **팩스** 02.372.1538
이메일 booknamu2007@naver.com
홈페이지 www.booknamu.com
ISBN 979-11-5776-458-7 (03320)

이 도서의 국립중앙도서관 출판시도서목록(CIP)은 서지정보유통지원 시스템
홈페이지(http://seoji.nl.go.kr)와 국가자료공동목록시스템
(http://www.nl.go.kr/kolisnet)에서 이용하실 수 있습니다.
(CIP제어번호 : CIP2017018180)

古典에서 배우는 직장인의 지혜

강한
내가─되는
습관

김해원 지음

책과나무

최주 전무이사

포스코 기술연구원 원장

　기술연구원장으로 일하면서 최근 관공서, 기업체 그리고 학교를 자주 방문했다. 그러면서 리더 계층의 많은 사람을 만날 수 있는 기회가 생겼는데 그들의 얼굴에서 묘한 공통점이 발견할 수 있었다. 우선 대부분이 밝은 얼굴이었다. 또 이들과 대화를 하다 보면, 자기의 주장보다 상대방을 배려한다는 인상을 강하게 받았다. 한편 이들은 업무에 있어서는 세심했고, 확고한 철학을 가지고 있으며 기본을 중시한다는 공통점이 있었다. 김해원 작가 역시 이런 부분에 관하여 명쾌한 해설을 내놓고 있다. 저자가 권하는 행동 중 몇 가지라도 생활의 신조로 삼는다면 성공한 직장인이 될 것으로 확신한다.

윤옥한
국민대학교 교육학과 교수

김해원 작가는 스스로 강해지기 위해서 불철주야 열정을 다하는 자강불식의 모범 답안이다. 주어진 현실에 머물지 않고 보다 나은 미래를 개척하기 위해 일신우일신하는 자세로 나날이 성장하는 저자의 모습을 보면서 모든 것은 마음먹기에 달려 있다는 말이 허구가 아님을 느낀다. 저자의 열정적인 지혜가 넘치는 이 책이 많은 사람들에게 사랑을 받았으면 한다.

김승호
현대C&R(주)하이인재원 상무이사

변화와 혁신을 추구하며 숱한 시련과 역경에 굴하지 않고 강인한 신념과 불굴의 도전정신으로 강의와 직장생활을 병행하면서 무려 21권의 책을 출간한 피땀 흘린 저자의 노력에 힘찬 박수를 보낸다. 1분 1초도 허투루 쓰지 않는 그의 선승구전과 유비무환의 정신이 이 책에 잘 녹아있다. 나태한 현실과 타협하지 않고 과감하게 새로운 미래를 위해 도전하는 사람들에게 힘과 용기를 주는 좋은 지침서가 될 것임을 확신한다.

김진원
아모르이그잼 사회복지학 대표교수

일과 학습과 사람이 삼위일체가 되어야 스스로 강해지는 힘을 발휘한다는 저자의 말에 공감한다. 특히 직장인은 일과 학습이 일체화된 생활을 할 때 개인과 조직의 지속적인 성장과 번영을 기할 수 있다는 점에서 이 책의 내용은 매너리즘에 빠진 직장인들에게 신선한 충격을 던져줄 것으로 확신한다. 주경야독으로 일군 귀한 지혜를 많은 사람들과 공유할 수 있도록 기꺼이 책으로 펴낸 저자의 노력에 박수를 보낸다.

이재영
사단법인 한국평생교육협회 이사장

저자는 한국평생교육협회의 인적자원개발사이며 교육입국에 이바지하는 기업교육전문가다. 세상에서 가장 위대한 사람은 끊임없이 배우는 사람이다. 학습의 끈을 놓지 않고 부단히 자기쇄신과 자기혁신을 위해 꾸준히 정진하는 저자의 인생여정에 많은 사람들이 동참했으면 한다.

이상호

포스코 광양제철소 제선부 부장

양이 질을 잉태한다는 말이 있는데 저자가 출간한 책을 꾸준히 읽다 보니 저자의 책이 점점 진화하고 있다는 생각이 든다. 고전의 지혜와 29년에 달하는 그의 직장생활의 경험적인 지혜가 잘 어우러져 짜릿한 자극을 준다. 강단에서는 열정을 피력하고, 책을 통해 살아 있는 경험을 전하는 저자의 왕성한 활동은 많은 사람들의 마음에 불을 밝히는 원동력이 될 것이다.

좋아하면 좋아진다

사람은 나이가 들면 들수록 자기가 살아온 삶을 되돌아보게 된다. 또 살아온 날보다는 살아갈 날이 적다고 생각할수록 남은 삶을 더 알차게 살려고 한다.

이 책은 앞으로 남은 인생을 어떻게 살아야 하며 오늘보다 더 나은 삶을 살기 위해서는 어떻게 해야 하는가에 대한 모멘텀을 제공하기 위해 쓴 책이다.

지천명에 이르자 이제는 삶의 방식을 달리해야 한다는 위기감에 뭔가 더욱 알찬 삶을 사는 비결은 없을까를 고심하게 되었다. 한편으로는 이제 아이들도 성인이 됐고 먹고 살 정도로 여유가 생겼는데 뭐가 부족해서 이토록 날밤을 새워가면서 공부하며 집필과 강연을 병행하면서 분주한 날을 보내야 하는가 하는 회의감도 들었다. 그때 떠오른 문장이 바로 '뭔가를 좋아하면 인생이 좋아진다.'라는 문장이었다. 좋아하면 좋아진다고 하는데 내가 과연 좋아하는 것은 무엇이고, 내 삶을 더욱 좋아지게 하기 위해서는 무엇을 해야 하는가 하는 의문이 생겼다.

그에 대한 답을 53년 동안 축적한 경험과 지혜, 그리고 주변에 부표처럼 떠다니는 자료보다는 현자들의 지혜가 담긴 고전에서 찾고자 했다. 논어, 맹자, 대학, 중용, 시경, 서경, 주역, 도덕경, 장자, 열자, 손자병법, 오자병법, 삼국지, 초한지, 군주론, 한비자 등을 탐독하면서, 나는 현실문제에 대한 해법을 찾으려 애썼다.

지구 경력 53년, 직장경력 29년차인 내가 고전에서 발견한, 강한 힘을 발휘하는 좋은 삶을 살기 위한 세 가지는 호인好人과 호업好業, 그리고 호학好學이었다. 자기 인생을 좋은 인생으로 만들기 위해서는 무엇보다 자기가 자기 인생의 주인이라는 생각으로, 자기 인생을 좋아하는 것들로 채우면 된다. 그것이 자기 스스로 자기를 강하게 단련하는 길이다. 물론 좋아하는 것은 셀 수 없이 많다. 그러나 그 중에서도 호인, 호업, 호학 이 세 가지를 좋아하는 삶을 살면 정말로 자기 삶이 강해짐을 느낄 수 있다. 그것도 단순히 좋아하면 좋아진다는 추상적인 좋음이 아니라, 생활 속에서 자기 삶이 좋아지는 것을 피부로 느끼게 된다.

이 책을 접하는 모든 사람들이 오늘보다 더 좋은 인생, 어제보다 더 좋은 오늘을 열기를 염원하며 나와 내 가정뿐 아니라, 다른 사람들의 삶도 좋아지도록 배려하며 더불어 함께하는 복된 삶을 살기를 희망한다.

2017년 7월 28일
기업교육전문가 김해원 작가 〈해원기업교육연구소 대표〉

차 례

| 제1장 | 호인편好人篇, 사람을 좋아하는 습관

| 제2장 | 호업편好業篇, 업무를 좋아하는 습관

| 제3장 | 호학편 好學篇, 학습을 좋아하는 습관

- ◆ 사람들이 좋아하는 사람
- ◆ 자기를 스스로 지키는 사람
- ◆ 남에게 의심 받지 않는 사람
- ◆ 다른 사람들과 함께하는 사람

호인편好人篇
사람을 좋아하는 습관

사람들이
좋아하는 사람

글로벌 무한경쟁시대에 살아남기 위한 많은 생존 전략들이 지속적으로 개발되고 있다. 또 생존을 위한 약육강식의 소리 없는 전쟁이 계속되고 있다.

바야흐로 난세다. 이런 난세에 살아남기 위해서는 자기 속내를 숨겨야 한다. 자기 속내를 드러냈다가는 상황이 반전되어 오히려 반격을 당할 수 있기 때문이다. 특히 남보다 잘나가는 경우에는 더욱 그래야 한다.

굽히면 온전하다

삼국지에서 자기의 재주를 자랑하다 조조에게 죽임을 당한 양수의 일화가 말해주듯 살아남기 위해서는 아는 것도 일부러 숨겨야 하고, 있어도 없는 척, 알면서도 모르는 척, 잘났어도 바보인 척해야 한다.

일반적으로 사람들은 재능이 있으면 그 사람을 오래도록 곁에 두어야 하는데 그런 사람일수록 더 적대시한다. 그래서 아마도 미인박명美人薄命이라는 말이 나왔는지도 모른다. 여하튼 노자의 도덕경 22장에 '굽히면 온전하게 보존된다.'는 말이 있듯 이제는 너무 튀지 않는 사람들이 롱런하는 시대다. 그러므로 자기가 잘났다고 자기의 재능을 과신하지 말아야 한다. 모난 돌이 정 맞는 세상이다. 이제는 튀다가는 쥐도 새도 모르게 조직에서 공공의 표적이 되기 십상이다. 특히 요즘 같은 난세에는 어떤 불똥이 언제 어디로 튈지 모르므로 섣불리 나서지 말아야 한다. 자칫 섣불리 나섰다가 판이 바뀌면 살생부에 오를 수도 있다. 그러므로 조용히 웅크리고 있어야 한다. 마치 태풍이 불면 고개를 숙여야 하고, 총알이 날아오면 몸을 낮춰야 하듯 말이다.

물 같은 인간의 삶

우리는 SNS에 자기를 표출하는 것을 좋아하는 자기표현의 시대에 살고 있다. 왜냐하면 넘쳐나는 정보의 틈바구니 속에서 자신을 드러내지 않으면 자기를 알릴 수 없기 때문이다. 그래서 우리는 어떻게든 자신을 남에게 알리기 위해 블로그나 페이스 북에 많은 시간을 할애하고 있다. 그렇게 해서 자기의 존재감을 널리 과시하기도 하고 그것을 통해 자존감을 높이기도 한다. 물론 자신을 드러내는 것은 좋다. 하지만 그것이 자기 자랑이 되지 않도록 조심해야 한다.

자신을 과도하게 드러내는 것은 위험천만한 일이다. 자신이 잘났다고 하는 것은 상대를 그만큼 무시하는 처사여서 득得보다 실失이 많다. 그러므로 자신의 생존력을 높이기 위해서는 자신을 낮추는 것이 바람직하다. 자신을 낮추는 것은 이보전진을 위한 일보후퇴의 지혜로운 처세다. 특히 자신의 처지가 불리할 때는 철저하게 자신을 낮출 줄 알아야 한다. 자신이 힘이 없는 상황에서 선두에 서는 것은 자살행위다. 선두에 서고 싶거든 일단은 남 앞에 나서지 말아야 한다.

노자는 '물같이 살라'고 말한다. 왜 노자가 물같이 살라고 했을까? 물은 상대를 거스르지 않고 남들이 싫어하는 낮은 곳으로 흘러가지만 그 물이 모여 강물이 된다. 그 강물은 모든 것을 집어 삼킬 수 있는 강력한 힘을 가지고 있다. 그래서 노자는 자기 생존력을 높이기 위해서는 물처럼 낮추고 유연하게 행동하라고 말한다. 인간이 70% 이상이 물로 구성된 존재라는 것을 생각하면 당연히 인간의 삶은 물 같아야 한다.

자기가 앞서 가는 길

공자가 제자들과 주고받은 내용을 기록한 논어에는 '불환인지불기지不患人之不己知 환기불능야患己不能也'라는 말이 있다. 남이 나를 알아주지 않음을 걱정하지 말고 자신이 능하지 못함을 걱정해야 한다는 말이다. 또 '불환무위不患無位 환소이립患所以立, 불환막기지不患莫己知 구위가지야求爲可知也'라는 말도 있다. 이 말은 지위가 없음을 걱정하지 말고 지위에 설 수 있는 자격이 있는지를 염려하며, 자신을 알아주는 이가 없음을 걱정하지 말고 자기가 알려질 만한 사람이 되기를 간구해야 한다는 뜻이다.

공자는 자기보다 남을 먼저 생각하고 자기가 앞서려고 하기보다 남이 먼저 앞서게 해야 한다고 말한다. 즉 내가 높은 곳에 서려면 남을 먼저 높은 곳에 올려야 하고, 자기가 앞서가려면 남을 먼저 앞서게 해야 한다는 말이다. 얼핏 보면 이율배반처럼 느껴진다. 하지만 장기적으로 보면 그렇게 하는 것이 자기가 앞서가는 길이다.

주자도 '인자仁者 기욕립이립인己欲立而立人 기욕달이달인자己欲達而達人者'라고 말한다. 이는 자기가 서려면 다른 사람을 세우고 자기가 영달하려면 다른 사람을 영달하게 해야 한다는 말이다.

내가 일어서려면 든든한 지팡이가 있어야 한다. 또 내가 힘들 때 나를 지지해주는 사람이 곁에 있다면 쉽게 넘어지지 않을 것이다. 그러므로 자기의 든든한 후원군이자 지지자 역할을 해주는 사람을 먼저 세워야 한다. 그것이 처음에는 낙오된 것 같지만 길게 봤을 때는 오히려 자기를 오래도록 높은 자리에 있게 하는 원천이 된다.

매슬로우maslow 욕구 5단계에서 말하듯 사람들은 누구나 인정받으려는 욕구가 있다. 그래서 남 앞에서 자기를 자랑하고 싶어 한다. 아울러 자기가 앞서지 못하는 것을 탓하기보다 자기보다 앞선 사람을 시기하고 질투한다. 또 남의 떡이 더 커 보이듯 남의 것을 탐내는 마음도 가지고 있다. 그렇기에 자기보다 앞서 가는 사람을 적대시하고 그 사람을 끌어내리려는 것이다. 그러므로 다른 사람의 시기와 질투의 레이더망에 걸리지 않도록 주의해야 한다. 왜냐하면 그런 사람들의 표적이 되면 언젠가는 속수무책으로 모략에 말려들게 되고 결국에는 망하는 상황이 도래하기 때문이다.

어진 사람

공자는 2천5백 년 전에 '인仁'을 표방했다. 그는 똑똑하고 높은 직위를 가진 사람이 되기에 앞서 어진 사람이 되어야 한다고 말한다. 약육강식의 세상에서 어진 사람은 여린 양이기에 힘과 권력을 가진 맹수 같은 사람들에게 쉽게 잡혀 먹기 마련인데도 공자는 인정 많고 남을 먼저 생각하는 순한 양과 같은 어진 사람이 되라고 말한다. 아울러 제자들의 물음에 인이란 '사람들을 사랑하는 것'이라고 한다. 결국 '자기가 서고자 할 때 남을 먼저 세워주고, 자기가 뜻을 이루고자 할 때 남이 먼저 이루도록 해야 한다.'는 뜻이며, 남을 사랑하라는 말과 같다. 물론 자기를 위한 삶보다는 남을 위한 삶을 사는 것이 조금은 어리석은 삶이라고 할 수도 있다. 그럼에도 공자는 그렇게 사는 것이 어진 삶이라고 말한다.

인仁은 글자 그대로 '두 사람'의 관계, 즉 사람간의 관계를 의미한다. 공자는 사람들이 서로 불신하고 적대시하며 언제 자기 신세가 바뀔지 모르는 어지러운 세상에서 서로를 배려하는 이상적인 관계를 통하여 번영과 안녕을 추구하고자 했다. 또 약육강식의 시대에 힘과 권력으로 백성을 다스리기보다는 인仁과 예禮로 다스리는 것이 올바른 정치라고 말하면서 군자다운 생활을 해야 한다고 설파했다.

인과 사랑의 악보

공자가 죽은 후 공자의 사상을 이어 받은 맹자가 등장했다. 그는 '애인불친반기인愛人不親反其仁 치인불치반기지治人不治反其智 예인부답반기경禮人不答反其敬'이라고 말한다. 남을 사랑해도 친해지지 않으면 자기의 인자함을 돌아보고, 남을 다스려도 잘 다스려지지 않으면 자기의 지혜를 돌아보며, 남을 예우해도 답례가 없으면 자기의 태도를 돌아보라는 말이다.

남이 나를 싫어하는 이유는 나에게 남이 싫어하는 인자가 있기 때문이다. 그러므로 남이 나를 따르지 않는다면 나에게 남을 따르지 못하게 하는 인자가 있는지를 돌아봐야 한다. 또 남을 극진히 예우하고 정성을 다해 섬겼는데도 불구하고 남이 나에게 공경하는 태도를 보이지 않는다면 평소에 남을 무시하지는 않았는지 혹은 남에게 마음의 상처를 준 적은 없는지를 먼저 돌아봐야 한다.

고장난명孤掌難鳴이라는 말이 있듯 손바닥도 마주쳐야 소리가 난다. 그런 점에 비춰볼 때, 사람의 관계에서 발생하는 모든 불협화음은 서로의 장단이 맞지 않기 때문에 생긴 것이다. 이는 자신의 악보만을 보면서 연주했기 때문이다. 그렇지 않고 서로가 상대의 악보를 보면서 상대의 마음을 이해해주는 소리를 냈다면 최소한 불협화음은 생기지 않았을 것이다. 이에 더하여 서로가 좋은 화음을 내기 위해서는, 공자가 말한 바와 같이 서로가 인仁이라는 악보를 동시에 연주해야 한다. 그렇지 않고 자신의 개성만을 중요하게 생각한 나머지 남을 배려하지 않고 자기의 악보만을 보면서 연주한다면 시간이 지날수록 불협화음은 더 커질 것이다. 그러므로 인과 사랑이라는 악보를 보면서 인정과 사랑이 꽃피는 아름다운 하모니를 낼 때 자강自强의 힘이 더 커진다는 사실을 명심하자.

이익을 주는 사람

사람을 상대하다 보면 유별나게 자기의 이익만을 쫓는 사람들을 보게 된다. 한비자에서 말하듯 사람들은 자기에게 이익을 주거나 이익이 될 것 같은 사람에게 호감을 보인다. 모든 사람들이 그것을 알고 있다. 그럼에도 불구하고 겉으로는 마치 자신의 이익을 전혀 생각하지 않고, 의리와 명분에 의해서 움직이는 듯한 이미지를 심어주려고 한다.

대부분의 많은 사람들이 자기의 이익을 위해서 포커페이스를 한다. 관을 파는 자는 사람이 죽는 것을 좋아하지는 않지만 그럼에도 사람이 죽기를 바란다. 그 이유는 사람이 죽어야 관을 팔아서 이익을 볼 수 있기 때문이다. 이처럼 사람들은 모두 자기와 관계하는 사람에게서 이익을 얻으려는 욕구가 있음을 알아야 한다.

정당정치에서 권력을 잡으려고 서로가 이합집산離合集散하면서 힘을 모으듯 사람들은 자기의 이익을 위해서 다른 사람들과 관계하기를 바란다. 그래서 자기에게 뭔가 이익이 될 것이라는 생각이 들면 물불을 가리지 않고 접근한다. 그런데 그랬다가도 자기에게 전혀 이익이 되지 않는 사람이라고 생각하면 안면몰수하기를 주저하지 않는다.

사람을 사귈 때 그런 사람을 조심해야 한다. 즉 의리를 잘 지키는 사람인지 아니면 배신을 밥 먹듯 하는 사람인지를 잘 구분해야 한다. 의리와 신의로 다져진 관계도 자기에게 손해가 된다고 생각하면 다시금 관계가 재편되는 상황이 도래한다. 그러므로 사람을 사귈 때에는 그런 반골 기질을 가진 사람인지 혹은 이기적인 사람인지를 잘 따져봐야 한다. 그래서 그런 사람과는 아예 친분을 맺지 말아야 하고 어울리지 말아야 한다. 또 신의를 한번 배신한 사람은 또다시 배신할 확률이 높다는 것을 인지해야 한다. 배신이 배신을 낳는다는 말이 있듯이 한번 배신한 사람은 다시 배신할 확률이 높다. 그러므로 그런 사람과는 단호하게 절교해야 한다. 인정에 이끌리지 말라는 말이다.

"정승집 개가 죽으면 문상객이 문전성시를 이루지만 정승이 죽으면 개미 새끼 한 마리도 얼씬거리지 않는다."라는 말이 있듯이 잘나갈 때는 많은 사람들이 친근한 척한다. 하지만 못나가는 상황에 이르면 사람들이 그 사람과 거리를 두려고 한다. 그러므로 사람을 사귐에 있어서 자기가 못나갈 때, 자기에게 잘해주는 사람에게 정성을 다해야 한다. 자기가 하찮은 자리에 있고 바닥을 치고 있을 때, 자기를 알아주는 사람이 진정으로 좋은 사람이고, 오래도록 자기편이 되어 줄 사람이다.

실제로 사람들은 자기에게 이익이 있다고 생각하면 물불을 가리지 않는 경향이 있다. 특히 인간관계에서, 자기에게 유무형의 이익이 있을 때 그러한 현상이 더욱 뚜렷하게 나타난다. 사람들은 서로 도움을 주고받는 상보적인 관계에 있을 때 더욱 친한 사이가 되고 그 관계도 오래간다. 그렇기에 서로 친밀한 관계를 형성하기 위해서는, 자기 나름으로 상대방과 좋은 관계를 오래도록 유지할 수 있을 정도로 서로 도움을 주고받는 사이가 되어야 한다.

'편복지역編蝠之役'이라는 말이 있다. 이 말은 이익이 없으면 이 핑계 저 핑계로 회피하나 이익이 보이면 서슴없이 빌붙는 기회주의자를 비유한 말이다. 귀에 걸면 귀걸이 코에 걸면 코걸이라는 뜻을 가진 이현령비현령耳懸鈴鼻懸鈴이라는 말과 유사하다.

사람과 사람 간에 좋은 관계를 지속적으로 유지하고 발전시키기 위해서는 서로가 이익을 주고받는 관계여야 한다. 그렇지 않고 자기에게 이익이 있을 때만 그 사람에게 잘하고, 자기에게 손해가 날 것이라고 생각하면 앞뒤도 가리지 않고 안면몰수하는 사람도 있는데 그런 관계는 결코 바람직한 관계가 아니다. 특히 사업하는 사람들은 돈 냄새를 지독하게 잘 맡는다. 그래서 자기에게 실익이 있다고 생각하면 어떡하든 자기편으로 만들려고 한다. 또 사업하는 측면에서 자기 인맥을 과시하기 위해 잘나가는 사람을 후광효과로 이용하는 경우도 있다. 그런 사람들은 사람을 돈으로 본다. 그런데 그런 사업가 중에도 자기에게 손해가 되어도 측은지심의 자세로 그런 사람에게 더 잘하는 사람도 있다. 그런 사람을 본받아야 한다.

나르시시즘을 다루는 법

사람들은 다른 사람들이 자기에게 관심을 가져주기를 원한다. 칭찬은 고래도 춤추게 한다는 말이 있듯이 사람은 다른 사람들의 관심을 받고 싶어 하는 인정의 욕구가 강하다. 이에 더하여 자기를 특별히 알아주는 사람에게 관심을 보인다. 자기와 별로 친하지 않는 사람에게 관심을 보이는 사람은 없다. 왠지 모르게 호감이 가는 사람은 자기를 친근하게 대해주는 사람이고 알게 모르게 자기에게 호의를 베풀어주는 사람이다. 많은 사람들이 그런 사람들에게 특별한 관심을 보이는 이유 중 하나는 그 사람이 자기의 나르시시즘을 채워주기 때문이다.

'나르시시즘Narcissism'은 호수에 비친 자기 모습을 사랑하며 그리워하다가 물에 빠져 죽어 수선화가 된 그리스신화의 나르키소스라는 미소년의 이름에서 유래된 말이다. 이 말은 정신분석학적 용어이며, 자기애라고 번역한다. 예컨대 샤워를 마치고 거울 앞에 오랫동안 서서 자기가 멋지다고 생각하는 것도 나르시시즘이다.

이상과 같은 나르시시즘의 욕구를 가지고 있는 인간이기에 자기를 아껴주는 사람에게 관심을 보이게 마련이다. 그러므로 사람에게 친밀감을 형성하고 그 사람과 절친한 관계를 형성하기 위해서는 그 사람의 강점을 칭찬해주고 기분을 좋게 해줘야 한다. 자기에게 스포트라이트를 비추고 남들이 인정해주는 위치에 오르도록 자랑해주는 사람에게 악의를 보이는 사람은 없다.

단순히 자기 의견에 공감해주고 자기와 어깨를 나란히 해주는 사람에게도 호감을 느끼는데 그에 더하여 자기를 위해주고 자기에게 선의를 베푸는 사람에게 진한 애정을 갖는 것은 당연하다. 이처럼 사람은 자기본위이고 자기중심적인 애착을 가지고 있다. 사람들과 좋은 관계를 유지하기 위해서는 이런 인간의 심리를 잘 활용해야 한다. 그러므로 다른 사람과 오래도록 좋은 관계를 나누기 위해서는 주기적으로 안부 인사를 하고 그 사람이 관심 있어 하는 정보를 제공하는 등 상대방의 나르시시즘을 채워주는 데 주력해야 한다. 아울러 상대방의 말을 잘 경청해 주고 그 사람의 말에 적정하게 리액션reaction을 보여서 그 사람의 나르시시즘을 채워주는 것이 좋다.

옻칠을 한 예양

사마천의 사기에는 사람이 자기를 특별하게 대해주는 사람에게 얼마나 헌신적인가를 알 수 있는 '예양의 고서'라는 일화가 실려 있다.

중국 진나라에 예양이라는 사람이 있었다. 그는 무명으로 지내다가 자기를 알아주는 지백의 부하가 되었다. 그런데 나중에 조양자가 지백을 살해했다. 그러자 예양은 자기가 지백을 위하여 복수를 하겠다고 결심한다. 이후 예양은 이름을 바꾸고 온몸에 옻칠을 하고 숯을 삼켜 다른 사람들이 자기를 알아보지 못하도록 변신한 후 여러 차례 복수를 시도했다. 하지만 모두 실패하고 말았다. 처음에 조양자는 그가 충의지사라고 생각하여 죽이지 않았다. 그런데도 예양의 복수가 거듭되자 조양자는 그를 용서할 수 없었다. 그래서 예양을 붙잡아 그에게 물었다.

"너는 범씨와 중행씨도 모신 적이 있지 않느냐. 그런데 그 당시 너는 지백이 그들을 죽였을 때 그들을 위하여 복수하지 않고 오히려 지백의 부하가 되었다. 그런데 왜 나에게는 그 복수를 하려고 하느냐?" 그러자 예양은 범씨와 중행씨는 자기를 여러 신하 중 한 명으로 대우했지만 지백은 자기를 국사로 인정해주었기에 자신도 국사로서 그에게 보답하고자 한다고 말했다.

이처럼 사람들은 자기를 특별하게 대해주는 사람을 위해 목숨까지 바치려는 속성이 있다. 그러므로 특정인을 자기 사람으로 만들기 위해서는 그 사람에게 평상시 진심을 다해 특별한 은혜를 베풀어야 한다. 간헐적으로 자기에게 이익이 있을 때에만 잘한다면, 달면 삼키고 쓰면 뱉는 기회주의자로 인식되므로 주의해야 한다.

괸 물의 붕어 한 마리

사람이 사람을 아는 것은 단기간에 학습할 수 있는 것은 아니다. 왜냐하면 사람간의 사귐은 이성이 아니라 감정으로 맺어지기 때문이다. 사실 마음이라는 것은 이성의 영역이라기보다는 감정이 차지하는 영역이 더 넓다. 즉 사람의 마음은 이성에 의해서 통제되는 측면도 있지만, 궁극적으로 사람의 마음을 통제하는 것은 감정이다. 그러므로 사람과 좋은 관계를 유지하기 위해서는 사람의 감정적인 측면에 초점을 두어야 한다. 이성적인 지식을 아무리 많이 쌓았다고 해도 사람의 나이에 의해서 표출되는 감정적인 측면을 무시할 수 없다. 어린 아이를 돌보는 엄마가 학식이 뛰어나서 어린아이를 잘 돌보는 것은 아니다. 그보다 아이를 사랑하는 엄마의 감정적인 측면이 고려되었기 때문에 아이를 잘 돌볼 수 있는 것이다.

이처럼 사람의 마음을 얻고 감정을 다독이기 위해서는 사람의 마음과 감정을 읽을 줄 아는 혜안을 가져야 한다. 그것은 단순히 지식으로 얻어지는 것이 아니다. 아무리 대인관계 스킬에 대한 학문을 심도 있게 연구하고 심리학 박사학위를 받았다고 해도 그것으로 사람의 마음을 다 이해하고 감정을 다 알았다고 볼 수 없다.

사람과 사람의 관계는 서로가 몸으로 마음으로 부대끼며 형성되는 것이다. 모든 것이 경험에서 비롯되지만, 특히 사람과 사람간의 관계는 서로 간에 주고받는 경험적 지혜에 의해 도타워진다. 그 이유는 대인관계 측면에는 너무도 많은 다양성이 존재하기 때문이다. 사람마다 개성이 다르고 그 사람이 어떠한 상황에 처해 있는가에 따라 행동양식을 달리하고 상대방에 따라서 태도를 달리한다. 그야말로 헬 수 없이 많은 변수가 상존하는 것이 사람과 사람간의 관계다. 오늘 결심했어도 내일이면 딴 마음을 갖는 것이 사람의 마음이다. 이처럼 사람의 마음을 얻는 것은 어렵고 힘든 일이다.

생텍쥐페리의 어린 왕자에서도, 세상에서 가장 어렵고 힘든 일 중 하나는 사람의 마음을 얻는 것이라고 말한다. 사람의 마음을 확실하게 잡을 수 있는 방법은 바로 그 사람이 어려운 상황에 처해 있을 때 그 사람에게 도움을 주는 것이다. 어려울 때 도움을 주는 친구가 진정한 친구라는 말이 있을 정도로 사람은 어려움에 처하면 적과 아군을 쉽게 분간한다. 그런데 잘나가지 않거나 어려운 상황에 처해 있을 때도 그 사람을 위해서 관심을 피력하고 그 사람 편에 서려고 하는 사람은 많지 않다. 특히 사면초가의 궁지에 내몰린 사람을 자기 혼자 나서서 도와주려고 하는 사람은 많지 않다. 가족도 마찬가지다. 가족을 위해서 헌신하고 희생하는 사람을 좋아한다. 아무리 피를 나눈 형제라도 매일 돈이 없다고 죽는 소리를 하면서 도와 달라고 하는 사람을 계속해서 좋아하는 가족은 없다. 피를 나눈 사람 간에도 그러한데 이해관계에 얽힌 상태에서 자기에게 손해가 될 것이라고 생각하면 언제든지 등을 돌리려고 하는 것은 당연하다. 그래서 자기가 어려운 형국에 처해보면 적과 아군을 쉽게 구분할 수 있다는 것이다.

장자의 외물편에 보면 '학철부어涸轍鮒魚'라는 말이 나온다. 이 말은 수레바퀴 자국에 괸 물에 있는 붕어라는 뜻으로, 곤궁한 처지나 다급한 위기에 처한 상황을 비유한 말이다. 장자는 무위자연을 주장한 바 있고, 권력에 빌붙어 안정된 생활을 하기보다는 아무에게도 구속 받지 않는 자유로운 생활을 즐겼다. 그러다 보니 가난하여 끼니조차 잇기 어려웠다. 어느 날 장자는 그의 친구인 감하후를 찾아가 약간의 식대를 빌려달라고 했다. 그러자 감하후는 그의 부탁을 딱 잘라 거절할 수가 없어 며칠 있으면 융통해줄 테니 기다리라고 했다. 그 말을 들은 장자는 당장 배가 고파 죽을 지경인데 며칠 후에 거금이 무슨 소용이 있느냐며 친구에게 비아냥조로 다음과 같은 이야기를 들려주었다.

"내가 여기 오느라고 걷고 있는데 누가 나를 부르지 않겠나. 그래서 주위를 둘러보니 수레바퀴 자국에 괸 물에 붕어가 한 마리 있더군. '왜 불렀느냐.'고 묻자 붕어는 '당장 목이 말라 죽을 지경이니 물 몇 잔만 떠다가 살려 달라.'는 거야. 그래서 나는 귀찮은 나머지 이렇게 말해주었지. '나중에 강물을 잔뜩 길어다줄 테니 그때까지 기다려라.'하고. 그랬더니 붕어는 화가 잔뜩 나서 '나는 지금 물 몇 잔만 있으면 살 수 있는데 당신이 기다리라고 하니 이젠 틀렸소. 나중에 내 시체나 찾으러 오시오.'라고 하더니 그만 눈을 감고 말더군."

그렇다. 사람을 돕고자 한다면 그가 어려운 상황에 처했을 때 도와주어야 한다. 시간이 지나면 아무 소용없다. 그러므로 숨이 넘어갈 것 같은 그 상황을 이겨낼 수 있도록 그 즉시 도움을 주어야 한다. 갈증이 나서 죽을 것 같은 사람에게는 당장 물을 주어야 하고, 피를 토하면서 쓰러져 있는 사람은 즉시 응급실로 데려가서 치료를 받게 해야 한다. 그렇지 않고 시간이 지나서 하는 것은 아무 소용없다. 그러므로 상대방이 어려운 상황에 처했다면 물불을 가리지 말고 제일 먼저 도움을 주어야 한다. 아울러 상대방에게 측은한 마음이 든다고 마음에도 없는 공수표를 남발하지 말아야 한다. 그 사람에게 희망을 주겠다고 한 말이 오히려 그 사람에게 평생 씻을 수 없는 치욕으로 남을 수도 있기 때문이다.

갓끈을 끊게 한 장왕

사람들과 좋은 관계를 유지하기 위해서는 상대방의 약점을 보듬고 안아주어야 한다. 즉 상대방이 가지고 있는 약점을 숨겨주는 것이다. 그런데 간혹 상대방의 약점을 말하지 않아도 되는데 그런 약점을 일부러 정치적으로 활용하는 사람도 있다.

정치는 사람의 약점을 잡아서 하는 것이라고 하지만 사람의 약점만을 골라서 정치하듯 사람을 사귀는 것은 바람직하지 않다. 상대방의 강점을 자랑해주지 못할망정 약점을 들추는 것은 야비한 짓이다. 특히 자기가 높은 위치에 있고 다른 사람에 비하여 힘을 가진 위치에 있다면 약점많은 사람들을 더 잘 보살펴야 한다. 갑의 위치에 있다고 을의 약점을 잡아서 기를 펴지 못하게 하고 그 사람의 영혼까지 옥죄면서 벼룩의 간을 빼먹는 것처럼 생활하는 사람도 있는데 그런 사람은 야비하기 짝이 없는 사람이다.

'절영지연絶纓之宴'이라는 고사성어가 있다. 춘추시대 초나라 장왕이 신하들을 위로하기 위하여 성대하게 연회를 베풀고 애첩으로 하여금 시중을 들도록 했다. 밤이 늦도록 주연을 즐기고 있는데 갑자기 광풍이 불어 촛불이 모두 꺼져버렸다. 그 어둠 속에서 불현듯 왕의 애첩이 왕에게 누군가 자신의 몸을 건드리는 자가 있어 그자의 갓끈을 잡아 뜯었으니 불을 켜면 그자가 누군지 가려낼 수 있을 것이라고 고했다. 그러나 장왕은 촛불을 켜지 못하도록 제지하고는 오히려 신하들에게 "오늘은 과인과 함께 마시는 날이니, 갓끈을 끊어버리지 않는 자는 이 자리를 즐기지 않는 것으로 알겠다."라고 했다. 이에 신하들이 모두 갓끈을 끊고 여흥을 다한 뒤 연회를 마쳤다.

그런 일이 있은 후 3년이 지나 초나라와 진나라가 전쟁을 했는데 한 장수가 선봉에 나서서 죽기를 무릅쓰고 분투한 덕분에 승리할 수 있었다. 장왕이 그 장수를 불러 어찌하여 그토록 목숨을 아끼지 않았느냐고 물었다. 그러자 그 장수는 3년 전 연회 때 술에 취해 죽을죄를 지었으나 왕이 관대하게 용서해 주었기에 그 은혜를 갚은 것이라고 하였다.

그 당시에 감히 왕의 여자를 건드린다는 것은 상상할 수 없는 중죄였음을 감안한다면 그 죄를 범한 사람이 얼마나 깊은 고뇌를 했을지 상상이 가능하다. 장왕은 그런 신하에게 아량을 베푼 것이다.

널리 많은 사람들에게 호감 받는 좋은 사람이 되려면 초나라의 장왕처럼 큰마음을 가져야 한다. 또 자기만의 사적인 이익이 아니라 보다 넓은 생각을 가지고 대의를 펼쳐야 한다. 그런 사람들이 후덕한 사람이고 주변에 사람이 몰리는 사람이다.

오고 가고 주고받고

부동산과 주식에 투자를 하듯이 이제는 사람에게도 투자해야 한다. 눈에서 멀어지면 마음에서도 멀어진다. 사람의 관계도 만나면 만날수록 더 친밀한 관계가 형성된다. 반면에 아무리 친밀한 관계를 유지하고 있다고 해도 서로 소원하게 지내면 그 관계는 가까워질 수 없다. 그런 점에 비춰볼 때 친할수록 더 투자하고 서로 왕래하면서 관계를 돈독하게 유지하기 위한 노력을 계속해야 한다. 그렇지 않으면 그 관계도 멀어지게 된다.

영국속담에 1주일이 행복하려면 결혼을 하고 한 달이 행복하려면 말을 사고 1년이 행복하려면 집을 짓고 평생 행복하려면 정직하라는 말이 있다. 이처럼 열매를 맺기 위해서는 씨를 뿌려야 한다. 특히 좋은 열매를 맺기 위해서는 그 가치에 상응하는 정성과 노력을 쏟아야 한다. 가만히 방치해 두었는데 자기가 원하는 대로 이루어지는 경우는 없다.

성과를 내는 사람이 불철주야 혼신의 노력을 다하듯, 마당발이라고 불리는 사람도 그 나름대로 남들이 알지 못하는 정도의 정성과 노력을 쏟는다. 또 매일 다른 사람들에게 안부 전화를 하고 그 사람과 관계가 멀어지지 않도록 끊임없이 관리하며 인연의 끈을 이어간다.

세상에 공짜는 없다. 특히 사람의 관계는 더욱 그러하다. 성인이 아닌 한 사람들은 자기에게 이익을 주고 자기에게 관심을 가져주고 자기를 바라봐주는 사람에게 호감과 친밀감을 느끼게 되어 있다. 그러므로 오고 가야 하고 가고 와야 하며 주고받고 받고 주어야 한다. 서로가 왕래하는 그런 관계가 좋은 관계이고 서로 이익을 따지지 않고 주고받는 사이가 참된 관계다. 굳이 부와 권력을 갖고 있지 않아도 사람은 자기를 귀하고 소중한 사람이라고 존대해줄 때 그 사람에게 호감을 보이며 친밀감을 느낀다.

나무로 만든 닭

리더십 학자들은 덕이 있는 사람은 적에게도 존경받는다고 말한다. 또 덕이 있는 사람은 이웃이 있기에 외롭지 않다는 '덕불고德不孤 필유린必有隣'이라는 말도 있다. 그렇다. 덕이라는 것은 널리 사람을 복되게 하는 귀한 씨앗이다.

덕이라는 말의 사전적인 정의는 공정하고 정의로워야 함을 의미한다. 훈훈한 인덕과 따스한 말씨 등 남을 수용하고 널리 포용하는 마음 씀씀이가 덕이다. 사회적으로는 정의에 가깝고 사적인 관계에서는 훈훈한 인정이고 아낌없이 베푸는 마음이며 다른 사람을 널리 포용하는 수용력이다. 어떻게 보면 훈훈함으로 인해 다른 사람들에게 인정을 베풀 수 있고 그렇기에 그런 사람에게 호감을 느껴서 그 사람과 친해지려고 하는 것이라고 볼 수 있다.

덕은 장자의 목계木鷄에 대한 이야기를 통해 잘 알 수 있다. 장자는 이 이야기에서 덕을 지니기 위해서는 주변 환경에 부화뇌동하지 않고 남과 싸우거나 경쟁하지 않으면서 자기를 잃지 않는 굳건한 자기중심을 가지고 생활해야 한다는 것을 직간접적으로 피력하고 있다. 또 장자는 덕이 있는 사람은 타인과 경쟁하지 않으면서 타인의 말에 경청하고 산처럼 묵직하며 그 어떠한 외부 자극에 쉽게 동화되지 않고 묵묵히 자기를 고수하는 사람이라고 말한다.

목계가 싸움닭에 대한 이야기여서 자칫 목계지덕木鷄之德을 싸움을 할 때 기선을 제압하여 상대를 꼼짝 못하게 하는 것으로 오해하는 사람도 있는데 목계의 진정한 의미는 자기의 감정을 드러내지 않는 정서적으로 평온한 상태이다.

목계는 장자의 달생편에 나오는 투계鬪鷄에 대한 우화에서 유래되었다. 중국의 제나라 왕은 기성자에게 싸움닭을 기르게 하였는데 열흘이 지난 뒤 닭이 싸울 수 있는지 물었더니 닭이 침착하지 못하다고 하였다. 그래서 또 열흘 뒤에 물었더니 닭의 성질이 급하다며 안 된다고 하였다. 다시 한 달 뒤 왕이 물으니 기성자는 "나무를 깎아서 만든 닭과 같아 다른 닭들이 싸움을 걸지도 못하고 보기만 해도 피해 달아날 것입니다."라고 말하였다.

그렇다. 진정으로 덕은 일순간에 이뤄지는 것이 아니라 계속 수련해서 최상의 경지에 이르게 되는 것이다. 마치 남편을 기다리는 마음이 간절하여 정성을 다한 어느 여인이 망부석이 되었다는 설화처럼, 덕德을 지니기 위해서는 싸움닭이 나무가 되는 단계에 이르도록 계속 수련하고 단련해야 한다.

사실 생명체가 있는 닭이 나무 닭이 된다는 것은 이치에 맞지 않다. 그런데 계속해서 수련하면 그런 경지에 이른다는 것이 장자의 주장이다. 한 마디로 덕을 수양하는 것은 어려운 것이며 그 수련은 계속되어야 함을 의미한다.

덕과 관련한 공자의 대표적인 말 중 하나는 논어 이인편에 나오는 '덕불고 필유린'이다. 이 말은 덕이 있으면 반드시 따르는 사람이 있으므로 외롭지 않다는 뜻이다. 유유상종이라는 말처럼 덕을 갖춘 사람에게는 반드시 그와 유사한 유덕한 사람들이 따른다.

그런데 실제로 덕이 있으면 외롭지 않을까? 아마도 공자는 외로웠을 것이다. 자기의 이념을 제후들에게 설파해야 하고 자기의 정치사상을 주입하여야 하는데 대부분의 제후들이 공자의 사상을 받아들이지 않았기 때문이다. 그래서 아마도 공자는 자기 같은 현자를 채용하지 않는 제후들에게 내심 서운했을 것이다.

공자는 남이 알아주지 않아도 성내지 않으니 군자이고 불리면 그에 따라 열정을 다해 일하고 내침을 당하면 그냥 물러서서 혼자 내공을 다져야 한다고 말한다. 그것을 보면 공자는 아마도 자기 같은 사람을 알아주지 않는 각국의 제후들에게 서운했음에도 불구하고, 자기는 불평하지 않았으니 자기 같은 사람이 군자라고 자기합리화를 했다는 생각도 든다. 이유야 어떠하든 공자를 만나서 따질 수도 없고 무슨 연유로 그런 말을 했느냐고 질문할 수도 없는 노릇이다. 또한 이제 와서 공자가 무엇 때문에 그러한 말을 했는지는 중요하지 않다. 단지 중요한 사실은 현대인들이 공자의 말을 교훈삼아 현재 생활의 덕목으로 삼았을 때 실익이 있다는 것이다.

요즘에는 덕이 있는 사람보다는 돈이 있는 사람 주변에 많은 사람이 모인다. 또 부자가 흘리는 떡고물이라도 주워서 먹으려는 사람들이 많다. 그래서 덕이 있는 사람보다는 돈이 있는 사람이 인기가 많고, 덕이 없어도 권력이 높은 사람 주변에 사람들이 몰리고 있다. 아무리 덕이 많아도 돈이나 권력이 없으면 그 덕이 빛을 발휘하지 못하는 세상이다. 그렇게 보면 논어에서 공자가 말하는 '덕불고 필유린'은 덕과 재물과 권력이 아우러진 '덕재물권력불고 필유린'이라는 말로 바꿔 써야 한다는 생각도 든다. 보다 분명한 사실은 21세기에는 공자시대에서 말하는 덕만 가지고 있어서는 오래도록 사람들을 자기 곁에 둘 수 없다는 것이다. 물론 덕이 있는 사람을 좋아하는 것은 모든 사람들의 착한 본성

강한 내가 되는 습관

이다. 하지만 그렇게 덕이 있는 사람도 자기에게 이익이 아니라 손해가 된다면 그런 사람과 함께 하지 않으려고 하는 것 또한 사람의 본성이다. 그러므로 이왕이면 덕도 있고 재물도 있고 권력도 있는 사람이 되어야 한다.

풀을 묶은 노인

사람과 사람이 함께 오래도록 좋은 관계를 유지하기 위해서는 은혜를 아는 사람이 되어야 한다. 사람은 서로 은혜를 주고받는다. 그런데 한쪽에서 일방적으로 계속해서 은혜를 줄 수는 없다. 그 관계가 오래도록 잘 유지되기 위해서는 받은 은혜에 대한 보은이 이뤄져야 한다. 물론 부모의 자식에 대한 사랑처럼 일방적인 은혜도 있다. 하지만 대부분의 이해관계가 뒤따르는 사회생활을 하는 과정에서는 은혜를 서로 주고받는다. 그런 관계가 좋은 관계다. 특히 사회생활을 하면서 좋은 관계를 형성하기 위해서는 은혜를 입었으면 그에 대하여 어떤 형태로든 보은해야 한다. 예컨대 경조사가 있을 때 부의금이나 축의금을 받았다면 그것을 필히 갚아야 한다. 흔히 경조사도 서로 품앗이라고 말한다. 장사를 하면서도 마찬가지다. 내 상점의 물건을 팔아준 사람이 있다면 자기도 그 사람의 상점에서 물건을 팔아주어야 한다. 그렇게 상부상조하는 것이다. 품앗이나 두레가 농사일을 하는 과정에서 파생된 용어라고 하지만 그것은 우리네 일상생활 전반에 적용된다.

'결초보은結草報恩'이라는 고사성어가 있다. 이 말은 풀을 묶어서 은혜에 보답한다는 말로서 동주열국지에 나온다. 춘추오패의 한 사람인 진나라 진문공의 부하 장군에게 위무자라는 용사가 있었다. 그는 전장에 나갈 때 위과와 위기라는 두 아들을 불러 놓고 자기가 죽거든 자기가 사랑하는 조희라는 첩을 좋은 사람에게 시집을 보내라고 말했다. 그런데 막상 죽음에 임박해서는 조희를 자기와 함께 묻어 달라고 유언했다. 당시에는 순장하는 풍습이 있었다. 그러나 위과는 아버지의 유언을 따르지 않고 그녀를 좋은 집으로 시집보냈다. 뒷날 그가 전쟁에 나가 진나라의 두회와 싸워 위태롭게 되었을 때 위과가 멀리서 바라보니 웬 노인이 풀을 잡아매어 두회가 탄 말이 자꾸 걸리게 만들었다. 말이 풀에 걸려 자꾸 넘어지자 두회는 말에서 내려와 싸웠다. 그러나 발이 풀에 걸려 넘어지는 바람에 포로가 되고 말았다. 노인은 조희의 아버지였고 자기 딸을 좋은 곳으로 시집보낸 위과의 은혜에 보답하기 위해 풀을 묶어 두회를 사로잡게 했던 것이다.

이처럼 사람은 자기가 어려운 상황에 처했을 때 도움을 준 사람을 쉽게 잊지 않는다. 그 사람으로 인해서 어려움을 슬기롭게 극복했기에 그 사람에 대한 은혜를 오래도록 기억한다. 그러므로 은혜를 베푸는 데 힘써야 한다. 더불어 결초보은하려는 사람의 마음을 이해하고 그에 대해 감사하는 마음을 상대방이 피력했다면 그것을 순순히 받아주어야 한다. 상대방 입장에서 결초보은의 성의를 보였는데 그것을 거부하는 것은 좋은 태도가 아니다. 왜냐하면 상대방 입장에서는 은혜를 갚으려고 하는데 그것을 무시하는 태도를 보이면 그로 인해 마음의 상처를 입기 때문이다.

진정한 용서

'식마육불음주상인食馬肉不飮酒傷人'은 "말고기를 먹고 술을 마시지 않으면 건강을 해치게 된다."라는 뜻으로 덕으로써 다른 사람에게 너그럽게 대하는 것을 비유하는 고사성어다. 이 말은 중국 춘추시대 진나라 목공의 고사에서 유래되었다.

진목공은 춘추오패의 한 사람으로 덕이 있고 도량이 넓은 인물이었다. 한번은 백성들이 목공의 말을 잡아먹다가 붙잡혔다. 관리들은 법에 따라 그들을 엄벌하려고 하였다. 그러나 목공은 "말고기를 먹고 나서 술을 마시지 않으면 몸이 상한다."라고 말하고는 벌을 내리기는커녕 술을 하사하고 그들을 풀어주었다. 나중에 목공은 전투 중에 진나라 혜공을 잡으려고 추격하였다가 오히려 적군에게 포위당했다. 이때 수백 명의 사람들이 나타나 포위를 풀고 목공을 구했다. 목공은 위기에서 벗어났을 뿐 아니라 이를 계기로 혜공을 사로잡아 대승을 거두었다. 그래서 목공이 자신을 구해준 사람들에게 상을 내리려 하자 그들은 예전에 이미 은혜를 입었다면서 극구 사양했다. 그들은 다름 아닌 목공의 말을 잡아먹었다가 벌을 받기는커녕 술을 하사받고 풀려났던 사람들이었다.

'분서불문焚書不問'이라는 말이 있다. 이 말은 조조의 일화에서 유래했다. 조조가 원소와의 싸움에서 승리하고 그들에게서 노획한 것들을 군사들에게 상으로 나눠주는 과정에서 문서를 다량 발견했다. 그 문서들은 모두 허도와 조조 군중에 있는 사람들이 살아남기 위해 원소와 은밀히 주고받은 밀서였다. 조조의 주위 사람들이 편지의 주인을 찾아서 모두 죽여야 한다고 말을 했지만 조조는 "원소가 한창 강성했을 때에는 나

스스로도 자신을 보전할 수 있을까 여겼다. 나도 원소에게 항복을 하고 싶은 마음이 있었는데 하물며 다른 사람들이야 어찌했겠느냐."라고 하면서 그들을 용서했다.

위의 진목공과 조조의 이야기에서 알 수 있듯이, 상대방에게 잘못이 있음에도 불구하고 용서해주는 것이 진정한 용서다. 영화 〈밀양〉을 보면 자기 자식을 죽인 범죄자를 용서해주는 어머니에 대한 사랑이 나온다. 진정한 용서는 이처럼 원수임에도 불구하고 그를 사랑하는 마음이다. 성서에 '원수를 네 이웃처럼 사랑하라'라는 말이 있듯이 원수임에도 불구하고 아무런 복수심을 가지지 않고 진심으로 이웃처럼 대하는 마음이 참된 용서다.

용서할 줄 아는 사람이 그릇이 큰 사람이다. 이에 더하여 자기가 손해를 봤음에도 용서하는 사람은 더 큰 사람이고, 상대방의 죄를 단호히 응징할 수 있는 전권을 가지고 있음에도 불구하고 그 권력을 사용하지 않고 상대방을 용서해주는 사람이 더 큰 사람이다.

한자로 용서 서恕 자가 같을 여如와 마음 심心으로 이루어진 것을 보면 아마도 상대방의 마음과 같은 마음 상태가 될 때까지 용서하는 것이 진정한 용서가 아닐까 싶다. 즉 내가 원하는 방식으로 상대를 용서하는 것이 아니라 상대방이 원하는 방식으로 용서해야 하는 것이다. 또 자기 위주로 상대방을 처벌하고 평가하는 것이 아니라 조조처럼 상대를 이해해주는 그러한 마음이 진정한 용서라는 생각이 든다.

숙일수록 숙성되는 삶

자기 주변 사람들에게 호감을 받기 위해서는 그들에게 좋은 이미지를 심어주어야 하고 겸손한 태도를 보여야 한다. 특히 자기가 잘나가는 시점에는 더욱 겸손해야 한다.

사람은 성공하고 잘나가면 잘나갈수록 그에 상응하여 반대편에 적이 더 많아진다. 그러므로 그 사람의 시기와 질투를 잠재우고 호감을 받기 위해서는 그 사람들에게 잘해주어야 한다. 자기에게 잘해주고 자기보다 더 낮은 곳에 임하는 겸손한 사람에게 욕하는 사람은 없다.

주역에 용과 관련된 고사성어 중 '항룡유회亢龍有悔'라는 성어가 있다. 이 말은 하늘 끝까지 올라간 용이 내려갈 길밖에 없어 후회한다는 뜻으로 높이 오를수록 행동을 조심해야 함을 뜻한다. 또 견군룡見群龍 무수길无首吉이라는 말도 있는데 이 말은 많은 용들 중에 머리를 드러내지 않고 분수를 지킨다는 말로서, 분수에 맞게 살아야 길하다는 뜻이다. 그러므로 어디에 있든 겸손해야 한다. 왜냐하면 숙이면 숙일수록 삶이 숙성되고, 낮추면 낮출수록 삶이 나아지기 때문이다.

"새는 죽을 때 그 울음이 슬프고, 사람은 죽을 때 그 하는 말이 착하다."라는 증자의 말을 묵상하면서 죽은 듯이 선한 말을 하는 사람이 진정 겸손한 사람이다. 또 교만하거나 자만하지 말아야 한다. 나무에 높이 올라간 원숭이가 자기의 치부를 더 많이 드러낸다는 말의 의미를 잘 음미해야 한다.

물론 사람은 자기가 성공하고 출세하면 그것을 남에게 자랑하고 싶어하는 명예의 본능이 있다. 그래서 대부분의 많은 사람들이 자기가 성공한 것을 남에게 알리고 싶어 한다. 그럼에도 불구하고 남에게 존경받는 사람이 되기 위해서는 그런 마음을 억제해야 한다. 또 자기 스스로 자기를 자랑하기보다는 오히려 남이 높이 오를 수 있도록 다른 사람을 추켜세워야 한다. 그것이 자기를 남에게 숨기고 낮은 곳에 거하는 겸손이다.

말이 많으면 쉽게 궁색해진다

주변에 사람이 많이 따르는 사람, 사람들에게 호감을 주는 사람, 사람들이 함께 지내고 싶은 사람, 사람들에게 인기가 많은 사람들의 공통점 중 하나는 말수가 적고 다른 사람의 말을 잘 들어준다는 점이다. 엄밀히 말하면 말수가 적은 것이 아니라 하고 싶은 말이 있어도 어느 정도 억제하는 것이다. 왜냐하면 그 사람들은 다른 사람보다 자기의 말수가 많아짐에 따라 자기 주변사람들이 더 적어진다는 사실을 알기 때문이다.

노자의 도덕경에 '다언삭궁多言數窮'이라는 말이 있다. 이 말은 말이 많으면 쉽게 궁색해진다는 뜻이다. 말이 많은 사람의 특징 중 하나는 듣는 사람을 경시하다는 점이다. 그래서 자기 생각을 상대방이 이해하지 못할까봐 자꾸 말을 하다 보니 말수가 많아지는 것이다.

말이 많아서 좋을 것은 없다. 일반적으로 서로 알고 서로 소통하기 위해서는 허심탄회하게 말하고 서로가 장애 없이 터놓고 말하는 사이가 원활하게 잘 통하는 사이라고 말한다. 하지만 정작 서로 격의 없이 나눈 말이 원인이 되어 불미스러운 일이 발생하기도 한다. 그렇게 볼 때 말이라는 것은 다다익선多多益善이라기보다는 소소익선小小益善이다.

말의 폐해가 얼마나 큰지는 '삼인성호三人成虎'라는 성어를 보면 실감할 수 있다. 발 없는 말이 천리를 간다는 말이 있듯이 말은 스스로 움직여서 바이러스처럼 널리 퍼지는 속성이 있다. 특히 여러 사람의 입에 오르내리는 말은 거짓이라도 진실로 둔갑되는 경우도 있다. 전혀 근거 없는 이야기도 세 사람이 힘을 모아서 그것을 진실로 만들면 그 말이 진실인 양 믿게 된다. 그렇다. 세 사람이 하는 말의 효과는 대단히 크다. 더군다나 인간의 마음이라는 것은 참으로 간사하다. 아무리 굳건한 심지를 가지고 있다 해도 타인의 말에 의해서 자기 마음에 영향을 받는 것이 사람의 마음이다.

일반적으로 세 사람이 모이면 세상을 바꿀 수 있다고 말한다. 또 세 사람의 효과라고 해서 어떤 일을 세 사람이 하면 다른 사람들도 덩달아 따라 하게 된다고 말한다. 건널목에서 빨간 불인데도 다른 사람들이 건너가면 자기도 그 무리에 휩쓸려서 걸어가게 된다. 분명히 빨간 불에 건너가서는 안 된다는 것을 알면서도 건너가는 것이다. 남들이 건너가니 자기도 모르게 건너게 된다. 이렇듯 어떤 일에 있어서 세 사람의 힘은 크다. 사람들도 일상생활에서 이 같은 세 사람의 영향을 크게 받는다. 그래서 군중폭동과 같은 심리적인 동요를 일으키곤 한다. 그러므로 마음의 안정을 취해야 하고 주변 환경에 부화뇌동하지 않도록 자기 심성을 굳건히 해야 한다. 즉 자기 중심이 강해야 한다. 자기 확신이 강하면 다른 사람의 말에 쉽게 흔들리지 않는다. 그러므로 최소한 세 사람의 거짓된 말에 의해서 흔들리지 않을 정도의 강한 힘을 가지고 있어야 한다.

묘목에 걸어놓은 보검

사람들과 신뢰 어린 좋은 관계를 유지하기 위해서는 힐끗 농담 삼아 하는 말에도 믿음이 있어야 한다. 예컨대 상대방에게 지나가는 말로 술 한잔 하자고 했다면 가능한 한 조속히 그 사람과 술을 마셔야 한다. 상대방 입장에서는 그 말에 기대감을 가지고 기다렸는데 다시 만났을 때 그 당시에 했던 말을 전혀 지키지 않는다면 상대방 입장에서는 그 사람을 불신하게 된다. 또 상대방 입장에서는 그 약속을 단순히 어겼다는 것에 초점을 두지 않고 자기와 했던 약속을 아무렇지 않게 생각한다는 측면에서 자기를 무시한다는 생각을 하게 된다.

모든 약속은 약속의 무게와 상관없이 지키라고 있는 것이다. 상대방과 약속한다는 것은 그 약속의 가치는 크고 작은 것에 상관없이 제각각 가치가 있고 그것이 신뢰와 믿음에 미치는 영향이 크다. 또 약속의 크기에 상관없이 약속을 어겼을 경우 상대방이 갖는 불신의 크기는 동일하다. 그러므로 아무리 하찮고 사소한 약속이라도 그것을 지키려고 노력해야 한다.

약속과 관련한 일화 중 '괘검'이라는 말이 있다. 괘검掛劍은 보검을 묘지의 나무에 걸어 놓았다는 뜻이다. 이 말은 마음속으로 결정한 일을 끝내 지키거나 양심을 저버리지 않음을 일컫는 말로 많이 쓰인다.

계찰季札은 오나라 왕 수몽의 네 아들 가운데 막내다. 그는 형제 중에서 가장 지혜로웠다. 계찰이 순회대사의 자격으로 제후 각국을 순방하게 되었다. 노나라를 비롯하여 제, 정, 위, 진나라를 거쳐 서나라를 방문했다. 서나라 왕은 계찰이 차고 있는 보검을 몹시 선망했다. 감히 달라고는 못하나 갖고 싶어 하는 눈치가 역력했다. 계찰은 서나라 왕의 마음을 읽었으나 아직 순회대사의 임무가 끝나지 않았기 때문에 선뜻 내줄 수가 없었다. 보검을 아껴서가 아니라 의례상 지녀야 했다. 계찰은 내심 임무를 마치고 돌아가는 길에 서나라에 다시 들러 보검을 서나라 왕에게 주리라고 마음먹었다. 그런데 순방을 마치고 돌아가는 길에 서나라에 들렀으나 서나라 왕은 이미 죽고 없었다. 계찰은 서나라 왕의 무덤을 찾아 참배하고 보검을 끌러 묘목에 걸어 놓았다.

약속 중 하찮은 약속은 없다. 또 약속의 본질은 지키는 것이다. 약속을 하는 것은 이미 그것을 꼭 지키고 실행한다는 것을 전제로 한다. 약속을 잘 지키는 가장 좋은 방법은 상대방과 가급적 약속을 하지 않는 것이다. 그렇다. 자기가 약속을 하고도 자주 약속을 잊어버리는 사람이라면 가급적 약속을 하지 말아야 한다. 또 약속을 하는 것 자체가 상대방에게 불신을 주고 쌓아온 믿음을 허무는 것이라면 약속하지 않는 것이 그나마 현상유지라도 하는 길이다.

자기를
스스로 지키는 사람

탈무드(talmud)에 '세상에서 가장 강한 사람은 자기를 이기
는 사람이다.'는 말이 있다. 그런데 자기를 이기기 위해서는
자기 스스로 자기를 지킬 줄 아는 능력이 있어야 한다. 예컨
대 남을 다스리기 위해서는 먼저 자기를 다스릴 줄 알아야 한
다. 왜냐하면 자기를 다스릴 줄 모르는 사람이 남을 다스린다
는 것은 모순이기 때문이다.

강함을 이기는 부드러움

도덕경 36장에 "상대를 무너뜨리려거든 우선 상대가 펼치게 해주고,
상대를 약하게 하려거든 우선 강하게 만들며, 상대를 제거하려거든 우
선 함께 동조하고, 상대를 빼앗으려거든 우선 베풀어라. 이를 은미한
지혜라 하니 부드러움이 강함을 이기는 법이다."라는 말이 있다.

어떻게 보면 조금은 불순한 의미가 담겨 있는 구절이다. 진실로 상대
를 위해주어야 하는데 오히려 상대를 무너뜨릴 전략을 가지고 고의로
그렇게 대하는 것이니 말이다. 하지만 역설적으로 말하면 자기를 굳건

히 하고 상대에게 당하지 않기 위해서는 어떻게 처신해야 하는가에 대한 지혜를 구할 수 있는 대목이다.

아마도 노자는 이 구절을 통해 사람을 유혹하여 남을 함정에 빠뜨리려는 의도보다는 남과 더불어 살아가기 위해서는 최소한 상대방에게 속임을 당하지 않을 정도의 힘을 가지고 있어야 한다는 의도에서 이 말을 했을 것이다. 즉 상대의 기를 살려주어야 자기에게 이로움이 있으며, 상대를 강하게 해야 장차 그 기운이 쇠하여 자기가 힘을 발휘할 수 있는 기회가 도래한다. 또 상대에게 당하지 않기 위해서는 함께 동조하고 상대에게 환심을 사야 한다. 아울러 물처럼 부드럽게 상대가 원하는 것을 해주고 만족을 느낄 수 있도록 하는 것이 좋은 관계를 형성하는 지혜로운 처세다.

참고로 '사필귀정事必歸正'이라는 말처럼 언젠가는 속셈이 드러나게 마련이다. 그러므로 1차적으로 공자의 인을 실천하되 그럼에도 불구하고 상대방이 자기를 해코지하려고 한다면 도덕경 36장에서 말하는 바와 같이 자기방어를 위해 은미한 지혜를 발휘하는 것을 최후의 보루로 삼아야 한다.

무조건적 신뢰의 위험성

살다 보면 믿는 도끼에 발등이 찍히는 경험을 하게 된다. 수십 년 간 형제처럼 지내온 동료에게 배신을 당할 수도 있고 수년간 측근으로 있던 집사에게 배신을 당하는 경우도 있다. 또 한 치의 의심 없이 믿었던 사람에게 어처구니없이 배신을 당하는 경우도 있다. 그러므로 특별히 절친한 사람이 있다면 그 사람에게 배신당하지 않도록 더욱 경계해야 한다. 왜냐하면 아무런 조건 없이 믿었던 사람에게 배신당하면 그 충격과 고통이 상상 외로 크기 때문이다.

당해보지 않으면 모른다. 그 고통은 이루 상상할 수 없을 정도로 아프고 그 상처가 오래간다. 오랜 기간 간담을 모두 떼어 주었음에도 불구하고, 그것을 오히려 역이용해서 배신하는 사람에게 당해보지 않으면 결코 그 심정을 이해할 수 없다. 그 고통은 억장이 무너지는 고통이고 단장이 끊어지는 것과 같은 아픔이다. 그러므로 사람을 무조건 믿지 말아야 하고 더불어 남을 배신하는 짓은 결코 하지 말아야 한다. 차라리 상대방을 배신할 요량이면 사전에 상대방에게 자기가 그렇게 할 수밖에 없는 사정을 말하고 양해를 구해야 한다.

사람의 마음에는 공자가 말한 바와 같이 인仁이 있게 마련이다. 맹자의 성선설이 말하듯 사람은 본래 선하다. 물론 자기가 처한 상황으로 인하여 어쩔 수 없이 배신해야 하는 상황에 처하게 되더라도 기꺼이 자기를 아껴주고 믿어준 사람에게 뼈아픈 배신의 상처는 주지 말아야 한다. 그것이 인간으로서 최소한 갖춰야 하는 의義다. 인간으로서 지녀야 하는 그런 기본적인 의를 저버린 사람은 금수禽獸만도 못한 사람이다. 더불어 앞서 말한 바와 같이 믿는 도끼에 발등이 찍히지 않도록 사람을 함부로 믿어서는 안 된다. 사람들은 자기의 이익을 위해서 발톱을 드러내지 않을 뿐이지 항상 날카로운 발톱을 숨기고 있으며 언제든 자기에게 불리하면 숨겨둔 발톱을 드러내게 되어 있다. 그러므로 측근일수록 더 철저하게 관리해야 한다. 왜냐하면 가장 측근에 있는 사람의 배신은 기사회생의 기회조차 주지 않는 큰 패배를 안겨주기 때문이다.

후흑학, 상대에게 맞추는 처세술

농사꾼과 어울리기 위해서는 농부처럼 보여야 하고, 전문가와 어울리기 위해서는 전문가처럼 보여야 한다. 또 축구를 좋아하는 사람과 사이 좋게 지내기 위해서는 함께 축구를 해야 하고 골프를 즐겨 하는 상사의 눈에 들기 위해서는 골프도 함께 해야 하는 등 남이 원하는 것을 할 수 있는 사람이 건강한 사회인이다.

마치 부모가 자식들에게 유능한 부모로 비쳐야 자식들이 효도하듯, 이제는 타인을 위해서 무엇인가를 해줄 수 있는가가 상대와 얼마나 친하게 되는가의 관건이 되고 있다. 단순히 자기가 좋아하는 것만 하는 시대에서 벗어나 자기가 원하는 것을 함과 동시에 상대가 원하는 것을 해줄 수 있는 능력이 대인관계 지수를 높이는 능력이다. 아울러 상대에게 걸맞은 연극을 할 줄 아는 사람이 많은 사람들에게 호감을 받는다. 그런 점에 비춰볼 때 많은 사람들과 함께 어울리기 위해서는 다른 사람의 구미를 자극하여 그 사람을 자기편으로 만들 줄 아는 매력을 지녀야 한다. 또한 그 매력을 발산하여 상대편 마음에 들도록 완벽한 연극을 할 수 있는 연기력도 지녀야 한다. 그래서 이중인격이나 교대인격이 필요하다. 아니 그렇게 상대방의 입맛에 맞춰 사는 것이 처세를 잘하는 것이고 주변에 적을 만들지 않는 최선의 비결이다.

예컨대 천둥번개에 크게 놀란 척하면서 조조의 의심에서 벗어난 유비처럼 처신해야 한다. 조조가 후한의 승상이라는 높은 지위에 올라 있을 때 유비는 아직 별 볼 일 없는 떠돌이에 지나지 않았다. 이런 유비가 조조에게 의탁해 지내던 때 조조는 유비의 후덕한 인품과 그를 따르는 무리가 많음을 항상 불안하게 생각했다. 더욱이 그의 부하들은 유비를 죽여서 후환을 없애야 한다고 서슴없이 말했다. 그래서 유비를 떠보기 위해서 조조가 술자리에 유비를 초청했다. 그리고는 유비에게 누가 현세의 영웅이라고 생각하느냐고 물었다. 더불어 영웅이란 가슴에 큰 뜻을 품고 배에 좋은 지모가 가득하며 하늘과 땅의 기운을 마음대로 부릴 줄 아는 사람으로, 그에 합당한 사람이 자기와 유비라고 말했다. 이에 유비는 깜짝 놀라서 자기도 모르게 젓가락을 떨어뜨렸다. 그런데 그 순간 하늘에서 천둥소리가 들렸다. 순간 유비는 몸을 상 밑으로 숨기면서 벌벌 떨었다. 이에 조조는 유비를 천둥소리에 놀라는 졸장부로 여기고 더이상 유비를 의심하지 않았다. 이처럼 유비는 야망을 숨기고 때론 바보 행세를 해서 상대방이 경계심을 갖지 않도록 함으로써 자기를 철저히 숨겼다. 한 마디로 말해서 타인의 마음에 들도록 뛰어난 연기력을 펼쳤던 것이다. 필요할 때 그 상황에 맞게 기막히게 연기할 수 있는 후흑학이 그를 영웅으로 만든 것이다.

있으면서 없는 척 알면서 모르는 척

우리나라 사람들은 가훈을 정할 때 가화만사성家和萬事成이라는 말을 많이 선택하는 반면 중국인들은 난득호도難得糊塗를 선호한다. 난득호도는 일련의 후흑학厚黑學이고 가인술이다.

중국인들은 마치 관심이 있으면서 없는 척하거나 알면서도 모르는 것처럼 시치미를 뗀다. 중국어로 느리다는 뜻으로 '만만디'라는 말이 있다. 이 말은 모든 일을 심사숙고해서 처리하라는 좋은 뜻을 지닌 말이다. 이런 '만만디' 정신이 중국인들의 문화다. 그러다 보니 한국인들의 속전속결로 끝을 맺으려는 속성을 이용해 중국 상인이 협상에서 우위를 점하기도 한다. 협상이나 설득에서는 이중인격과 교대성인격이 필요하다. 그것이 생활에 체화되어 있는 사람들이 중국인이다. 한마디로 말해서 전혀 속을 알 수 없는 사람들이다.

중국인들의 그러한 민족성은 춘추전국시대 등 수많은 전쟁사에서 파생된 소산물이다. 어제의 친구가 오늘의 적이 되어야 하고, 누가 적인지 아군인지를 모르는 상황에서 섣불리 속내를 드러냈다가는 하루아침에 목숨을 잃을지도 모르기에 자연히 그것이 습관으로 자리매김된 것이다. 속내를 드러내지 않고 조용히 있는 것이 상책이고 상대방이 어떤 속을 가지고 있는지를 알기 전까지는 결코 자기의 속내를 드러내지 않는 것이 지혜로운 처세술임을 아는 사람들이 중국인이다. 이러한 처세술을 후흑학이라고 한다.

'후흑학'은 중화민국 초기를 살다간 이종오가 제창했다. 그는 천하를 호령하는 영웅이 되기 위해서는 "가능한 한 더 많이 철면피가 되어야 하고 더 철저하게 흑심을 지녀야 한다."고 말한다. 또 자기를 숨기고 상황에 따라 카멜레온처럼 자기를 변화시킬 수 있는 지혜를 지녀야 한다고 말한다.

이종오는 후흑학을 실현할 때는 먼저 철면피를 성벽과 같이하고 흑심을 석탄과 같이 해야 한다고 말한다. 즉 아무리 그 속을 알려고 해도 자기를 완전히 내보이지 않도록 두텁게 방어벽을 쌓아야 하고 자기에 대해서 알려고 해도 알 수 없도록 철벽을 쌓아야 한다는 말이다. 또 제아무리 바늘로 찔러도 피 한 방울 나오지 않는 뻔뻔함을 지녀야 하고, 때로는 바람만 불어도 쉽게 무너지는 정도의 연약함을 지녀야 한다고도 한다. 그 다음에 두꺼우면서도 강해야 하고 검으면서도 빛나게 해야 자기를 숨길 수 있다고 말한다. 이처럼 남을 속이기 위해서는 자기가 자기를 속일 수 있을 정도가 되어야 한다. 더 나아가 자기가 속이고 있다는 것을 스스로 모를 정도로 자기 자신을 완벽하게 속일 수 있어야 한다. 그래야 남들도 쉽게 속일 수 있다. 이에 더하여 두꺼우면서도 형체가 없어야 하고 검으면서도 색채가 없게 해야 한다. 왜냐하면 그래야 상대방이 속임의 흔적을 쉽게 찾을 수 없기 때문이다.

후흑학의 달인이 되기 위해서는 자기의 감정을 함부로 드러내지 말아야 한다. 그러니 슬퍼도 즐거운 척해야 하고 기뻐도 우울한 척해야 한다. 이에 더하여 해박한 지식과 다양한 경험을 통하여 미래를 예측할 수 있는 예지력을 지니고 있다면 금상첨화다. 왜냐하면 남보다 먼저 무슨 일이 일어날 것이라는 것을 예측한다면, 어떤 상황에서도 당황하지 않고 의연하게 행동할 수 있기 때문이다.

혹자는 후흑학은 선善도 아니고 악惡도 아니라고 말한다. 그것을 어떻게 사용하느냐에 따라 선악이 달라지기 때문이다. 예를 들면 후흑은 예리한 양날의 검과 같아서 역적에게 사용하면 선이 되고, 양민학살에 사용되면 악이 되는 것이다. 따라서 후흑을 선하게 사용하면 그 자는 선인이고, 악하게 사용하면 악인이다.

중국 역사에 등장하는 대부분의 영웅호걸들은 후흑학의 대가다. 한편으로 생각하면 자기 속내를 숨기고 이중인격을 지닌 뻔뻔하기 그지없는 사람이라고 폄하할 수 있지만 결코 그렇지 않다. 그들은 진정으로 자기 감정을 절제할 줄 알고 세상의 흐름에 부화뇌동하지 않으며 상대방에 맞춰 절제된 행동을 한 사람이라고 볼 수 있다. 예컨대 삼국지에서 등장하는 조조와 유비는 어떤 모욕을 당해도 미동도 하지 않는 후흑을 지닌 인물이다. 요즘 같은 난세를 살아가면서 스스로 강한 자기를 단련하기 위해서 필수적으로 갖추어야 하는 것이 후흑학이다.

자기 패 감추기

사람을 사귈 때는 자기가 상대보다 탁월한 재능을 가지고 있어도 그것을 숨겨야 한다. 또 상대방의 수에 맞춰 적정하게 응해주어야 한다. 그래서 쉽게 상대방이 자기의 실력을 감지할 수 없도록 신비스러움을 지녀야 한다. 그렇지 않고 자기가 가진 패를 모두 보여주면 결정적인 상황에서 수세에 몰리게 된다.

상대방에게 패를 보이지 않는다는 것은 어느 정도 신비감을 유지한다는 말이다. 서로가 서로에 대해서 너무 많이 알게 되고 그로 인해서 두 사람의 사이가 더 친밀해질 것이라고 생각하는 것은 오산이다.

손자병법에서는 '지피지기백전불태知彼知己百戰不殆'라는 말이 나온다. 상대방에 대해서 알고 있으면 상대방에게 쉽게 무너지지 않는다는 말이다. 달리 말하면 상대방에 대해서 잘 알면 상대를 쉽게 제압할 수도 있다는 말과 같다.

'검려지기黔驢之技'라는 말이 있다. 옛날 검黔 땅에는 당나귀가 없었다. 그런데 호기심이 많은 어떤 사람이 당나귀 한 마리를 배로 실어 왔다. 그런데 이 사람은 당나귀를 어떻게 길러야 하는지를 몰라서 산속에 방치해 두었다. 어느 날 산속을 어슬렁거리던 호랑이가 이 당나귀를 보게 되었다. 호랑이는 당나귀를 본 일이 없었으므로 신령한 짐승이라 생각하고는 숲 속에 몸을 숨기고 가만히 동정을 살폈다. 얼마 후 호랑이는 슬슬 주위를 살피며 숲에서 나와 당나귀에게 접근했다. 그때 당나귀가 갑자기 소리 높여 울었고 그 소리를 들은 호랑이는 놀라서 황급히 도망쳤다.

며칠이 지나 용기가 생긴 호랑이는 당나귀의 본성을 시험해 보려고 일부러 덤벼들어 보았다. 그러자 당나귀는 화가 나서 호랑이에게 뒷발질을 했다. 이 서투른 동작 하나로 당나귀는 그만 자신의 기량을 폭로하고 말았다. "뭐야, 요 정도야." 호랑이는 좋아하며 당나귀에게 덤벼들어 순식간에 잡아먹어 버렸다.

이 우화에서 당나귀가 호랑이에게 신비롭게 처신했다면 호랑이는 당나귀를 우습게보지 않았을 것이다. 그런데 당나귀가 가진 패를 호랑이에게 다 보여주었기 때문에 호랑이의 입장에서는 당나귀가 아무런 특기가 없다는 것을 알았고 자기가 당나귀보다 힘이 강하다는 것을 알았기 때문에 당나귀를 잡아먹은 것이다.

이처럼 사람의 관계에서도 상대방에게 너무 투명하게 자기가 가진 패를 다 보여주면 결국에는 상대방에게 당하게 된다. 그러므로 가능한 한 자기의 패를 보여주지 않는 선에서 상대방의 패를 알려고 해야 한다.

그래서 상대방에 맞게 자기의 패를 써야 한다. 그것이 대인관계를 잘하는 비결이다. 여기서 상대방의 패는 상대방이 무엇을 원하고 관심사가 무엇인지를 아는 것을 말한다.

사기꾼의 정석에 상대방이 무엇을 원하고 있으며 무슨 약점을 가지고 있는지를 알면 쉽게 사기를 칠 수 있다는 말이 있다. 즉 상대가 원하는 것으로 상대를 끌어 들이고 상대가 두려워하는 것으로 상대를 궁지로 내모는 것이다. 마치 사냥꾼이 미끼로 사냥감을 유인하듯 상대가 좋아하는 것으로 상대를 유인하고, 상대가 두려워하는 것으로 상대를 함정으로 내모는 것이다. 그러하기에 사람들에게 이용당하지 않기 위해서는 자기의 모든 것을 투명하게 드러내 보이지 말아야 한다.

사자 같은 용맹함과 여우 같은 교활함

마키아벨리의 군주론에서 말하기를 "군주는 백성들에게 인기를 한 몸에 받는 스타의 기질을 지니기보다는 두려움의 대상으로 남는 것이 오히려 낫다."고 말한다. 군주가 너무 어질고 착하면 백성들이 군주를 우습게보고 언행을 함부로 한다는 것이다. 실제 직장생활을 하다 보면 상사가 어질고 착한 경우에는 위기 상황이나 어려운 상황에서는 자기 나름으로 판단해서 행동한다. 좋은 사람이고 착한 상사이기에 그 사람 마음에 생채기가 나지 않도록 더 잘해야 한다는 것은 마음뿐이다. 이미 몸은 내가 먼저 편하고 내 살길은 내가 찾아야 한다는 식으로 자기 자신만을 생각하게 된다. 그래서 군주론에서는 군주는 때로는 다른 사람들에게 두려움의 대상이 되는 사자와 같은 용맹함을 지녀야 하고 때로는 여우와 같은 교활함을 가지고 있어야 한다고 말한다.

군주가 토끼와 같이 순하고 착해 빠져 있으면 신하들과 많은 백성들의 먹이가 될 위험성이 내재되어 있다고 생각하면 된다. 그렇기에 군주는 자기 스스로는 선한 사람일지라도 군주의 자리에 있을 때에는 그 자리에 걸맞은 권위의식을 가지고 백성들에게 두려움을 주는 악역을 마다하지 않아야 한다.

다른 사람을 엄하게 꾸짖고 두려움을 주어야 하는 상황에서도 아량을 베풀다 보면 그로 인하여 조직의 기강이 해이해진다. 군주가 그렇다면 전쟁에 준하는 정도의 위기상황에서 백성들이 군주의 말을 따르지 않게 된다. 그렇기에 다른 사람들에게 존경과 덕이 있는 사람으로 인정받고 싶어도, 평소에 위엄을 보여야 하고 조직과 나라의 대표로서 그에 상응하는 역할과 책임을 다해야 한다. 그렇게 되었을 때 설령 다른 사람들에게 욕을 먹고 나쁜 사람이라는 평판을 들을지는 몰라도 조직이 원하는 목적에 맞게 기강이 바로 서게 된다.

이와 관련하여 한비자는 '내저설상편'에서 다음과 같은 우화를 들어서 군주가 어진 것은 나라를 잃는 원인이 된다고 말한다.

위나라 혜왕이 복피에게 물었다. "과인에 대한 평판을 평소에 들어보았소?" 복피가 이르길, "네, 신이 듣기로 모두들 대왕께서 무척 자혜롭다고 합니다." 이에 임금이 기뻐하며 "그렇다면 그 효과가 나라에 어느 정도에 이른 것 같소?"라고 묻자, 복피가 답하길 "나라가 망할 지경에까지 이르렀습니다."라고 대답하였다.

이상하게 생각한 혜왕이 복피에게 되물었다. "자혜로운 것은 좋은 일인데, 이를 행하여 어찌 나라가 망할 지경에 이르렀다는 것인가? 도대체 무슨 말을 하는 것이요?"라고 되묻자 복피가 이렇게 대답하였다.

"무릇 인자함이란 사람의 고통을 보고 참지 못하는 마음을 말하는 것입니다. 자혜라는 것은 남에게 베풀기를 좋아하는 마음을 뜻하는 것입니다. 남의 고통을 보고 정에 못 이겨 참지 못하면 허물이 있어도 벌하지 못하고, 남에게 베풀기를 좋아하면 공을 세우지 않아도 상을 주게 되는 것입니다. 이렇듯 허물이 있어도 벌하지 않고, 공적이 없는데도 상을 주면 나라가 망한다 해도 이상할 것이 없지 않겠습니까?"

이 예화는 군주가 어질다고 해서 백성이 어진 백성이 되는 것이 아니라는 것을 말한다. 앞서 말한 바와 같이 선하고 착해빠져 있으면 그 사람을 착하고 좋은 사람으로 봐야 하는데, 그런 사람을 오히려 호구로 생각하는 사람들이 많다는 것을 알아야 한다.

한비는 한비자에서 군주가 나라를 다스리기 위해서는 법과 술과 세가 있어야 한다고 했다. 그 중에서도 군주가 백성들에게 두려움을 주는 것은 바로 세다. 엄격한 신상필벌로 조그마한 죄를 저질러도 극형에 처하는 엄한 법을 만들어서 백성들을 두렵게 하면 그들은 군주의 말에 순종하게 된다. 그렇지 않고 법을 어겨도 계속해서 백성들에게 아량을 베풀다 보면, 그런 군주의 심성을 이용해 사익을 챙기려고 한다는 것을 알아야 한다. 그렇다고 해서 계속해서 일관되게 두려움을 주고 위협한다면 그것 또한 실효성을 거둘 수 없다. 사람은 본능적으로 계속해서 동일한 자극을 받으면 그 자극에 대해 별다른 반응을 보이지 않는다. 그러므로 영국의 명재상이던 윈스턴 처칠의 "가장 좋은 배합은 강력과 자비이고, 가장 나쁜 배합은 약체와 투쟁이다."라는 말처럼 상황에 따라

강약을 조절하면서 적정하게 대하는 것이 좋다.

제갈공명이 유비 만났듯

스스로 단련하여 성장하는 과정에서 더욱 높이 도약하기 위해서는 천리마가 백락을 만나듯 자기를 알아주는 고수를 만나야 한다. 예컨대 제갈공명이 유비를 만나고 정도전과 하륜이 태조 이성계와 태종 이방원을 만났듯이 자기를 이끌어 주는 고수를 만나야 한다. 그래서 그 사람을 멘토로 삼아 자기를 단련하는 데 힘써야 한다.

바야흐로 수요는 적은데 공급이 계속 많아지고 있다. 이런 환경에서 살아남기 위해서는 자기 혼자만의 힘으로는 역부족이다. 자기를 이끌어줄 사람이 있어야 한다. 그런 사람이 바로 백락이다. 여기서 말하는 백락은 자기를 알아주고 자기를 이끌어주며 자기가 가고자 하는 앞길을 환하게 밝혀주는 등불과 같은 사람이다. 신앙인에게 있어서는 절대자가 될 수도 있고, 스포츠 선수에게는 코치나 감독이 될 수도 있다. 그런 사람이 있는 사람과 혼자 하는 사람 간에는 성공의 속도가 다르다.

예컨대 수많은 사람 중에서 한 사람을 선정해야 하는 위치에 있다면 당신은 누구를 뽑겠는가? 아마도 자기 마음에 드는 사람이나 평소부터 자기가 잘 알고 지내온 사람을 선발할 것이다. 아전인수我田引水격으로 요직에는 가급적이면 자기 인맥을 앉히려고 하는 것은 당연하다. 그러므로 정도전이 이성계를 찾아 나선 것처럼 자기의 뜻을 펼치는 데 도움을 줄 자기의 멘토를 직접 찾아 나서야 한다. 가만히 숨어 있으면 유비가 제갈공명을 위해 삼고초려三顧草廬를 했던 것처럼 누군가가 극진히 자기를 모셔갈 것이라고 생각하고 있다면 큰 착각이다.

작금의 시대는 SNS 등이 널리 보급되어 개인이 뉴스를 생산하고 블로그와 페이스 북, 카카오 스토리 등을 통해 자기를 자기가 마케팅하는 시대다. 가만히 숨어 있으면 자기의 존재 자체를 아무도 모르는 시대다. 그러므로 이제는 자기 스스로 자기의 길을 개척해야 한다. 그러기 위해서는 자기가 성장하고 자기가 앞서 나아가기 위한 여정은 백락을 찾는 것에서 시작해야 한다. 왜냐하면 그 백락으로 인해 자기 삶의 환경이 크게 바뀔 수도 있기 때문이다.

예컨대 일단 취직이 되어야 일을 할 수 있고 일단 무대에 올라가야 열정적으로 끼를 펼칠 수 있다. 그러므로 자기가 아무리 노력해도 희망이 없다는 생각이 든다면 가만히 집에 앉아 백락을 기다리지 말고 직접 찾아 나서라. 자기의 백락을 스스로 찾는 것도 능력이다.

가장 기본적인 것부터

일을 함에 있어서 가장 중요한 것은 가장 기초적인 것을 잘하는 것이다. 바둑을 둘 때도 바둑의 예절과 정석을 알아야 하듯 사람들과 좋은 관계를 유지하기 위해서는 서로가 지켜야 하는 가장 기본적인 에티켓을 잘 지켜야 한다.

인성이 바르고 행동거지가 올바른 사람들은 서로 지켜야 하는 기본적인 예절을 잘 지킨다. 우리는 빛나는 업적을 남긴 사람들이 가장 기본적인 것을 지키지 못해서 일시에 나락으로 떨어지는 경우를 자주 접한다. 그렇다. 가장 기본적인 것이 무너지면 모든 것이 일시에 무너지게 된다. 그러므로 가장 기초적이고 기본적인 것을 무시하지 말고 그것을 잘 지켜야 한다.

기본이 튼실하면 다소 성장이 더디어도 오래도록 그 견고한 아성을 유지할 수 있다. 기본이 버팀목이 되고 힘이 되기 때문이다. 그래서 어려울수록 기본으로 돌아가야 하고, 문제가 풀리지 않으면 먼저 기본을 헤아려 봐야 한다.

난이도가 높은 기술을 가진 고수도 처음에는 기본에서 출발했다. 제아무리 고난도의 기술을 구사하는 고수라고 해도 기본을 무시할 수는 없다. 든든한 반석 위에 고층 건물이 세워지듯 기본이라는 것은 튼실한 토양이고 고층 건물을 오래도록 받치고 있어야 하는 반석과 같다. 공사를 함에 있어서도 기초 공사가 잘 되어야 하고, 운동선수들이 실력을 충분히 발휘하기 위해서는 기초체력이 뒷받침되어야 하듯 모든 것을 이루는 가장 기본 중의 기본은 기본을 잘 지키는 데 있다.

가장 기초적인 것과 가장 기본적인 것이 모든 것의 본질이다. 일이 이뤄지는 과정에서 그것이 오래도록 진화할 것인지 혹은 시간이 지나면 퇴보할 것인지의 여부는 가장 기본적인 사항들을 잘 지키는지를 보면 쉽게 예측할 수 있다. 기본이 되어 있지 않는 사람은 일정 시간이 지나면 반드시 그 기본을 준수하지 못한 것이 원인이 되어 일시에 무너질 것이다. 기본을 지키지 않는다는 것은 기초공사가 되어 있지 않는 토양 위에 건물을 높이 쌓는 것과 같다. 사실 기반이 약해도 건물 높이가 낮으면 크게 티가 나지 않지만 점점 건물 높이가 높아지면 결국에는 일시에 무너지게 된다. 그러므로 일을 추진함에 있어서 그에 따른 기본과 원칙을 잘 준수하고 표준과 기준을 잘 지켜야 한다.

황금률과 백금률

돈과 권력이 있는 사람들은 뭐든 남에게 시키는 것을 좋아한다. 또 다른 사람을 자기 마음대로 좌지우지하면서 자기가 하고 싶은 것을 남이 하도록 한다. 자기가 해야 하는데 남을 시키는 것은 남의 인생에 해당하는 생명의 시간을 쓰는 것이다. 즉 남에게 뭔가를 시키는 것은 자기를 위해서 남의 생명을 빼앗는 것과 같다. 그러므로 남이 뭔가를 시키면 그것은 자기의 생명을 빼앗기는 것이라 생각하고 신중에 신중을 기해야 한다.

누구나 남에게 시키는 것을 좋아한다. 그래서 남보다 잘나서 높은 자리에 앉으려고 하고 가능한 조직의 수장이 되려고 한다. 우두머리가 되면 자기가 하고 싶은 대로 할 수 있고 다른 사람의 손발을 빌려서 자기가 하고 싶은 일을 많이 할 수 있기 때문이다. 그러므로 사람과 친해지고 그 사람을 내편으로 만들기 위해서는 자기 일을 다른 사람에게 시키지 않아야 한다. 또 남에게 시켜야 하는 위치에 있어도 자기가 해야 하는 일은 자기 스스로 해야 한다. 그것이 솔선수범率先垂範이고 본보기다.

남을 시키지 않는다는 것은 자기의 일을 자기 스스로 하는 포용력을 갖고 있음을 의미한다. 그래서 공자는 제자인 자공에게 평생 동안 실천할 수 있는 한 가지가 있다면 자신이 원하지 않으면 다른 사람에게도 시키지 않는 것이라고 말한다. 자신이 하기 싫은 일은 다른 사람도 마땅히 하기 싫어하기 때문에 남에게 강요해서는 안 된다는 말이다. 내가 상대편에게 굽실거리고 싶지 않으면 상대도 나에게 굽실거리기를 바라지 말아야 하듯 서로의 입장을 이해하며 다른 사람의 인격을 존중해야 한다는 의미가 내포되어 있다.

'혈구지도絜矩之道'라는 말이 있다. 이 말은 위에서 싫어하는 것으로 아랫사람을 부리지 말고 아래에서 싫어하는 것으로 윗사람을 섬기지 말라는 말이다. 또 오른쪽에서 싫어하는 것으로 왼쪽과 사귀지 말 것이며, 왼쪽에서 싫어하는 것으로 오른쪽과 사귀지 말라는 말이다.

황금률과 백금률이 있다. 황금률은 남에게 대접받고자 하는 대로 남을 대접하라는 말이며 백금률은 남이 원하는 대로 해주라는 말이다. 마치 고객이 진정으로 원하는 것을 찾아서 해결해주는 솔루션 마케팅처럼 타인을 중심에 두고 행하는 것이 백금률이다.

최근 들어 수요보다 공급이 늘어남에 따라 공급자의 입장보다는 수요자의 입장이 더 중요시되고 있다. 대인 관계 역시 이제는 자기 위주로 사람을 사귈 수 없게 됐다. 군주론과 한비자에서 말하는 바와 같이 이제는 많은 사람들이 이익이 되지 않으면 접근 자체를 꺼린다. 과거에는 그러한 본능을 숨기고 어느 정도 가면을 쓰고 가식적으로 행동했지만 이제는 아예 자기의 속내를 드러내놓고 경제활동을 하는 사람들이 많다. 이러한 현상이 사회적인 추세이기에 이제는 자기가 해야 하는 것을 남에게 시키면 다른 사람이 하나둘씩 자기의 곁을 떠나간다고 생각해야 한다. 즉 남을 시키는 것과 관계의 친밀도는 반비례한다고 생각해야 한다.

공자가 살던 시대는 계급사회였다. 한마디로 양반이 자기 소유의 노비에게 무슨 일이든지 시킬 수 있는 환경이었다. 주인이 노비를 죽이고 싶으면 죽일 수 있는 시대임에도 공자는 그러지 말고 자기가 하기 싫은 일이면 상대방도 하기 싫은 일이기에 시키지 말라고 말한다. 과연 그렇게 생활하고 있는 사람들이 얼마나 될까? 논어에 등장하는 군자라는 사람은 소인의 모든 것을 좌지우지할 수 있는 위치에 있는 사람이다. 그럼에도 불구하고 공자는 기소불욕己所不欲 물시어인勿施於人, 즉 자기가 하기 싫은 일을 남에게도 하게 해서는 안 된다고 한 것이다.

요즘은 공자의 시대가 아닌 신분이나 계급의 차이가 어느 정도 완화된 민주주의 시대다. 그럼에도 불구하고 갑의 위치에서 을에게 심한 모욕감과 인격적인 모독을 주는 사람들이 적잖다. 인간적인 갈등은 서로 수직적인 관계에서 시작되고, 그러한 갈등이 더욱 심화되는 것은 시키는 것에 있다는 것을 명심해야 한다. 그 어느 누가 시키고 싶지 않으랴. 누구나 자기가 하고 싶지 않은 일을 남에게 시키고 싶어 하는 것은 당연하지 않은가? 그럼에도 불구하고 그것을 억제하고 자기 일은 자기 스스로 해야 한다. 그래야 사람이 주변에 몰리게 된다.

안영의 마부

사람을 사귀는 과정에서 자기보다 차원이 더 높은 사람과 사귀기 위해서는 자기 주변에 있는 기존 인맥을 최대한 잘 활용해야 한다. 또 함께 사귀는 사람 중 자랑할 만한 사람을 넌지시 이야기를 함으로써 자기의 위세를 다른 사람에게 마케팅해야 한다. 그래서 자기는 많은 사람들과 함께 인맥을 형성하고 있고 자기 인맥 중에는 지위가 높은 사람이 많다는 것을 상대방이 인지하도록 해야 한다.

자기 혼자서 자기 인맥을 넓히는 것은 한계가 있다. 그럴 때에는 자기가 현재 인맥을 맺고 있는 사람을 이용하여 새끼치기를 한다는 생각으로 자기 주변의 현재 인맥을 최대한 활용해야 한다. 그러면 혼자서 인맥을 형성하는 것보다 많은 사람과 인맥을 형성할 수 있다. 인맥관리를 잘하는 사람들은 이러한 후광효과를 최대한 잘 활용한다. 어떡하든 자기와 연관되어 친분을 형성하고 있는 사람 중에서 자기 인맥을 빛나게 하는 빼어난 사람을 활용하여 다른 사람들과 인맥을 형성한다. 돈이 많고 권력의 중심부에 있는 사람과 친하게 지낸다는 것을 은근히 자랑하면서 다른 사람으로 하여금 자기와 인맥을 맺는 것이 언젠가는 많은 이익이 될 것이라는 것을 은연중에 알린다. 그런데 그것을 잘못 활용해서 자기의 후광에 있는 사람들이 욕을 먹도록 행동하는 사람도 있다. 그런 것을 최대한 경계해야 한다. 상대방에게 피해를 주지 말아야 하고 그 사람이 당신과 사귀고 있다는 것으로 인해서 평판이 나빠지지 않도록 해야 한다. 최소한 당신을 알고 있는 사람들이 당신과 친분을 나누고 있다는 것을 자랑스럽게 생각하는 정도가 되어야 한다. 그래야 관계가 오래 간다.

안영의 마부에 관한 이야기가 있다. 제나라 경공 때 안영은 강직한 사람으로 제나라를 천하강국으로 만든 명재상이다. 그 안영의 마차를 부리는 마부가 있었는데, 사람들이 안영의 마차가 지나갈 때 머리 숙여 예를 표하는 것을 보고 마치 자기가 안영이라도 된 듯 착각에 빠져 있었다. 하루는 그의 아내가 남편이 일하는 모습을 보고 있었다. 그는 마침 마차 뒤에 몸을 뒤로 젖히고 앉아서 거만한 태도로 말 네 필에 채찍질하며 의기양양해 하고 있었다. 마부가 집으로 돌아오자 그의 아내는 "안영께서는 키가 여섯 자도 못 되는데 제나라의 재상이 되어 이름을 떨치고 있습니다. 그런데도 그분은 항상 겸허한 모습이었습니다. 그런데 당신의 키는 여덟 자나 되건만 남의 마부 노릇을 하면서도 아주 으스대고 있더군요. 그러니 제가 이혼을 청할 수밖에요." 그 후로 마부는 자신을 낮추고 겸손해졌다.

자기 곁에 높은 사람이 있고 성공하는 사람 혹은 권력이 있는 사람과 함께 있을 때는 그 사람을 본보기로 삼아 자기를 단련해야 한다. 그렇지 않고 자기가 권력 있는 사람과 친분이 있기에 자기의 말 한마디로 모든 것을 가능하게 할 것이라는 비선실세와 같은 행동을 하는 것은 궁극적으로 자기는 물론 그 후광효과의 주인공에게도 큰 해가 된다는 것을 알아야 한다. 특히 요즘에는 갑질 논란이 사회적인 문제로 대두되고 있다. 대기업에 다니는 사람이 협력 업체에 다니는 사람에게 함부로 대하고 정식직원이 계약직이나 인턴 직원에게 막말을 하는 것도 일련의 대기업이라는 것과 정규직이라는 후광 효과를 이용하여 사람을 비인격적으로 대하는 것이라고 할 수 있다. 즉 사람들을 항상 하나의 인격체로 대해야 하는데 갑甲의 위치에 있다는 이유만으로 다른 사람의 인격을 무시하며 을乙로 대하는 것은 좋지 않은 처사다.

높은 권좌에 앉아 있는 사람들이 대개의 경우 친인척 비리로 인해서 그 자리에서 내려와야 하는 뼈아픈 상황이 발생하기도 한다. 그러한 일련의 행위는 자기와 친한 사람이 무소불위의 권력을 가지고 있다는 생각에 마치 자기가 그러한 권력을 가진 사람이라고 착각해서 행동하는 경우다. 실제로 높은 사람은 항상 겸손한데 안영의 마부와 같이 덜 성숙한 사람은 마치 자기가 그러한 권력을 가진 사람이라고 착각한다. 그러므로 호가호위狐假虎威하는 과정에서 파생되는 주변의 반응들이 결코 자기에게 그러한 것이 아니라는 것을 명심해야 한다. 또한 자기의 위치는 언제든 호랑이 역할을 해주는 사람의 위치에 따라서 변할 수 있다는 생각을 가지고 항상 윗사람을 바르게 섬기며 그 사람에게 피해를 주지 말아야 한다.

맑은 물에는 물고기가 없다

성격이 날카롭고 눈빛이 강한 사람이나 인상이 다른 사람에 비하여 유난히 날카로운 사람은 가급적 부드러운 분위기를 연출해야 한다. 사람은 각각의 기氣가 있어서 그런 기가 알게 모르게 다른 사람에게 전해지게 마련이다. 그런 점에 입각하여 다른 사람과 함께 있을 때는 눈과 어깨의 힘을 빼야 한다. 그렇다고 멍청한 표정을 지어야 한다는 것은 아니다. 인상이 날카롭기 때문에 상대방에게 위압감을 줄 수 있으므로 주의해야 한다는 말이다. 그런 것이 잘 안 되면 평소에 웃는 연습을 많이 해야 한다. 미소를 지으면 한결 부드러운 인상을 전할 수 있기 때문이다.

고전에 이르기를 다른 사람들과 잘 어울리기 위해서는 자기의 빛을 잘 갈무리하라고 말한다. 물이 너무 맑으면 고기가 살지 않는 것처럼 사람들은 자기보다 유별나게 잘난 사람이나 티 없이 깨끗한 사람을 별로 좋아하지 않는다. 그저 수더분하고 약간은 멍청해 보이면서도 올바른 사람을 좋아한다. 특히 날이 선 부드러움이 아니라 날이 한풀 꺾인 그런 부드러움을 가진 사람을 좋아한다.

'화광동진和光同塵'이라는 고사성어가 있다. 이 말은 노자에 나오는 말로, 자기의 지혜와 덕을 밖으로 드러내지 않고 속인과 어울려 지내야 한다는 말이다. 곧 자기의 뛰어난 재덕을 밖으로 드러내지 않고 세상 사람들과 함께하는 것을 뜻한다.

모든 사람들이 옳다고 하면 설령 틀렸더라도 그 상황에서는 그것이 옳은 것이다. 모두가 벗고 있다면 옷을 입고 있는 것이 비정상이다. 모두가 울고 있는데 혼자서 웃고 있다면 그 역시도 정상은 아니다. 다른 사람과 함께 잘 어울리고 함께 잘 지내기 위해서는 가장 우선적으로 상대방과 같은 빛을 내야 한다. 아울러 상대방의 빛을 가리지 말아야 하고 자기 빛이 너무 강해서 상대방의 빛을 약화시키는 것은 아닌지를 돌아봐야 한다. 왜냐하면 사람들은 누구나 자기가 내는 빛으로 인해서 주변이 환해지기를 바라고 있으며 자기 등불이 다른 사람의 등불보다 환하게 비춰지기를 바라고 있기 때문이다.

그렇다고 해서 난득호도와 같이 바보처럼 숨어서 지내는 것이 능사는 아니다. 진정한 화광동진은 자기의 눈높이를 낮추고 남의 눈높이에 자기의 눈높이를 맞추는 것이다. 그래서 함께 어울려야 한다. 예컨대 미운 오리 새끼가 되지 않아야 함을 의미한다. 자기가 백조인데 양두구육羊頭狗肉의 성어처럼 속일 필요는 없다. 자기의 본래 모습을 보여주되 백조이면서 오리와 함께 어울리는 것처럼 동료들과 함께 어울려야 한다. 자기는 백조라서 더러운 물에 들어가면 옷이 더러워지기에 들어가지 않는다고 하거나 자기는 주로 양식을 먹어 왔기에 한식은 먹지 못하므로 기어이 양식을 먹어야 한다고 주장하는 것은 진정한 화광동진이 아니다.

진정한 화광동진은 자기를 타인에게 맞추는 것이다. 자기가 수준이 낮으면 군중의 수준에 이르도록 수준을 올리고 자기가 군중의 수준보다 높으면 군중의 눈높이에 맞게 동화되어 생활하는 것이 진정으로 화광동진을 실천하는 것이다.

어렵지만 우직하게, 우직지계

목표를 향해 나아가다 보면 높은 벽에 부딪힐 때가 있다. 벽이 있다면 벽에 올라서 벽을 넘어야 하고 벽을 넘을 수 없다면 벽을 무너뜨려야 한다. 이도 저도 아니라면 벽을 돌아가면 된다.

목표로 향하는 지름길에는 수많은 경쟁자가 도사리고 있다. 누구나 목표를 쉽게 이루려고 한다. 그 어느 누가 힘들게 목표를 달성하려고 하랴. 가능한 한 쉽고 여유 있게 목표를 달성하려고 한다. 그러기에 지름길에는 많은 사람들이 몰리게 마련이다. 마치 명절 때 고속도로가 막혀 정체되듯이 늘 경쟁자로 발 디딜 틈이 없는 곳이 목표로 향하는 지름길이다.

병법의 전략 중 '우직지계迂直之計'라는 말이 있다. 이 말은 가까운 길을 곧게만 가는 것이 아니라 돌아갈 줄도 알아야 한다는 말이다. 목표 달성을 향한 여정에서 경계해야 하는 것은 너무 쉽게 목표를 달성하려고 서두르는 것이다.

어렵고 힘들게 구한 것과 피눈물 나게 벌어들인 돈의 가치는 다르다. 쉽게 번 돈은 쉽게 쓰고 어렵게 번 돈은 어렵게 쓴다는 말이 있듯이 가능한 한 어렵고 힘들게 돈을 벌어야 한다. 그래야 그 돈의 소중함을 알게 되고 가치 있게 느낀다. 목표 달성을 향한 여정도 마찬가지다. 그러므로 힘들다고 포기하지 말아야 한다. 또 쉽게 가려고 하지 말고 남들이 가보지 않는 낯선 길도 과감하게 도전해야 한다.

남들은 불가능하기에 가지 말라고 말리는 길이 우직지계迂直之計로 가는 길이다. 목표 달성에 대한 욕망이 강한 사람들은 그 목표를 반드시 달성하려고 하기 때문에 어렵고 힘들지만 그 길을 택한다. 그 목표로 향하는 여정이 멀고 험하지만 그 길이 성공의 길이라는 것을 알기 때문이다. 또한 그렇게 우회로 가는 과정에서 배우고 익히는 것이 목표를 달성하는 것보다 더 큰 경험적인 산물이 된다는 것을 알기에 기꺼이 돌아가는 것을 마다하지 않는다.

사실 돌아간다는 말이 쉬워 보이지만 가까운 길을 두고 돌아간다고 생각하면 앞이 캄캄하다. 눈앞에 쉽고 빠른 길을 놓아두고 피땀을 흘려서 가야 하는 가시밭길을 걸어야 한다고 생각하면 그야말로 비참하기도 하다. 그럼에도 불구하고 우직하게 자기가 꿈꾸는 욕망을 실현하기 위해서는 이를 악물고 그 길을 가야 한다. 아울러 그러한 상황이 도래해도 그 상황을 의연하게 견뎌낼 수 있는 인내력과 넘어지고 쓰러져도 다시금 일어설 수 있는 힘을 길러야 한다. 그래야 그로 인해서 더욱 큰 힘을 발휘할 수 있고 더 큰 사람이 될 수 있는 내공이 길러지게 된다.

남에게
의심 받지 않는 사람

사람의 심리에는 한쪽으로 치우치면 계속해서 그쪽으로 치우치려는 편향성이 있다. 그래서 어떤 사람을 의심하게 되면 자기가 의심한 사항이 백 퍼센트 옳다고 생각하고 그 사람의 모든 것을 의심한다

계곡에서 찾은 도끼

여씨춘추 거유편에 이런 이야기가 나온다. 어떤 사람이 도끼를 잃어버렸는데 그는 이웃집 아이가 그것을 훔쳐갔다고 의심하게 되었다. 그러자 그 아이의 걸음걸이를 보아도 훔친 것 같고 그의 언행과 태도를 보아도 틀림없이 그가 훔쳤다고 생각할 수밖에 없었다. 그러나 며칠 후 잃어 버렸던 도끼를 계곡에서 찾게 되었다. 그 후에 그 아이를 다시 보게 되었다. 그런데 이상하게도 그 아이가 도끼를 훔쳤다고 의심할 수 있는 곳은 한 군데도 없었다. 그것은 이웃집 아이가 변한 것이 아니라

그 아이를 바라보는 그 사람의 관점이 변한 것이다. 결과적으로 남을 의심하게 되면 그 사람의 하는 모든 행위가 의심스럽게 보인다는 것을 알 수 있다. 이처럼 사람은 누군가를 의심하면 그것이 확실하다고 생각한다. 그래서 의심하는 사람이 하는 모든 언행을 의심하게 되고 자기가 그 사람에게 받아들인 정보를 자기 임의대로 의심에 맞게 추론해서 확정하려는 경향이 있다.

사실 모든 것은 양면성이 있어서 보는 관점에 따라 해석이 달라진다. 예컨대 신중한 사람은 행동이 느린 사람이라고 해석할 수 있고 속전속결로 업무를 처리하는 사람은 차분하지 못하다는 평가를 내릴 수 있다. 이처럼 동일한 사건을 가지고도 어떤 경우에는 좋게도 해석되고 나쁘게도 해석된다. 그러므로 가능한 한 자기 인식이나 주관적인 틀을 내려놓고 모든 것을 있는 그대로 받아들이는 수용력을 길러야 한다.

한편, 살다 보면 자기가 전혀 하지 않은 이야기가 사실처럼 소문이 나고 자기는 좋은 의도를 가지고 행했던 것들이 사실과는 다르게 포장되는 경우도 있다. 그것은 자기가 평소에 타인에게 신뢰받지 못했기에 그러한 것이다. 또 다른 측면에서 보면 사람들이 상대방을 의심하지 말아야 하는데 편향적인 심리로 인해서 그 사람이 하는 모든 행동에 의심을 품게 된다고 볼 수 있다. 그러므로 남을 의심하지 않음과 동시에 자기 스스로 남에게 의심 받을 행동을 하지 않는 것도 중요하다. 즉 상대방이 의심하지 않도록 자기가 먼저 타인을 대할 때 행동거지를 조심해야 하고 언행을 삼가야 한다.

제1장 호인편好人篇 사람을 좋아하는 습관   71

까마귀 날자 배 떨어진다

의심 받을 행위를 하는 것을 경계해야 한다는 말은 명심보감에서 태공이 말한 '과전불납리瓜田不納履 이하불정관李下不整冠'이란 말에 잘 나타나 있다. 이 말은 "남의 참외밭에서는 짚신을 고쳐 신지 않아야 하고 남의 살구나무 아래에서는 갓을 바르게 고쳐 쓰지 않아야 한다."는 말이다. 이처럼 의심스러운 행동을 하지 말아야 하는 이유는 자칫하면 까마귀 날자 배 떨어진다는 오비이락烏飛梨落처럼 공교롭게 다른 일과 때가 일치되어 의심을 받을 수 있기 때문이다.

대부분 남의 일을 자기 일처럼 주도적이고 적극적으로 하는 사람들이 의심을 많이 받는다. 가만히 있으면 중간이라도 가는데 괜히 나서서 본전도 찾지 못하는 경우다. 예컨대 청소년들이 흡연하는 것을 꾸짖다가 봉변을 당해서 오히려 피해를 입는 사람도 있다. 자기 자식 같은 생각으로 그들을 사랑으로 타이르다가 봉변을 당한 것이다.

일반적으로 사람들은 잘나갈 때는 서로를 격려하고 응원하면서 좋은 관계를 형성한다. 그런데 문제는 친하게 지내다가도 손해를 보는 상황에 처하면 서로 손해를 보지 않기 위해 싸움을 한다는 데 있다. 이처럼 의심은 평화로운 상황보다는 어렵고 힘든 상황이나 갈등 상황에서 많이 발생한다. 의심한다는 것은 결국 서로가 서로를 불신하고 있음을 의미한다. 달리 말해서 의심을 받지 않는다는 것은 상대방에게 신뢰가 쌓여 있다는 것을 의미한다. 그렇다. 신뢰라는 것은 의심을 버리고 믿음을 쌓아가는 것이다. 그 믿음이라는 것은 일시에 쌓이는 것이 아니라 시나브로 쌓아가는 것이다. 아울러 아무리 오래도록 견고하게 쌓았다고 해도 단 한 번에 무너지는 것이 믿음어린 신뢰의 탑이다.

한편으로 생각하면 자기가 자기도 믿지 못하는 세상인데, 남을 믿지 않고 의심하는 것은 당연하다. 왜냐하면 위험하고 두려운 상황에 처하면 자기를 보호해야 하기 때문이다. 바야흐로 이제는 돌다리도 두들겨보고 건너야 하는 세상이다. 이처럼 눈을 뜨고 있어도 코를 베어가는 세상에 살면서 의심하지 않을 수는 없다. 그렇지만 최소한 상대방을 무조건 의심하지는 말아야 한다. 더불어 자기도 타인에게 의심받을 행동을 하지 말아야 한다.

한 통의 편지

중국 삼국지를 읽다 보면 서로가 서로를 의심하면서 암투를 벌이고 그러다가 우매한 사람이 척살되는 경우도 많다. 또 절친한 사이를 이간질시켜 서로가 서로를 의심하게 함으로써 결국은 둘 다 패하게 만드는 경우도 많다. 이에 대한 대표적인 사례는 조조가 마초와 한수를 이간시켜 대군을 격파하는 장면이다.

조조는 적벽대전 참패 후 절치부심하며 형주의 유비를 공격하려고 준비를 하고 있었다. 그런데 딱 한 가지 마음에 걸리는 것이 있었으니 서량태수 마등이었다. 마등은 유비와 더불어 조조를 제거하려던 인물이다. 이에 조조는 황명을 빙자하여 마등을 도성으로 불러들이게 되는데 마등은 오히려 이 기회를 이용하여 조조를 없앨 계획을 모의한다. 그러다 결국 조조에게 잡혀 죽임을 당한다.

조조가 오나라와 형주를 치려 하자 제갈량은 마초에게 서신을 보내 조조를 공격할 것을 요청하고 마초는 조조를 치기 위해 군사를 일으킨다. 마초는 조조가 죽인 마등의 아들로 무예가 출중한 명장이다. 이때 서량 태수 한수가 마등과 의형제 관계였던 인연으로 마초를 돕는다. 그로 인해 조조는 마초와의 전투에서 여러 번 어려운 상황에 처하게 된다. 전면전으로는 쉽게 마초를 이기지 못할 것을 안 조조는 마초와 한수를 이간시켜 갈라놓을 계책을 찾는다. 그것이 바로 반간계다. 조조는 마초에게 화친을 청한다. 그래서 마초의 사신으로 온 한수를 만난 조조는 지난날 추억을 이야기하는 등 화친과는 관계없는 잡담만 하고 다시 만날 것을 약속하며 그러기를 여러 번 반복한다. 이에 마초가 궁금하여 한수에게 무슨 말을 나눴는지 묻자 한수는 별다른 대화를 하지 않았다고 말한다. 그 말을 듣자 마초는 한수를 의심하게 된다. 이 시점에 조조는 한 통의 편지를 한수에게 보내는데 중간에 글자를 먹으로 뭉개놓음으로써 마치 마초가 보면 의심을 갖게 만든 다음 편지를 보낸 사실을 마초에게 알렸다. 마초는 지체하지 않고 한수한테 갔다. "조조가 숙부한테 편지를 보냈다고 하는데 무슨 편지입니까?" 한수는 자연스럽게 편지를 보여주었다. 마초는 뭉갠 필적을 보자 한수를 의심하게 된다. 이에 한수는 만약 내일 조조 앞에서 이야기할 때 배반한 증거가 드러난다면 자기를 찔러 죽이라고 말한다. 그래서 다음날 한수는 은밀하게 마초와 동행하여 조조를 만난다. 이때 조조는 조홍을 대동하고 나타났는데 갑자기 조홍이 한수에게 "장군께서는 어제 승상과 비밀리 의논하신 말씀을 잊어서는 안 됩니다."라는 말을 남기고 홀연히 사라진다. 숨어서 이 말은 들은 마초는 한수를 죽이려고 했다. 조조의 이간질이 완벽하게 먹

　　　　　　　　　　　　　강한 내가 되는 습관

힌 것이다. 결국 마초의 의심을 풀 수 없음을 직감한 한수는 조조에게 항복하고 마초는 대패하여 도주했다.

결과적으로 한수는 마초를 속이지 않았지만 조조의 이간책에 의하여 한수와 마초가 서로 갈라서게 된다. 마초와 한수가 조조의 계략에 넘어 간 것이다. 이렇게 볼 때 마초의 입장에서 한수를 믿었더라면 조조에게 그렇게 허무하게 패하지는 않았을 것이다.

명심보감 성심편省心篇에 '의인물용疑人勿用 용인물의用人勿疑'라는 말이 나온다. 이 말은 "의심스러운 사람은 기용하지 말고 일단 기용했으면 의심하지 말라"라는 뜻이다. 현명한 사람과 어리석은 사람의 차이는 용 인에 있다는 말이 있는데 마초를 보면 사람을 의심한다는 것이 얼마나 큰 불행을 가져오는지를 알게 된다. 위의 이야기에 등장하는 마초의 사 례를 반면교사로 삼아 충신이나 심복을 의심하고 있지는 않는지를 돌아 봐야 한다.

사마의의 핑계

한편 의심을 받고 있다면 그 의심하는 사람이 잘못 생각하고 있다는 것을 알 수 있도록 연기를 할 필요가 있다. 즉 상대방이 의심하는 눈치 가 보이면 그 사람의 의심이 틀렸다는 것을 알 수 있도록 어느 정도 자 기를 위장해야 한다.

삼국지에서 제갈공명과 경쟁했던 위나라 사마의가 힘이 강해지자 어 린 황제를 등에 업고 섭정하는 조상의 의심을 받게 된다. 조상은 눈치가 빠른 자였다. 표면적으로는 사마의에게 지도를 받으면서 존경하는 척하였지만 은밀히 자신의 심복을 조정의 핵심 자리에 앉혔다. 그래서 사마의를 점차 권력의 중심에서 멀어지게 했다. 이를 눈치 챈 사마의는 아프다는 핑계로 관직을 내려놓고 칩거했다. 그러자 조상은 사마의가 꾀병을 부린다고 의심하고 이승을 보내 그 진위를 알아보도록 했다. 이승이 찾아가 사마의를 만났다. 그런데 사마의는 중풍에 걸려 침을 질질 흘리며 말도 제대로 하지 못했다. 이승이 돌아와 조상에게 사마의는 죽은 시체나 다름없다면서 금방 죽을 것이라고 보고했다. 그 말을 듣고 조상은 더 이상 사마의를 경계하지 않았다. 그런 틈을 타서 사마의는 은밀히 힘을 길렀고 결국에는 조상의 군영을 점거하여 조상을 면직시켰으며 반역죄로 조상과 그의 일가를 모두 죽였다. 10년을 기다린 끝에 사마의는 승상에 올라 위나라의 정권을 장악했고 자기 아들이 황제에 오르는 기반을 조성했다.

삼국지에서 사마의가 펼치는 다양한 술책을 보노라면 어떤 경우에는 제갈공명보다 고수라는 생각을 하게 된다. 여하튼 사마의가 조상의 의심을 피하기 위해 술책을 부렸던 것처럼 누군가의 의심을 받고 있다면 사마의처럼 술책을 부려서라도 그 의심에서 벗어나야 한다. 왜냐하면 의심의 속성상, 한번 의심하면 계속 의심하게 되기 때문이다.

증자 어머니의 믿음

'삼인성호三人成虎'는 세 사람이 없는 호랑이를 만든다는 말이다. 즉 거 짓말도 여러 사람이 말하면 참말처럼 여겨진다는 의미가 내포되어 있 다. 이에 대한 이야기로 한비자 내저설편에 증자의 어머니에 대한 이야 기가 있다. 공자의 제자인 증자의 어머니가 어느 날 베를 짜고 있었는 데 한 사람이 급히 뛰어와 증자가 사람을 죽였다고 말했다. 그러나 증 자의 어머니는 자기 아들은 그런 사람이 아니라고 하면서 태연하게 베 를 짰다. 그런데 잠시 후 또 다른 사람이 증자가 사람을 죽였다고 말했 다. 그래도 증자의 어머니는 자기 아들은 그럴 아이가 아니라고 대답했 다. 그렇게 철석같이 아들을 믿고 베를 계속 짜려고 하는데 또 한 사람 이 뛰어와서 증자가 사람을 죽였다고 말했다. 그러자 증자의 어머니는 베틀에서 일어나 숨었다. 누구든지 한 사람만 더 와서 같은 말을 한다 면 진짜로 아들을 의심하여 아들을 믿지 못하는 어머니가 될 것 같았기 때문이다. 나중에 진상이 밝혀졌다. 증자와 이름이 같은 다른 사람이 사람을 죽였는데 사람들이 잘못 알고 증자의 어머니에게 알린 것이다.

이렇게 다른 사람이 의심을 해도 증자의 어머니처럼 다른 사람들의 말에 휘둘리지 않고 끝까지 믿어주는 사람이 있으면 얼마나 좋을까? 하 지만 사회생활은 적과의 동침이라는 말이 있듯이 좋을 때는 서로 한없 이 친하지만 자기가 조금이라도 피해를 입을 수 있는 상황에 처하면 구 설수에 올려 제거하려고 한다. 그러므로 구설수에 오르지 않도록 평상 시에 언행을 삼가야 한다. 또 상대방에게 불쾌감을 주지 않도록 겸손해 야 한다. 더불어 전면에 나서지 말고 다른 사람이 나설 수 있도록 뒤에서 묵묵히 조언을 아끼지 않아야 한다. 남에게 이로움을 주고 자기를 위하여 희생하는 사람을 나쁘게 말하는 사람은 없다. 또 자기의 이익보다는 상대방의 이익을 위해서 일하는 사람은 누구나 좋게 말한다.

갈매기의 의심

사람들과 친하게 지내기 위해서는 우선적으로 다른 사람의 마음을 읽을 줄 알아야 한다. 사람이 친해진다는 것은 서로간의 마음이 섞이는 것이다. 그런데 수혈할 때 혈액형이 다르면 수혈을 할 수 없는 것처럼 서로 다른 마음을 갖고 있으면 친해질 수 없다. 또 혈액형이 동일하더라도 수혈을 해주는 사람이 병에 걸려 있으면 수혈을 할 수 없듯이, 마음에 흑심을 품고 있으면 시나브로 관계가 서먹해지게 마련이다. 그러므로 혈액이 맑고 건강해야 수혈을 할 수 있듯이 사람들과 친교를 나누기 위해서는 마음이 깨끗하고 맑아야 하며 흑심을 품지 말아야 한다.

'해옹호구海翁好鷗'라는 말이 있다. 이 말은 바닷가에 사는 갈매기를 좋아하는 노인이라는 뜻이다. 바닷가에 사는 어떤 사람이 갈매기를 좋아했다. 그는 매일 아침 바닷가로 나가 수많은 갈매기들과 매우 친하게 지냈다. 어느 날 그의 아버지가 갈매기를 데리고 놀고 싶다면서 갈매기를 한 마리 잡아오라고 했다. 다음 날 아침 그는 아버지의 부탁을 들어주기 위해 바닷가로 나갔다. 그런데 갈매기들은 그 사람의 머리 위를 맴돌 뿐 내려오지 않았다.

이 이야기는 갈매기 같은 새들도 사람들이 순수한 마음으로 대하면 놀아주지만 일단 잡겠다는 흑심을 품으면 그 사람을 가까이 하지 않는다는 것을 보여준다. 즉 흑심을 품으면 새들도 그러한 낌새를 알아차리고 거리를 둔다는 말이다. 그러므로 살아 움직이는 모든 생물과 친근함을 유지하기 위해서는 마음 안에 흑심을 품지 말고 순수해야 한다.

제아무리 흑심을 숨기고 그러한 마음이 없다고 교묘하게 위장해도 이미 자기가 스스로 마음에 속됨이 있다는 것을 알기에 그것을 몸 밖으로 표출하게 되어 있다. 마음보다 몸이 먼저 말을 한다는 말이 있듯 아무리 마음을 밖으로 표현하지 않으려고 해도 그것이 자기도 모르게 몸으로 표현되는 것이다.

세상에 비밀은 없다. 그러므로 사람을 사귐에 있어서는 자기 안에 있는 양심을 속이지 말아야 한다. 더불어 자기 마음 안에 흑심이 있다면 상대방에게 이실직고해야 한다. 그래야 상대방과 허심탄회하게 친근한 관계를 맺을 수 있다.

강남 귤을 강북에 옮겨 심었더니

'귤화위지橘化爲枳'라는 말이 있다. 이는 강남에 심은 귤을 강북에 옮겨 심으면 탱자가 되듯이 사람도 주위 환경에 따라 달라진다는 의미를 내포하고 있는 고사성어다.

옛날 제나라에 안영이라는 재상이 있었다. 어느 날 초나라 임금이 온 천하 사람들이 칭찬하는 안영을 놀려주려고 초나라로 초대했다. 초나라의 임금은 안영과 인사를 나누기가 바쁘게 한 죄인을 불렀다. 그 죄인은 제나라 사람인데 초나라에서 범죄를 저지른 사람이었다. 초나라 임금은 안영을 보고 제나라 사람은 원래 도둑질을 잘하냐면서 놀렸다. 그러자 안영은 태연하게 다음과 같이 대답했다.

"강남 쪽의 귤을 강북 쪽으로 옮기면 탱자가 되는 것은 토질 때문입니다. 제나라 사람이 제나라에 있을 때는 도둑질이 무엇인지조차 몰랐는데 초나라로 와서 도둑질을 한 것을 보면 초나라의 풍토가 좋지 않은가 봅니다."

흔히 조직에 새로 온 사람이 잘나가는 사람일 경우, 그를 시기하거나 자기가 원하는 방향으로 길들이기 위해 초나라 왕이 안영을 길들이려고 했던 것처럼 전략적으로 잘나가는 사람을 궁지로 모는 경우가 있다. 또 새로 온 사람을 자기들 무리에 쉽게 받아들이지 않는 경우도 있다. 하지만 어떤 사람이 새로 들어오면 단순히 그 한 사람만 오는 것이 아니다. 그 사람의 모든 인생이 오는 것이고 그 사람과 직간접적으로 연관된 모든 사람이 함께 오는 것이다. 그러므로 초나라 왕과 같이 잘나가는 사람을 시기하여 골탕을 먹이려고 해서는 안 된다.

이 세상에서는 하나가 전부가 되고 전부가 하나가 된다. 특히 무한경쟁의 글로벌시대에서는 언제 어떤 사람이 친구가 되고 적이 될지 모른다. 오늘의 적이 내일에는 친구가 되고 오늘의 친구가 내일에는 적이 될 수도 있다. 그러므로 잘나가는 사람을 시기하거나 골탕을 먹이려고 하지 말고 그 사람이 가진 장점을 최대한 살려주어야 한다. 또 잘나가는 사람이 가지고 있는 강점과 자신의 강점을 잘 융합시켜 보다 나은 것을 창출해야 한다. 아울러 그 사람을 본보기로 삼아 자기를 단련하며 함께 지속적으로 성장할 수 있는 계기로 삼아야 한다.

나무를 옮긴 사람

사람은 자기방어와 자기생존을 위해 낯선 것에 대해서는 먼저 의심부터 하고 보는 본능이 있다. 즉 일단은 자기방어와 자기생존의 차원에서 습관적으로 의심한다. 그리고 그 의심이 풀리면 비로소 상대방에게 마음의 문을 연다. 그런데 자기는 상대방을 의심하면서 상대방이 자기를 의심하는 것을 용납하지 않는다. 또 자기의 행동은 진정성이 있기에 의심의 여지가 없다고 생각하고 타인의 행위에 대해서는 세세하게 따진다. 그러다 자기에게 손해가 되는 경우라고 생각하면 더 많은 의심을 한다.

인간이 의심의 동물이라는 것은 숨기고 싶은 아킬레스건이다. 인간은 서로 의심해도 마치 의심하지 않고 믿는 척하면서 기꺼이 적과의 동침을 유지한다. 서로가 아무 일이 없는 것처럼 연극하는 곳이 인간 세상이고, 누가 더 자기에게 맡겨진 연극을 완벽하게 잘하는지가 인생을 잘 사는 척도가 됐다. 그렇다면 그런 의심이 많은 사람들에게 믿음을 주기 위해서는 어떻게 해야 할까? 이에 대한 해답을 '이목지신移木之信'이라는 고사성어에서 구할 수 있다.

전국시대 진나라에 상앙이라는 명재상이 있었다. 그는 법치주의를 표방하고 이를 바탕으로 한 부국강병책을 추진하여 진나라가 천하통일을 이루는 주춧돌을 놓은 정치가다. 그가 한번은 그 백성들에게 나무 한 그루를 북문으로 옮겨 놓는 사람에게 큰돈을 주겠다고 알렸다. 그러나 사람들의 반응은 시큰둥했고 아무도 선뜻 나서서 옮기려고 하지 않았다. 왜냐하면 그런 간단한 일을 했다고 해서 상금을 줄 것이라고는 생각하지 않았기 때문이다. 그런데 어떤 사람이 나타나 나무를 옮겼고 상앙은 그 사람에게 후한 상금을 내렸다. 그러자 사람들은 상앙의 말을 믿게 됐다. 이처럼 상앙은 사람들이 법을 준수하면 큰 상을 받고 법을 위반하면 큰 벌을 받는다는 것을 알게 함으로써 법치주의가 가능하도록 했다. 여기서 유래된 말이 이목지신이다.

이목지신이 말하듯 사람들은 자기에게 과도한 친절을 베풀고 기대 이상의 큰 이익을 주는 사람에게는 과한 의심을 품는다. 아니, 그렇게 의심하는 것이 당연하다. 그러므로 그러한 의심의 상황에 처하기 전에 그 사람과 의심의 골이 생기지 않도록 충분히 신뢰 관계를 먼저 구축해야 한다.

어떻게 보면 이목지신은 보다 큰 신뢰 관계를 형성하기 위한 밑밥이라고 할 수 있다. 하지만 맨 처음에 신뢰의 기반을 조성하기 위해서는 일반 사람의 기대를 뛰어 넘는 큰 미끼를 던질 필요도 있다. 물론 그 끝은 서로가 좋은 관계를 형성하는 것을 목표로 삼아야 한다. 아울러 사람들과 좋은 관계를 계속 유지하기 위해서는 미리 작고 사소한 것에서부터 신뢰 관계를 계속 쌓아가야 한다.

한 점 부끄러움이 없는 삶

열 길 물속은 알아도 한 길 사람 속은 모른다는 말이 있다. 그토록 사람의 마음을 읽기가 어렵다는 말이다. 사람들은 모두가 자기가 얻고자 하는 이익을 얻기 위해서 어떤 형태로든 자기의 마음을 들키지 않고 상대방을 설득해서 자신이 얻고자 하는 것을 얻으려고 한다. 물론 상대방의 호응을 얻은 상태에서 둘이 승승 포인트를 찾아 함께 이익을 얻어가는 것은 좋다. 하지만 상대를 속여서 자기편으로 만들거나 상대를 함정에 빠지게 하는 것은 결코 용납될 수 없다.

'연식고초鳶食枯草'라는 말이 있다. 이 말은 솔개가 마른 풀을 먹으면서 상대방이 긴장을 늦추거나 의심을 갖지 않도록 함으로써 결국에는 상대가 방심한 틈을 이용하여 자기가 원하는 이익을 챙긴다는 말이다.

이처럼 조직생활을 하다 보면 높은 자리에 있는 사람일수록 가면을 쓰고 다른 사람을 유혹하는 경우가 종종 있다. 그들은 사리사욕을 챙기기 위해서 혹은 자기가 원하는 목표를 달성하기 위해서 술책을 부린다. 그러므로 그런 사람들의 마음을 잘 읽어야 한다. 그래서 그런 속임수에 빠지지 않도록 자기를 경계해야 한다. 속이는 사람도 나쁘지만 어떻게 보면 목전의 이익에 현혹되어 자기를 잃어버리고 사기에 걸려드는 사람도 문제가 있다. 아울러 그런 사람이 더 이상은 악의 소굴에 빠지지 않도록 계도하는 것도 사람들과 좋은 관계를 이어가는 비결이다.

다른 사람들과 좋은 관계를 계속 이어가기 위해서는 겉과 속이 같아야 하고 일관되고 진실해야 한다. 그런 사람들이 주변 사람들에게 인정받고 신뢰를 얻는다. 그렇지 않고 겉으로는 잘하는 척하면서 속으로는 호박씨 까는 사람들은 언젠가는 그 실체가 낱낱이 드러나게 되어 있다. 그러므로 윤동주 시인의 서시에 나오는 시구처럼 '하늘을 우러러 한 점 부끄러움이 없는 삶'을 살아야 한다.

자기를 속이다 보면 속이는 과정에서 자기도 모르게 그것이 진실이라고 믿어 버리는 자기착각에 빠지게 된다. 즉 분명히 잘못되고 실수하고 거짓이라는 것을 자기가 알면서도 시간이 지나면 자기도 모르게 그것이 진실이라고 확신하게 되는 것이다.

사람들과 함께 많은 시간을 보낸 사람들은 다른 사람들의 언행을 보면 그 사람의 인간됨을 어느 정도는 간파한다. 그런 수준이 되어야 한다. 그렇다. 사람을 알기 위해서는 스스로 자기가 많은 사람들과 접촉해야 한다. 그래서 사람을 척 보면 어떤 성향을 가지고 있는가를 알아야 하고 그 사람이 말을 하지 않아도 그 사람의 마음속에 숨어 있는 진실을 발견할 수 있는 혜안을 길러야 한다. 아울러 어디에든 연식고초에 상응하는 사람이 있음을 알고 사람을 무조건 믿지 말아야 한다. 또 어느 정도 의심의 눈초리를 가지고 그 사람의 일면을 면밀히 살필 줄 알아야 한다. 그래야 그 사람에 대해서 더 많은 것을 알게 된다.

일곱 개의 구멍과 혼돈의 죽음

사람은 단박에 알 수 없다. 열 길 물속은 알아도 한 길 사람 속은 알수 없다는 말이 있다. 물론 초두효과라는 말이 있듯 첫인상이 중요하다고 하지만 한 번 봐서 그 사람을 알 수는 없다. 사람은 불가사의한 존재다. 알면 알수록 더 모르는 것이 많아지고 감을 잡을 수 없는 것이 사람의 마음이다. 그러므로 단박에 사람을 알려고 하지도 말아야 하고 자기가 알게 된 것이 그 사람을 대변하는 것이라고 생각하지 말아야 한다. 눈으로 보이는 것은 빙산의 일각이다.

장자의 내편 응제왕에서, 장자는 혼돈의 우화를 통해 다른 사람에게 잘해준다는 명분이 있더라도 사람에게 일부러 잘하려고 하지 말라고 말한다. 괜히 긁어 부스럼이 되기 때문에 건들지 말라는 것이다. 그냥 무관심으로 지내라는 뜻이다. 여기서 말하는 무관심은, 함께 같은 통로에 살면서도 서로 인사도 하지 않는 무관심이 아니라 알지만 상대방이 원하지 않으면 상대에게 섣불리 액션을 취하지 않는 무관심이다. 이러한 무관심은 아무나 할 수 없는 고난도의 무관심이다. 알면서도 모르는 척하고 몰라도 아는 척해야 하기 때문이다.

남해의 제왕 숙과 북해의 제왕 홀이 중앙의 제왕 혼돈이 사는 토지에서 만났을 때 혼돈은 이들을 융성하게 대접했다. 숙과 홀은 그 대접에 보답해준다는 명목으로 밋밋한 혼돈을 인간처럼 만들기 위해 신체에 매일 하나씩 구멍을 뚫어주었다. 그런데 일곱 개의 구멍(귀 두 개, 눈 두 개, 콧구멍 두 개, 입 한 개)을 다 뚫는 순간 혼돈이 죽었다.

이 우화를 통해서 대인관계스킬을 배울 수 있다. 그것은 우리가 남에게 잘해준다는 명목으로 함부로 그 사람을 건들지 않는 것이다. 또 자기 잣대로 상대를 재단하지 말아야 한다. 자기가 좋다고 해서 상대방도 좋을 것이라고 생각하는 것은 올바른 대인관계스킬이 아니다. 또 상대가 원하지도 않는데 자기 생각으로 그 사람에게 좋을 것이라고 생각하는 것은 억지다. 그러므로 이 우화에서 말하는 것처럼 자기가 좋아도 자기 생각에 기인하여 타인에게 도움을 주려고 하지 말아야 한다. 그냥 놓아두어야 한다. 자칫하면 이 우화에서 말하듯이 잘하겠다고 도움을 준 것이 목숨까지 위태롭게 하는 상황이 될 수도 있기 때문이다.

무질서 속의 질서라는 말이 있듯이 사람들은 제각각 자기와 맞는 상황에서 편안함을 느낀다. 그러므로 사람들과 좋은 관계를 유지하기 위해서는 자기 뜻대로 상대를 대하는 것을 금해야 한다. 아울러 그 사람이 어렵고 힘든 상황에 처해 있다면 그 사람이 그런 역경을 견뎌내기 위해서 어떻게 행동 하는가를 유심히 관찰하면서 그 사람의 행동패턴을 읽어야 한다. 그래서 그 패턴 안에서 그 사람의 진면목을 발견하고 그 사람과 함께해야 한다. 그것이 그 사람과 더욱 친밀감을 강화할 수 있는 최상의 길이다. 왜 이런 말이 있지 않는가? 친구가 비를 맞으면 우산을 펼쳐주는 것이 아니라 함께 비를 맞아주는 사람이 진정한 친구라는……

다른 사람들과
함께하는 사람

아프리카 속담에 빨리 가려면 혼자 자고, 멀리 가려면 함께 가
라는 말이 있는데, 스스로 강한 힘을 발휘하기 위해서는 다른
사람들과 함께 어울릴 줄 아는 상호관계성이 좋아야 한다.

관계의 일관성, 언행일치

다른 사람들과 지속적으로 좋은 관계를 유지하기 위해서는 일관성이
있어야 한다. 즉 쉽게 변질되지 않는 긍정적인 좋은 이미지를 가지고
일관되게 신의를 지켜야 한다. 또 서로에게 호감을 주며 서로를 편하게
생각하는 정도의 일관된 인간미를 지녀야 한다. 그렇지 않고 도저히 종
잡을 수 없는 태도를 보이면 상대방이 혼란스러워한다. 그러므로 일관
되게 상대를 배려하면서 훈훈한 우정을 나눌 수 있도록 자기가 먼저 변
함없는 우정을 선보여야 한다.

'양두구육羊頭狗肉'이라는 말이 있다. 이 말은 양의 머리에 개의 고기라는 말이다. 주로 겉과 속이 다른 경우를 일컫는 말로 쓰인다.

춘추시대의 일이다. 제나라 영공은 여자에게 남장을 시켜 놓고 보는 것을 즐겼다. 그러자 백성들 또한 남장을 즐기게 되었다. 이에 영공은 이를 금하도록 명하였다. 그러나 남장 풍습은 사라지지 않았다. 그래서 영공이 안영에게 그 까닭을 묻자 안영이 다음과 같이 대답했다.

"전하께서 궁중 여인들에게는 남장을 허용하면서 궁 밖 여인들에게 이를 금하도록 하는 것은 밖에는 양 머리를 걸어놓고 안에서는 개고기를 파는 것과 같습니다. 이제라도 궁중여인들부터 남장을 금하십시오. 그러면 궁 밖 여인들 또한 남장을 멈출 것입니다."

영공이 안영의 말을 따르니 남장 풍습이 사라졌다.

대인관계에서 양두구육에 해당하는 대표적인 사람은 말과 행동이 다른 사람이나 의리 없이 배신을 일삼는 사람이다. 또한 일관성이 없는 사람도 양두구육에 해당하는 사람이다. 예컨대 도움을 주겠다고 선심성 발언을 해놓고 자기에게 손해라는 생각이 들면 뒤로 꽁무니를 빼는 사람도 양두구육에 해당하는 사람이다. 또, 약속 어기는 것을 밥 먹듯이 하고 처음에는 공동의 이익을 위해서 정의롭게 참여했다가 나중에는 사적인 이익을 추구하는 사람도 양두구육에 해당하는 사람이다.

관계의 일관성은 언행일치에서 비롯된다. 언행일치는 말과 행동이 일치하고 그릇됨이 없음을 의미한다. 즉 말한 것을 실천해야 한다. 아무리 좋은 말을 해도 행동이 뒷받침되지 않으면 의미가 없다. 행동을 함에 있어서 가장 중요한 것은 상대방이 예측 가능하도록 갑작스럽지 않아야 한다. 그것이 상대를 배려하는 마음이며 상대와 친밀감을 유지하게 하는 원동력이다. 또 상대방이 평온한 감정을 느낄 수 있도록 좋은 이미지를 풍겼다면 그 이미지가 비교적 오래갈 수 있도록 해야 한다.

먹다 남은 복숭아를 바치다

사람과 관계하면서 가장 경계해야 하는 것은 상대방의 아킬레스건을 건드리지 않는 것이다. 일반적으로 사람들에게는 자기만이 간직하고 싶은 비밀이 있다. 이런 것이 남에게 드러내고 싶지 않는 아킬레스건이다. 어쩌면 이것은 역린과도 같다. 역린은 용의 목에 거꾸로 난 비늘이다. 용이 다른 비늘을 만지면 화를 내지 않지만 역방향으로 된 그 비늘을 건드리면 무척 화를 낸다고 한다. 그래서 사람의 아킬레스건을 건드리면 안 된다는 말을 할 때, 흔히 역린逆鱗이란 단어를 많이 사용한다.

옛날에 미자하란 미소년이 위나라 왕의 총애를 받고 있었다. 어느 날 어머니의 병이 위중하다는 말을 들은 미자하는 왕명을 사칭하여 임금의 수레를 타고 집에 다녀왔다. 위나라 법에 따르면 이는 다리를 절단해야 하는 중죄였다. 그러나 후에 이 사실을 안 왕은 미자하의 효성이 지극하다면서 칭찬했다. 또 어느 날인가는 임금이 복숭아밭에 산책을 갔는데 미자하가 자기가 먹다 남은 복숭아를 왕에게 바쳤다. 그러자 왕이 말했다. "미자하가 나를 사랑하는 마음이 지극하구나. 자신이 먹던 것이란 사실조차 잊고 내게 바치다니!"

그 후 세월이 흘러 미자하의 용모가 쇠하고 임금의 사랑 또한 식게 되었다. 그러자 왕은 미자하가 왕명을 사칭하고 왕의 수레를 훔쳐 탔을 뿐 아니라 자기가 먹던 복숭아를 줬다면서 용서를 할 수 없다고 했다. 그래서 미자하에게 중벌을 내렸다.

이처럼 사람은 자기의 역린을 건드리면 화를 내게 되어 있다. 물론 역린을 건드려도 사랑과 아량으로 어느 정도는 이해를 해준다. 하지만 사이가 나빠지면 참고 참았던 분노가 폭발하여 왕이 미자하의 지난 죄를 끄집어내어 중벌을 내리듯이 역린했던 상황을 소급하여 벌을 내린다. 그러므로 대인관계에서 상대방과 원만한 관계를 지속적으로 유지하기 위해서는 상대방의 역린에 해당하는 사적인 영역을 인정해주어야 한다.

사람에게는 본능적으로 자기 영역을 고수하려는 심리가 있다. 그 영역은 자기만의 사적인 영역으로 그 영역 안으로 다른 사람이 침입하면 아주 민감한 반응을 보인다. 그런 심리를 가지고 있는 것이 저변에 깔려 있기 때문에 사람들은 역린에 대해서 민감하게 반응한다. 어떻게 보면 사람의 역린에 해당하는 것은 그 누구도 건드려서는 안 되는 신성불가침의 영역이라고 할 수 있다. 그런 사적인 영역을 건드리는 것은 그 사람의 심연에 있는 자존심을 크게 훼손시키는 것과 같다.

우리나라 형법에 명예훼손죄가 있다. 이 죄는 사람의 명예를 훼손시킬 수 있는 사적인 것을 공공연히 남에게 발설하는 죄다. 앞서 말한 역린을 건드리는 것과 명예훼손죄는 밀접한 관련이 있다. 즉 사람의 명예를 훼손시키는 행위는 그 사람의 역린을 건드리는 것과 같다.

밖으로 드러나면 평판에 큰 피해를 입을 수 있는 극비사항을 다른 사람에게 발설하는 것은 그 사람의 인격을 모독하는 것이고, 그 사람의 명예를 훼손하는 행위다. 흔히 가까운 사이일수록 말을 함부로 해서 마음에 큰 상처를 주는 경우가 많다. 일반적으로 사람들은 자기와 별로 친분이 없는 사람과는 함부로 말을 하지 않는다. 자기와 전혀 이해관계가 없다고 생각하기 때문에 조심스럽게 말한다. 하지만 친분이 두터우면 무슨 말을 해도 상대방이 이해해줄 것이라고 믿고 거리낌 없이 말한다. 그로 인해 결코 말을 하지 말아야 하는, 즉 그 사람의 역린을 건드리는 말을 하는 경우도 있다. 그러므로 말을 할 때에는 최우선적으로 그 사람을 건드려서는 안 되는 역린이 무엇이고, 그 사람이 건드려주면 좋아하는 것이 무엇인지를 알고 말하는 것이 좋다.

간혹 어떤 사람은 자기의 역린이라고 생각하는 것을 일부러 다른 사람들에게 공개해서 많은 사람에게 선처를 구하는 경우도 있다. 그렇다. 나중에 들키면 더 큰 피해를 입게 될 것이라고 생각되는 역린이 있다면 자진해서 다른 사람들에게 미리 공개하는 것도 좋다. 사람들은 거짓말을 하는 사람보다 자기의 약점과 잘못에 대해서 자기 스스로 잘못을 뉘우치고 용서를 구하는 사람에게 측은지심을 느낀다. 그러므로 자기가 역린으로 인하여 궁지에 몰렸다면, 자기의 역린을 남들이 건드리지 않기를 바라기보다 오히려 그것을 공개해서 용서를 구하는 것이 최악의 상황이 발생하는 것을 예방하는 길이다.

협상의 전략

다른 사람과 친하게 지내기 위해서는 함께하는 사람들의 마음에 공감해야 한다. 사람들이 서로 친하다는 것은 서로가 감정을 공유하고 서로의 생각을 존중하며 서로 사랑한다는 것을 의미한다.

예컨대 부부도 오래 살면 서로 닮는다. 부부는 같은 생각과 같은 감정을 오래도록 주고받기에 그러하다. 사람이 서로 친분을 나눈다는 것은 서로 감정을 나누는 것을 말하며, 두 사람이 서로 친하게 되었다는 것은 서로의 마음이 일치했음을 의미한다.

우리는 낯선 사람을 보면 불안해하고 쉽게 그 사람에게 마음이 동화되지 않는다. 하지만 낯설고 처음 보는 사람이라도 그 사람의 매력에 빠지거나 호감을 느낄 때는 자기도 모르게 그 사람의 마음에 동화되곤 한다. 이처럼 서로의 마음이 일치를 이루려는 과정 즉 서로가 친분을 나누고 마음을 주고받기 위한 만남의 과정에서 꼭 필요한 것이 '구동존이求同存異'다.

서로가 관심을 가지고 있는 것이나 중요하게 생각하는 가치관은 다를 수밖에 없다. 특히 서로가 자기 이익을 먼저 생각하고 타인을 배려하지 않는 상태라면 두 사람의 사이는 점점 멀어질 수밖에 없다. 혹자는 너무 잘해주고 상대방에게 약한 모습을 보이면 상대방이 우습게 생각하고 도를 벗어난 행동을 하기에 먼저 기선을 제압하는 것이 중요하다고 말한다. 물론 공적이고 조직적인 이익을 위해서는 자애로운 모습을 보이기보다는 기준과 원칙을 준수하는 공인의 모습을 보이는 것이 마땅하다. 하지만 그런 경우가 아니고 개인적인 친분으로 다른 사람과 서로 격의 없이 친하게 지내기 위해서는 구동존이의 자세를 지녀야 한다. 또한 일시에 가까워지려고 하기보다는 서서히 가까워져야 한다. 왜냐하면 일순간에 급작스럽게 가까워지면 빨리 달아 오른 냄비가 빨리 식어버리는 것처럼 빨리 헤어질 확률이 높기 때문이다. 좋았다가 싫어지는 것이 인간의 본능이다. 그래서 한없이 좋아지는 사이도 없고 한없이 미워지는 사이도 없다. 시간이 지나면 그런 마음도 변한다. 그런 경우에 대비해서 처음에 사람을 사귈 때는 성급하게 접근하지 말고 상대방이 거부감을 느끼지 않도록 순리에 따라야 한다. 그런 자세가 구동존이에 상응하는 고단수의 사교전략이다.

구동존이는 대개 협상할 때 많이 사용하는 전략이다. 협상을 할 때는 최대한 상대방의 감정을 자극하지 않기 위해 애쓴다. 그래야 자기가 원하는 것을 상대방에게 요구할 수 있고 그러한 요구를 무리 없이 관철시킬 수 있기 때문이다. 더불어 상대방이 어떤 속셈을 가지고 있는지를 알기 위해 일부러 상대방을 자극하기도 한다. 감정이 들뜬 상대방이 자기도 모르게 속셈을 밖으로 드러내기 때문이다. 물론 사람과 사람이 친하게 지내기 위해 전략적으로 그렇게 하는 것은 좋지 않다. 하지만 사람의 마음은 언제 어느 때 격하게 변할지 모르는 일이다. 그러므로 구동존이 전략으로 조심스럽게 접근해야 한다. 너무 서두르지 말라는 것이다.

상사를 잘 섬기려면

사람의 관계는 서로 마음이 통하지 않으면 오래갈 수 없다. 즉 마음이 통하면 그 관계가 오래간다. 그런데 그러한 관계도 결국에는 변한다. 사람의 마음이 변하는 것은 어찌할 수 없는 이치다.

장자는 이 세상의 모든 것은 변하게 마련이라고 했고, 그것을 물화物化라고 했다. 그러하니 변화에 마음을 두지 말고 그냥 물 흐르듯 자연스럽게 살라고 장자는 말한다. 왜냐하면 변하는 것에 집착하다 보면 그로 인하여 자연스럽게 생활할 수 없기 때문이다.

세상의 모든 것은 변하지만 모든 것이 변한다는 그 사실만은 결코 변하지 않는다. 그렇다. 변하는 것을 막을 수는 없다. 그러므로 봄이 좋다고 늘 봄이기를 바라지 말아야 하고 겨울이 좋다고 봄이 오지 못하도록 막지 말아야 한다. 가장 이상적인 경우는 주어진 환경에 맞춰 자기 마음을 자유자재로 능수능란하게 통제하는 것이다.

한편으로 생각하면 변심하는 사람에게 문제가 있는 것이 아니라 진심을 다해 교제하는 사람에게 문제가 있다고 봐야 한다. 왜냐하면 사람이 사람을 사귐에 있어서 가장 중요한 것은 서로가 통하는 것인데 상대방의 마음이 변심했다는 것은, 상대방이 마음의 문을 닫았거나 마음이 통하는 벽을 설치한 것이라고 볼 수 있기 때문이다. 즉 상대방의 마음으로 통하는 문의 방향과 방법이 변경되었다면 어떻게 바뀌었는지를 보고 그에 맞게 상대방에게 접근해야 한다. 그것이 바로 상대방과 서로 교류하는 것이고 상대방과 상호 친밀한 관계를 구축하는 단초가 된다.

특히 조직생활을 할 때는 상사의 마음을 잘 헤아려서 섬겨야 한다. 왜냐하면 공적으로 특별한 위치에서 역할을 수행하는 사람은 주변 여건에 따라 그 마음이 변할 공산이 크기 때문이다. 상사 개인적으로는 결코 그러고 싶지 않은 상태임에도 불구하고 조직을 위해서 어쩔 수 없이 변심해야 하는 경우도 있다. 그러므로 그런 상황에서 상사를 섬길 때는 상사가 어떤 마음을 가지고 있으며 어째서 변심했는가를 관찰해서 그에 응해야 한다.

앞서 여도지죄餘桃之罪라는 고사에서 영공이 정이 깊고 추억이 많은 미자하에게 그럴 수밖에 없었던 이유는 조정의 안녕과 왕실의 평안함 그리고 국기가 문란해지는 것을 염려했기 때문이다. 만약 영공의 마음이 변했더라도 미자하가 스스로 반성하고 조심스러운 모습을 보였다면 상황은 달라졌을지도 모른다. 그런데 미자하는 영공의 총애를 믿고 왕의 가마를 함부로 타는 등 월권행위를 했기에 문제가 된 것이다.

여도지죄餘桃之罪를 통해서 우리가 얻을 수 있는 교훈은 상사는 항상 변심할 수 있다는 것을 염두에 두고 그러한 상사에게 잘못이 있어도 상사 탓을 해서는 안 된다는 것이다. 즉 상사를 탓하기 전에 먼저 자기 행실을 돌아보고 상사가 변했다면 그에 맞춰 자기의 언행을 상사의 코드에 맞추려고 해야 한다.

마찬가지로 사람을 사귐에 있어서도 일부러라도 상대방 코드에 맞추는 데 관심을 기울여야 한다. 사실 어느 한쪽에서 일방적이고 편파적으로 변심하는 것은 아니다. 서로가 변심하도록 마음에 영향을 끼쳤기 때문에 관계가 소원해진 것이다. 그러므로 관계에 있어서 갑의 위치가 아닌 을의 위치에 있다면 갑의 마음이 어떻게 변하는가를 잘 살펴야 하고 갑의 마음에 변심이 일어날 징후가 생기면 그에 상응하는 특단의 조치를 미리 취해야 한다. 사람이 하는 것은 사람의 힘으로 막을 수 있다. 막연히 시간이 지나면 잘 되겠지 하는 마음으로는 그것을 바로 잡을 수 없다. 자기가 그 마음을 바로 잡으려는 조치를 취하고 사전에 만반의 준비를 해야 한다. 그래야 상대의 변심으로 인해서 생길 수 있는 사고를 미연에 방지할 수 있다. 결과적으로 상대방의 마음이 변하는 원인을 자기에게서 찾아야 한다. 그래야 상대방과 좋은 관계를 이어나갈 수 있다.

지성이면 감천이다. 자기가 진심으로 상대방을 대한다면 상대방이 매몰차게 뿌리치지는 않을 것이다. 왜냐하면 맹자가 말했듯 인간의 본성에는 측은지심惻隱之心과 수오지심羞惡之心, 그리고 사양지심辭讓之心과 시비지심是非之心이 내재되어 있기 때문이다.

왕께서는 부처님같이 생기셨습니다

사람과 좋은 관계를 형성하고 이를 유지하기 위해서는 상대방을 바라보는 관점을 좋은 방향으로 유도해야 한다. 즉 자기 마음 안에 상대방이 좋은 사람이라는 생각을 담아야 한다.

사람은 첫인상에 의해서 그 사람을 좋은 사람으로 생각하면 좋은 관점에서 좋은 사람이라고 인식하게 되고, 나쁜 사람이라고 생각하면 그 사람에 대한 나쁜 관점이 생겨서 그 사람을 나쁘게 생각하려는 경향이 있다. 그런 점에 비춰볼 때 사람과 좋은 관계를 유지하고 그 사람과 친밀한 관계를 형성하기 위해서는 필연적으로 그 사람이 좋은 사람이고 그 사람과 좋은 관계를 오래도록 나누겠다는 생각을 먼저 해야 한다. 그러면 그러한 이미지가 좋은 인식을 갖게 하고 그 사람에 대해서 호감을 갖게 함으로써 결국에는 그 사람을 자기가 바라던 방식으로 인식하게 된다.

사람은 자기가 어떤 이미지를 갖고 사느냐에 따라 자기 인생의 미래 이미지가 변해가는 속성이 있다. 즉 자기가 생각하고 상상하는 대로 자기의 인생이 만들어진다. 아울러 타인에 대한 관점을 어떻게 갖느냐에 따라 상대방에 대한 이미지가 자기의 마음에 심어지게 된다. 그러므로 상대방과 좋은 관계를 유지하기 위해서는 상대방을 우선적으로 좋은 사람이라고 자기최면을 걸어야 한다. 남들이 상대방을 나쁜 사람이라고 말해도 자기가 좋은 사람이라고 인식하면, 그 사람은 좋은 사람으로 인식된다. 그러므로 상대방과 좋은 관계를 형성하기 위해서는 가장 우선적으로 상대방을 좋은 사람으로 생각해야 하고 그 사람에 대한 좋은 이미지를 자꾸 자기 두뇌에 심어주어야 한다. 그러기 위해서는 우선적으로 자기 마음 안에 좋은 기운과 좋은 사랑을 나눌 수 있는 마음을 갖는 것이 중요하다.

자극과 반응의 법칙에서 알 수 있듯이 사람은 같은 자극을 받아도 각기 다른 반응을 보인다. 동일한 상황을 보고도 이를 해석하는 방법과 이에 반응 하는 정도의 차이는 크다. 사람은 누구나 동일한 인식을 가지고 있는 것은 아니다. 그러므로 동일한 시간대에 동일한 자극을 받았기에 동일한 반응을 보일 것이라는 생각은 착각이다. 사람은 자기가 가진 지식과 경험에 의해서 행동방식을 결정한다.

예컨대 조선왕조의 국부인 이성계와 그의 사부였던 무학대사가 나눈 대화를 보면 사람이 사람을 처음 만났을 때 그 사람에 대해서 어떤 태도로 대하는 것이 좋은가를 알 수 있다.

태조 이성계는 왕이 되기 이전부터 무학대사와 인연이 매우 깊었다. 어느 날 태조가 무학대사에게 농담을 던졌다. "스님은 꼭 돼지같이 생겼습니다." 이에 무학대사는 웃으며 "왕께서는 부처님같이 생겼습니다."라고 말했다. 그러자 이성계가 지나친 농담을 한 것 같아 미안한 마음이 생겨서 이렇게 말했다. "저는 스님을 돼지로 비유했는데, 스님은 어찌 저를 부처님 같다고 칭찬을 하십니까?" 그러자 무학대사는 "부처의 눈으로 보면 모두가 다 부처로 보이고, 돼지의 눈으로 보면 모두가 다 돼지로 보이는 법입니다."라고 말했다.

이처럼 사람은 모두 자기 눈으로만 세상을 보려고 한다. 사람은 자기가 보는 것을 다 보는 것이 아니라 보이는 것 중에서 자기가 보고 싶은 것만을 본다. 자기가 관심 있어 하고 자기가 보고 싶은 것만 보는 것이다. 그러므로 세상을 올바로 보기 위해서는 육신의 눈이 아니라 마음의 눈으로 봐야 한다.

사람에 따라 사람을 보면 무조건 의심부터 하는 사람이 있고 좋게 보는 사람도 있는 것처럼, 사람마다 살아온 환경과 가치관에 따라 사람을 대하는 방식이 다르다. 일례로 과거에 다른 사람들에게 마음의 상처를 많이 받은 사람들은 사람을 대하면 무조건 의심부터 하고 경계한다. 반면에 사람에 대한 그리움이 강한 사람들은 사람을 보면 매우 반가워하고 호감을 보인다. 그러므로 사람들과 친근한 관계를 유지하기 위해서는 자기 안에 사람을 좋게 보는 마음을 담아야 한다.

털어서 먼지 안 나는 사람

남을 욕하고 시기하며 남에 대해서 악담을 하는 사람이 있다면 그런 사람은 가급적 피해야 한다. '근묵자흑近墨者黑'이라는 말이 있듯 그런 사람들과 가까이 하면 그런 사람들의 악습을 배우게 되고 그런 사람들에 의해서 남의 강점보다는 약점을 보려는 인식을 갖게 된다. 그러므로 같은 값이면 긍정적인 사람 혹은 남의 약점보다는 강점을 말하는 사람과

강한 내가 되는 습관

함께 지내야 한다.

'취모멱자吹毛覓疵'라는 성어가 있다. 이 말은 남의 결점缺點을 억지로 낱낱이 찾아내는 것을 말한다. 사실 털어서 먼지 안 나는 사람은 없다. 인간은 신이 아닌 이상 죄를 짓기 마련이다. 그럼에도 불구하고 많은 사람들이 마치 자기는 매우 선한 사람이고 정의로운 사람이라고 가면을 쓰고 생활한다. 그런 사람일수록 자기 잘못을 남에게 공개하지 않고 남의 허물로 자기 허물을 덮으려는 경향이 있다. 서로 더불어 살면서 서로가 가려운 등을 긁어주는 것처럼 서로의 부족한 점을 서로 채워주는 그런 사이가 되어야 한다. 사실 그렇게 살아도 짧은 인생인데 무엇을 위해서 그렇게 없는 흠도 들춰내면서 상대방의 감정을 자극하고 서로 나쁜 사이가 되는지 모르겠다. 그런 사람들을 보면 참으로 안타깝기 그지없다.

향기 나는 꽃을 꺾는 심보

사람을 사귀다 보면 중간에서 방해하는 사람이 있다. 그러므로 평소에 절친한 사람이 갑자기 이상한 태도를 보인다면 누군가 중간에서 방해공작을 펴고 있는 것은 아닌지를 의심해 봐야 한다.

사람들은 남들이 자기보다 잘나가는 꼴을 보지 못한다. 또 누군가와 친하게 지내면 그것을 시기한 나머지 어떻게든 방해를 하려고 한다. 자기에게 전혀 손해를 끼치는 것도 아닌데 잘나가는 사람이 있으면 온갖 중상모략으로 그 사람을 끌어내리려고 한다. 마치 아름답고 향기 나는 꽃을 보호하려고 하기보다는 꺾으려고 하는 것처럼. 그러므로 세상에 둘도 없이 친한 사람이 있거나 자기에게 좋은 일이 생기면 가급적 다른 사람에게 자랑하지 말아야 한다.

사실 박수 받지 않는 영광이 제일 좋은 영광이다. 굳이 박수를 받는다고 해서 영광이 더 큰 영광으로 변하지 않는다. 또 일의 성과가 달라지거나 포상의 볼륨이 달라지는 것도 아니다. 그런 점에 비춰볼 때 자기가 큰 상을 받았다고 다른 사람들에게 환호의 박수를 받으려고 하는 것은 자기 주변사람들을 적으로 만드는 첩경이 된다. 그러므로 잘나갈수록 더 조심해야 한다.

자기가 잘나간다고 자랑해서 다른 사람에게 인정의 나르시시즘을 채우는 것은 일시적이다. 물론 자기가 이룬 영광에 대해서 다른 사람들의 시선을 한 몸에 받는다는 것은 좋은 일이다. 하지만 중요한 것은 그것이 자기 미래를 성장시키는 데 결코 도움이 되지 않는다는 것이다. 그러므로 자기가 영광을 차지하더라도 그것이 자기의 공로로 인해서 이루어진 것이 아니라 다른 사람의 지원과 협조가 있었기에 얻어진 것이라면서 다른 사람들의 공으로 넘겨야 한다. 그렇게 해서 다른 사람의 나르시시즘을 충족시켜주는 것이 바람직하다.

'성호사서城狐社鼠'라는 말이 있다. 이 말은 한비자 외저설에 나오는 말로 성곽에 사는 여우와 토지묘에 사는 쥐라는 뜻이며, 임금 곁에 있는 간신들이나 뒤에서 나쁜 짓을 일삼는 무리를 비유하는 고사성어다. 조직생활을 하다 보면 이처럼 잘나가는 사람을 호시탐탐 노리면서 언제든 빈틈이 생기면 그 순간을 이용하여 이를 공략하려는 간신배들이 도사리고 있음을 명심해야 한다. 그리고 진짜 천적은 바로 가장 지척에 있는

강한 내가 되는 습관

사람임을 알아야 한다. 왜냐하면 자기를 제일 잘 알고 자기와 제일 친한 사람이 자기의 약점을 가장 잘 알고 있기 때문이다. 그러므로 그런 사람에게는 사실대로 모든 것을 말하지 말고 적정하게 거리를 유지해야 한다. 그래야 더욱 좋은 관계를 유지할 수 있고 그나마 현재 상태라도 온전하게 유지할 수 있다.

새의 둥지 태우기

관계를 중요시하는 사람들은 한번 맺은 인연을 소중하게 생각한다. 또 한 번 맺어진 인연을 계속 이어가기 위해서 부단히 노력한다. 그런 사람이 좋은 인맥을 만들고 그런 조직원들이 좋은 조직을 만든다.

일반적으로 사람들은 뭐든 끝을 맺는 상황에서는 거리낌 없이 모든 것을 훌훌 털어버리고 싶어 한다. 하지만 사람과 사람의 관계에서는 그것이 능사가 아니다. 사람이 사람을 만나고 헤어지는 것은 천겁의 인연에 의해 맺어지는 것이라고 볼 때 인연을 보다 소중하게 다뤄야 한다. 그래서 성공하는 사람들은 만나는 사람을 소중하게 기억하고 그것을 자산으로 활용하는 반면 실패한 사람들은 만나는 사람을 소중하게 다루지 않고 소홀히 한다. 그러므로 사람을 만나더라도 가능한 한 그 인연을 소중하게 생각하는 마음을 가져야 한다.

주역에 '조분기소鳥焚其巢'라는 말이 있다. 이는 새가 높은 가지 위에 둥지를 틀었다가 새끼가 자라 스스로 날게 되면 곧바로 이를 태워버리고 떠난다는 말이다. 이처럼 새가 필요에 의해서 둥지를 틀고 필요가 없으면 헌신짝 버리는 것과 같은 대인관계는 없어져야 한다. 물론 악연이라고 생각하는 사람이나 서로 만나면 반목하는 사이라면 당연히 만나지 않는 것이 좋다.

조분기소는 마치 뒷정리가 깔끔하고 뒤끝이 없어서 좋은 느낌이 든다. 쓰임을 다 했으니 소거하는 것은 당연하다. 하지만 인생은 여행이라는 측면을 고려하면 다시금 돌아와 편히 머물 수 있는 집이 있어야 한다. 물론 다시 새끼를 낳으면 새롭게 둥지를 틀면 된다고 생각하는 사람도 있다. 하지만 뒷일은 아무도 모르는 법이 아닌가? 그러므로 만일을 위해 여지를 남겨 두어야 한다.

'수구초심首邱初心'이라는 말이 있다. 이 말은 언덕을 향한 첫 마음이라는 뜻으로 여우가 죽을 때 고향을 향해 머리를 둔다는 데서 유래한 말이다. 나이 들어 돌아갈 수 있는 고향이 있다면 행복하다. 이에 더하여 귀향했는데 반겨주는 가족이 있다면 더 행복하다. 그렇다. 우리네 인생은 뿌리 깊은 터가 있어야 뒷배가 든든하다. 한편으로 생각하면 귀소본능이 있기에 항상 여지를 남겨 두어야 한다. 아울러 갑이 을이 되는 경우가 있고 일등이 이등이 되고 꼴등이 일등이 될 수도 있다. 그러므로 항상 자기가 처한 상황에서 잘해야 하고 후일을 생각해서 여지를 남겨 두어야 한다. 즉 명확하게 좋으면 좋고 싫으면 싫다고 말하는 것도 좋지만 가급적이면 어느 정도 회색지대에서 생활하는 것이 좋다.

강한 내가 되는 습관

맑은 것이 흐린 것보다 좋다

고전에 사람이 너무 맑으면 사람이 없고 물이 너무 맑으면 고기가 없다는 말이 있다. 그래서 사람들은 어느 정도 허물이 있는 것이 없는 것보다 더 좋은 것이라고 착각한다. 또 좀 원만하고 원칙적이지 않으면서 유연하고 탄력적인 사람을 좋은 사람으로 생각한다. 하지만 지금은 맑고 투명해야 한다.

맑고 투명해야 조직을 원만하게 관리할 수 있다. 한비자가 말하는 법과 규칙에 의한 법치주의에서도 원칙을 중요시한다. 상벌은 원칙과 규칙에 의해 엄정하고 공정하게 처리되어야 한다. 그렇지 않고 법과 원칙을 어겨도 경범죄로 훈방하거나 조용히 얼버무리며 넘어가는 일이 발생하면 그것이 시범케이스가 되어 다른 사람들에게도 악영향을 주게 된다. 그러므로 읍참마속泣斬馬謖의 고사성어에서 말하듯이 법을 어긴 사람에 대해서는 일벌백계 차원에서 엄벌해야 한다. 그렇지 않고 아는 사람이라고 불법을 저지른 것을 무마시켜주고 작은 범법이기에 그냥 봐준다는 식으로 대처하다 보면 작은 구멍에 의해서 큰 댐이 무너지는 것과 같은 형국에 처할 수도 있다.

대개의 경우 사람이 맑다고 하면 법과 원칙을 잘 지키고 유격이 없는 사람이라고 생각하는 경향이 많다. 원리 원칙에 의해 생활하기 때문에 에누리 없이 정찰제로 물건을 파는 사람과 같이 건조한 사람이라고 생각한다. 물론 과거에는 투명하고 맑은 사람은 인간미가 없는 사람이라고 생각했다. 하지만 21세기는 맑고 투명한 사람이 하늘을 우러러 한 점 부끄러움이 없는 사람으로 인식되어 많은 사람들이 그런 사람들을 추종한다.

아무리 인정이 많은 사람이라도 비윤리적이고 비도덕적인 사람은 일시에 모든 것을 내려놓아야 하는 상황에 처하게 마련이다. 즉 자기가 그간에 아무리 좋은 인심을 쌓아 왔다고 해도 비윤리적이고 비도덕적인 사람으로 낙점되면 그것 하나만으로 모든 것을 내려놓아야 하는 상황에 처하게 됨을 알아야 한다.

'수청무대어水淸無大魚'라는 말이 있다. 이 말은 스스로 깨끗함을 내세우며 다른 사람에게 엄격하게 굴면 주위에 사람이 모이지 않는다는 뜻이다. 그래서 많은 사람들이 맑고 투명한 사람은 너무 차갑게 느껴져 조직적인 인간이라고 생각한다. 하지만 그런 사람들도 희로애락을 가진 사람이다. 또 조직을 이끌어야 하기에 그럴 수밖에 없다는 것을 알고 그 사람을 이해해야 한다.

사람은 서로가 처한 상황과 역할에 따라 인식하는 정도가 다르고 받아들이는 정보도 다르다. 그런 점에 입각하여 사람은 서로 다를 수밖에 없음을 인정해야 한다. 즉 상대방이 사회적으로 공적인 위치에 있다면 그 역할과 지위에 상응하는 정도의 책임을 가지고 있음을 알아야 한다. 아울러 조직의 기강을 바로 잡기 위해서는 법과 원칙을 중요시하되 사적인 관계에서는 친밀하게 친교를 나눌 필요도 있다. 그렇게 함으로써 공적인 관계에서 벌어진 관계 회복이 가능하다. 마치 오기 장군이 휴식을 취할 때는 부하의 종기를 입으로 직접 빨아주고 전쟁 시에는 군령에 따라 엄하게 다스렸던 것처럼 공公과 사私를 명확하게 구분해서 행동해야 한다.

염파와 인상여처럼

나이를 먹으면 먹을수록 대인관계의 폭이 좁아지기 마련이다. 젊을 때는 관계의 폭이 비교적 넓다. 그 이유는 깊은 관계보다는 넓은 관계를 유지하기 때문이다. 예컨대 마당발은 많은 사람들과 얇지만 폭넓은 관계를 나눈다. 그런데 나이를 먹으면 먹을수록 자기 인생에 소중한 사람들과 집중적으로 관계를 나눈다. 그렇기에 젊은 시절에 비하여 만나는 사람은 적지만 관계의 깊이는 깊다.

살면서 자기와 친한 관계를 나누는 사람이 한두 명은 있어야 한다. 자기가 어렵고 힘든 경우에 자기 마음 안에 있는 힘겨운 것을 함께 나누고 허심탄회하게 마음의 고통을 함께 나눌 사람이 필요하다. 그렇게 서로 마음 안에 있는 근심과 걱정을 나누는 사람이 있다면 행복한 사람이다.

전국 시대 조나라에 인상여라는 사람이 있었다. 그런데 인상여의 벼슬이 갑자기 높아지자 주위에서 말이 많았다. 특히 상장군 염파는 몹시 분개하여 이렇게 불만을 토로했다.

"나는 목숨을 걸고 전장을 누비며 나라를 숱한 위기에서 구한 사람이다. 그런데도 세 치 혓바닥 몇 번 놀린 것밖에 한 일이 없는 자가 내 윗자리에 올라서다니 도저히 참을 수 없구나. 내 언제 이 자를 한번 만나기만 하면 톡톡히 망신을 주고 말 테다."

이 말을 전해들은 인상여는 될 수 있으면 염파와 부딪치지 않으려고 피했다. 왜냐하면 염파 장군과 자기가 싸우게 되면 어느 한 쪽이 다치거나 죽게 될 것이고 그러면 약해진 군사력을 틈 타 진나라가 쳐들어올지도 모르기 때문이다. 나중에 그 이야기를 전해들은 염파는 자기가 경솔했음을 깨닫고 인상여를 찾아가 사죄했다. 이때 인상여는 맨발로 달려 나가 염파를 맞아들여 위로했고 그로부터 두 사람은 의형제처럼 지냈다고 한다. 이처럼 염파와 인상여에 대한 사례처럼 서로 아귀다툼을 하고 서로가 적으로 지내야 하는 사이임에도 공적으로 하나가 되어야 할 시점에서는 둘이 돈독한 사이가 되어야 한다.

　사적으로 친한 것과 공적으로 친한 것은 서로 다르다. 공적으로 이해관계가 얽혀 있다면 공익을 위하여 관계를 유지해야 하고 사적으로 이해관계가 얽혀 있다면 사적으로 관계를 유지하는 등 공과 사를 확실히 해야 한다. 또 인상여가 공익을 위해서는 상대방이 싸움을 걸어와도 참았던 것처럼 작은 이익을 탐하기보다는 큰 것을 위해서는 작은 이익 정도는 한 치의 망설임이 없이 내려놓아야 한다. 아울러 공익을 위해서는 사적으로 친해도 친하지 않게 지내고 원수라도 동지처럼 지낼 필요가 있다.

제2장

호업편 好業篇
업무를 좋아하는 습관

맞춤으로 하는 업무

처세를 잘하는 사람들은 주변 상황에 맞게 처세한다. 즉 임기응변에 능하고 변화무쌍한 환경에 카멜레온과 같은 처세술을 구사한다. 그런 사람들이 처세술이 능한 사람이고 남과 잘 어울리는 사람이다. 그런 사람들은 시대에 역행하지 않고 편승하며 자기의 주관적인 생각과 아집에 의해서 생활하기보다는 주변 사람들과 조화와 균형을 이루면서 산다.

그때그때 다르다

직장생활을 하다 보면 창업과 수성, 난세와 치세, 잘나갈 때와 못나갈 때에 어떤 태도로 업무에 임해야 하는가를 고민하게 된다. 일례로 취직은 창업에 해당하고, 보직을 부여받아 일하는 경우는 수성에 해당한다. 그렇다면 창업에 해당하는 취직이 어려울까 아니면 취직을 하고 나서 직장에서 롱런하는 수성이 더 어려울까? 이에 대한 해답은 당태종 이세민이 창업과 수성에 대해 그의 신하들과 나눈 대화 속에서 찾아볼 수 있다.

당태종 이세민은 그의 형과 동생을 죽이고 황제가 된 사람이다. 그것도 모자라 동생의 처를 후궁으로 앉힌 패륜을 저지르기도 했다. 그런 이세민이 정관정요의 태평성대를 이루며 나라를 바르게 다스릴 수 있었던 이유는 직설가인 위징이라는 신하가 있었기 때문이다.

당태종 이세민이 신하들과 나눈 대화를 모은 정관정요에는 창업과 수성을 논하는 장면이 나온다. "창업과 수성 중 어떤 게 더 어려운가?"라는 당태종의 질문에 방현령은 창업, 위징은 수성이라고 대답했다. 이에 당태종은 창업의 어려움은 과거의 일이지만 수성의 어려움은 신하들과 신중하게 생각해야 하는 현재의 일이라면서 위징의 손을 들어주었다.

물론 창업도 수성도 다 중요하다. 다만 더 중요한 것은 현재 처한 상황에 따라 처세를 달리해야 한다는 것이다. 창업 정신으로 계속해서 수성을 할 수는 없다. 그러므로 창업했을 때의 처신을 과감하게 청산하고 수성의 태도로 임해야 한다. 마치 비 오는 날에는 우산을 쓰고 맑은 날에는 양산을 써야 하듯 시대적으로 자기가 처한 상황에 맞게 처신해야 한다.

치세의 능신, 난세의 영웅

직장에서의 업무 상황은 치세와 난세로 나눠볼 수 있다. 예컨대 직장이 안정되어 있을 때는 치세이고 안전사고나 노사 분규 등으로 어수선한 때는 난세다. 직장이라는 곳은 늘 위기라고 경영자들은 말한다. 잘나가면 잘나가서 걱정하고 시황이 나쁘면 나빠서 걱정한다. 이처럼 변화무쌍한 경영 환경에서 살아남기 위해서는 삼국지에 등장하는 조조처럼 처세를 하는 것이 좋다.

조조는 치세지능신治世之能臣 난세지간웅亂世之奸雄, 즉 치세에는 능신이고 난세에는 간웅이었다. 평소에는 유능한 관리였지만 난세에는 재능을 발휘하는 영웅이었다는 말이다.

어느 날 조조가 허소에게 자신이 어떠한 사람인지를 물었는데, 허소는 그를 위와 같이 '치세의 능신, 난세의 간웅'으로 평했다. 이 말을 들은 조조는, 간웅이라고 했지만 그 역시도 영웅의 축에 들어가기 때문에 좋아했다. 그랬다. 조조는 평화로운 시대에는 유능한 신하지만 어지러운 시대에는 간사한 영웅으로 통했다. 이렇듯 조조처럼 난세와 치세에 따라 일하는 태도를 달리해야 한다.

즉 회사가 비상 상황에 처했을 때에는 물불을 가리지 말고 회사 업무에 충실해야 한다. 그렇지 않고 회사는 비상 상황에 내몰렸는데 자기 실속만을 챙기는 직장인은 참된 직장인이 아니다. 직장이 온전해야 자기의 일터가 유지된다는 점을 생각해서라도 직장을 안정시키는데 힘을 보태는 직장인이 참된 직장인이다. 간혹 직장이 잘나갈 때는 직장이 좋다고 말하는 사람도 경영악화로 인해 자기가 손해를 볼 상황에 이르면 불평불만을 토로한다. 하지만 그것은 바람직한 직장인의 자세가 아니다.

군자의 중용적 삶

조직을 다스리는 리더라면 마키아벨리가 군주론에서 말하는 리더처럼 행동해야 한다. 군주론에서 마키아벨리는 군주가 간교하기도 하고 위엄을 갖춘 권위도 있어야 한다고 말한다. 또한 군주가 백성을 선으로

만 통치하려고 하는 것은 잘못이며 당근과 채찍을 동시에 사용해야 한다고 말한다.

마키아벨리가 생각하는 리더의 품성을 가장 잘 설명해주는 말은 사자와 여우의 이야기에서 살필 수 있다. 마키아벨리는 군주는 사자와 여우의 모습을 동시에 가지고 있어야 한다고 말한다. 왜냐하면 사자는 함정에 빠지기 쉽고 여우는 늑대를 물리칠 수 없기 때문이다. 따라서 함정을 알아차리기 위해서는 여우와 같아야 하고 늑대 같은 사람을 혼내주려면 사자와 같아야 한다고 한 것이다. 그렇다. 사자는 힘이 세지만 함정에 쉽게 빠질 수 있고 여우는 꾀가 많고 교활해도 늑대를 이길 수 없다. 이 말은 힘과 지혜를 두루 갖춰야 한다는 말이다. 그래서 힘이 필요할 때는 힘으로 대적하고 전략으로 싸워야 할 때는 지혜를 발휘해야 한다.

중용에 '군자지중용야君子之中庸也 군자이시중君子而時中 소인지반중용야小人之反中庸也 소인이무기탄야小人而無忌憚也'라는 말이 있다. 이 말은 군자의 중용적인 삶은 군자로서 때를 잘 알고 그 상황에 맞춰 중심을 잡고 사는 것이며, 소인의 반중용적인 삶은 시도 때도 모르고 생각 없이 인생을 막 살아가는 것이라는 뜻이다. 업무를 대함에 있어서 두고두고 마음에 깊이 새겨야 할 문구가 아닐 수 없다.

새옹지마보다는 유비무환

업무에 임할 때는 변화에 민감하게 반응해야 한다. 과거의 영광에 휘둘리거나 혹은 현실에 만족하다 보면 수주대토와 같은 어리석은 행동을

강한 내가 되는 습관

하게 된다. 사실 왕년에 내가 무엇을 했고 과거에 얼마나 많은 힘을 가지고 있었는지는 중요하지 않다. 정말로 중요한 것은 현재 무엇을 하고 있느냐다. 그러므로 과거에 집착하여 현재를 경시하는 우를 범하지 말아야 한다.

'수주대토守株待兎'는 한비자에 나오는 말로 어떤 착각에 빠져 되지도 않을 일을 공연히 고집하는 어리석음을 비유한 말이다.

송나라에 한 농부가 있었다. 하루는 밭을 가는데 토끼 한 마리가 달려가더니 밭 가운데 있는 그루터기에 머리를 들이받고 죽었다. 그것을 본 농부는 토끼가 또 그렇게 달려와서 죽을 줄 알고 일은 하지 않고 그루터기만 지켜보고 있었다. 그러나 토끼는 다시 나타나지 않았고 사람들의 웃음거리가 되었다. 그러므로 일을 할 때는 과거의 방법만을 고집하지 말고 주어진 현실에 맞는 전략을 구사해야 한다. 특히 최악의 상황에 처해 있을 때는 더욱더 그래야 한다.

흔히 최악의 경우에 처했을 때 '인생사 새옹지마'라는 말을 하면서 자기를 위로한다. 이 말에는 크게 세 가지 교훈이 담겨 있다. 첫째는 일을 함에 있어 일이 잘된다고 너무 자만하지 말고 일이 뜻대로 되지 않는다고 너무 낙담하지 말라는 것이다. 둘째는 부화뇌동하거나 너무 들뜨지 말고 평상심을 유지하면서 생활해야 한다는 것이다. 그리고 마지막으로 미래를 준비하는 삶을 살아야 한다는 것이다.

중국 국경 지방에 한 노인이 살고 있었는데 어느 날 노인이 기르던 말이 국경 넘어 오랑캐 땅으로 도망쳤다. 이에 이웃 주민들이 위로의 말을 전하자 노인은 그러려니 하면서 걱정을 하지 않았다. 그로부터 몇 달이 지나 도망쳤던 말이 암말과 함께 돌아왔다. 그것을 본 노인은 별로 기쁜 내색을 보이지 않았다. 며칠 후 노인의 아들이 그 말을 타다가 낙마하여 다리가 부러지고 말았다. 이에 마을 사람들이 위로를 하자 노인은 무표정으로 일관했다. 그로부터 얼마 지나지 않아 북방의 오랑캐가 침략해 왔다. 나라에서는 징집령을 내려 젊은이들이 모두 전장에 나가야 했으나 그의 아들은 다리가 부러진 까닭에 전장에 나가지 않아 목숨을 유지할 수 있었다. 이것이 새옹지마의 고사이다.

그런데 새옹지마에 등장하는 변방의 노인처럼 매사 그러려니 하는 태도로 사는 것이 능사는 아니다. 그러지 말고 일이 벌어지지 않도록 예방이 가능한 상황에서는 불미스러운 상황이 일어나지 않도록 최선을 다해야 한다. 물론 삶의 길흉화복吉凶禍福은 정확한 예측이 불가능하다. 그렇다고 아무런 준비를 하지 않고 주어진 여건대로 사는 것은 더욱 어리석은 짓이다.

잘 익은 과일이 잘 팔린다

흔히 직장에서 일하는 것을 전쟁에 비유한다. 따지고 보면 사업하는 것도 전쟁이고 노는 것도 전쟁이다. 그냥 순순히 이루어지는 것은 아무것도 없다. 심지어는 운전하는 것도 혹은 밥 먹고 잠자는 것도 전쟁이다. 삶에서 일어나는 모든 것이 전쟁이다.

손자는 전쟁의 승부를 결정하는 다섯 가지 요소로 올바른 정치, 기후와 기상, 지리적 이점, 지도자의 능력, 제도와 질서라고 말한다. 즉 전쟁이란 이와 같은 다섯 가지에 따라 행해야 하는데 첫째를 도道, 둘째

강한 내가 되는 습관

를 천天, 셋째를 지地, 넷째를 장將, 다섯째를 법法이라고 한다. '도'는 인심을 얻는 것이 곧 천하를 얻는 것임을 뜻한다. '천'이란 음양, 즉 추위와 더위, 네 계절의 변화로 천시를 뜻하고, '지'란 땅의 멀고 가까움, 험준함과 평탄함, 넓음과 좁음, 살 곳과 죽을 곳을 가리키는 지리를 뜻한다. '장'이란 지혜, 믿음, 어짊, 용기, 엄격함을 가리키는 것으로 장수의 오덕五德이라고 하여 인재를 뜻하고 '법'이란 동원체제, 조정의 벼슬체계와 식량의 수송로, 주력부대의 보급 물자 운용 등 군법이나 시스템을 뜻한다. 그러므로 이상과 같은 내용을 참조하여, 일을 할 때는 섣불리 접근하지 말고 최소한 다음 아래와 같이 다섯 가지를 헤아려 보는 것이 바람직하다.

첫째, 대의명분은 있는가?
둘째, 외부환경은 어떠한가?
셋째, 내부환경은 어떠한가?
넷째, 자기가 가진 역량은 어느 정도인가?
다섯째, 자기의 일과 관련된 법과 제도는 어떠한가?

그래서 대의명분을 가지고 일하고 주어진 환경을 자기에게 유리한 환경으로 만들어야 하며 자기에게 불리한 환경이라면 그 환경이 자기에게 유리한 환경이 될 때까지 기다릴 줄도 알아야 한다. 아울러 환경을 이겨낼 수 있는 역량을 기르고 그 환경을 지배할 수 있는 프로세스와 시스템을 갖추는 데 힘써야 한다.

그런데 간혹 자리가 사람을 만든다는 말을 믿고 능력도 없이 막연히 자리에 욕심을 부리는 사람도 있다. 혹여 그 자리에 오르면 자리가 사람을 만들기에 자기 역량이 늘어날 것이라고 착각한다. 하지만 높은 자리에 앉기 위해서는 그에 걸맞은 실력을 미리 쌓아 두어야 한다. 그래야 제자가 준비되면 스승이 나타난다는 말과 같이 자기에게 걸맞은 자리가 생기는 것이다. 예컨대 풋과일을 시장에 내놓으면 소비자들에게 외면을 당하는 것과 마찬가지로 준비가 덜된 상태에서 나서는 것은 여러모로 손해가 많다. 그러므로 무슨 일을 하기 전에 사전에 많은 준비를 하는 것이 바람직하다.

세 번 명령하고 다섯 번 되풀이한다

혼자 하는 일이 아니고 여럿이 함께 일할 때에는 소통이 필요하다. 인간은 사회적 동물이므로 서로 더불어 살아야 한다. 일을 함에 있어서도 그러하다. 특히 직장에서는 사방팔방으로 원활하게 소통해야 한다. 즉 상하 간에 의사소통이 잘되어야 하고 동료 간에도 수평적으로 원활하게 소통해야 한다. 또 의사소통 체계가 속도감 있고 통일되게 잘 운영되어야 한다. 그것이 좋은 조직이고 하나 되는 조직이다.

또 수십만 명에 달하는 군대를 이끌고 전쟁을 할 때 북이나 깃발로 신호를 전달하듯 다른 사람에게 정보를 전달할 때는 그 내용이 명확하고 전달속도가 신속해야 한다. 아무리 열심히 일을 했다고 해도 위에서 원하는 방향으로 일이 이뤄지지 않았다면 오히려 역효과다. 아울러 한 가지 메시지를 계속해서 보내는 등대와 같이 다른 사람들에게 정보를 전달할 때는 일관되게 전달해야 한다. 또한 일관된 정보를 전달해도 그것을 받아들이는 사람에 따라 달리 해석한다는 것을 인식해야 한다. 왜냐하면 동일한 메시지도 그것에 대해 아는 수준에 따라 그것을 해석하는 방식이 다르기 때문이다.

1층에서 보는 것과 10층에서 보는 상황은 다르다. 1층에서 사는 사람은 10층에 사는 사람이 보는 것을 보지 못한다. 그러므로 혼자서 하는 일이 아니고 함께하는 일이라면 그 일을 하는 사람들과 어떤 일을 어떻게 왜 해야 하는지를 공유해야 한다. 아울러 중간 중간에 바뀌는 제도와 변화되는 지침에 대해서 다른 사람들도 잘 알 수 있도록 계속해서 정보를 전달해야 한다.

삼령오신三令五申은 세 번 명령하고 다섯 번 되풀이한다는 말로, 완벽을 기하기 위해 몇 번이고 고치거나 바꾼다는 의미다. 특히 한 조직을 다스리는 리더나 한 조직을 책임지는 경영자는 늘 이점을 명심해야 한다. 그래서 명령체계에 한 치의 흐트러짐이 없어야 한다. 일관된 명령을 내려야 하고 동일한 형태의 문제를 동일한 방식으로 계속해서 전달해야 한다. 그렇지 않으면 직원들은 자기의 일이 아니라고 생각하고 타성에 젖어 생활하기에 그러한 것을 잊어버리게 된다. 아울러 리더나 주인의 마음을 부하나 머슴이 알아줄 것이라고는 생각하지 말아야 한다. 꼬리는 머리가 하는 일을 잘 알려고 하지 않는다. 또 머리에 의해 자신의 운명이 결정된다는 것도 모른다. 또 머리가 하는 일에 대해서 크게 신경 쓰지 않는다. 하지만 머리는 꼬리가 하는 일을 다 알아야 한다. 또 일부러라도 알려고 해야 한다. 왜냐하면 꼬리가 무슨 일을 하는지를 모르면 제대로 다스릴 수 없기 때문이다.

촛불을 높이 들라

한비자에 '영서연설郢書燕說'이란 말이 있다. 이 말은 영 사람이 보낸 편지를 연나라 재상이 설명한다는 뜻이다. 도리에 맞지 않는 것을 도리에 맞는 것처럼 억지로 꾸며서 말한다는 의미를 담고 있다.

춘추시대 초나라 수도 영에 사는 사람이 어느 날 밤 연나라 재상에게 편지를 쓰는데 주위가 어두워 촛불을 든 이에게 거촉擧燭, 즉 "촛불을 높이 들라."고 했다. 그러다가 자신도 모르게 그만 그 두 글자를 편지에 써넣고 말았다. 물론 편지 내용과는 아무런 관계가 없는 말이다. 그런데 편지를 받은 연나라 재상은 거촉이란 글자를 보고 무척 기뻐했다. "등불을 들라고 하는 것은 밝음을 존중한다는 뜻이고, 이는 곧 현명한 사람을 천거해 요직에 쓰라는 말이겠다." 연의 재상이 왕에게 아뢰자 왕 또한 매우 기뻐하며, 그대로 행하니 선정이 펼쳐졌다고 한다.

업무를 수행하다 보면 이처럼 자기의 의지와는 전혀 다른 의도로 일이 진행되는 경우가 있다. 또 자기는 전혀 생각하지 않았는데 자기 의도와는 전혀 다른 방향으로 일이 진행되는 경우도 있고, 자기의 의도대로 잘될 것이라고 생각했는데 오히려 그렇지 않은 경우도 있다. 우리의 생활이 전반적으로 그렇게 흐르고 있다.

자기가 전혀 예측하지 못한 일들이 발생하는 것이 인간사다. 그래서 전혀 예측하지 못하는 일이 생길 수밖에 없고 단 한 치 앞도 예측할 수 없는 것이 우리네 인생사다. 우리는 살면서 어떤 삶이 펼쳐질지 단 1초도 정확하게 예측하지 못한다. 업무를 함에 있어서도 이러한 상황을 인지해야 한다. 즉 자기가 하는 일이 잘못될 수도 있다는 생각을 해야 한다. 아무리 완벽하게 준비해도 준비된 대로 일이 진행되지 않는다. 종종 시험을 치르다 보면 전혀 생각지도 않는 일이 생기는 경우가 있다. 열심히 공부했는데 전혀 예상하지 못한 문제가 나와서 시험을 망치는 경우도 있고 아예 시험 점수를 포기한 과목이 예상 외로 고득점을 얻는 경우도 있다.

우리네 인생도 이와 유사하다. 그러므로 일이 잘 풀린다고 너무 자만하지 말아야 하고 일이 뜻대로 잘 풀리지 않는다고 의기소침해할 필요도 없다. 일이 잘 풀리면 안 풀릴 경우에 대비해서 조심해야 하고 일이 잘 풀리지 않으면 잘 풀릴 수 있도록 힘써야 한다. 아울러 일이 뜻대로 풀리지 않아도 긍정적인 생각을 가지고 업무에 임해야 한다. 그렇다고 무조건 긍정적이고 낙관적인 생각으로 매사에 임하는 것은 좋지 않다. 아무리 일을 열심히 한다고 해도 준비하고 그에 따른 노력을 하지 않으면 일의 결과가 잘 나오지 않을 것은 불을 보듯 뻔하다. 그러므로 긍정적이고 낙관적인 생각이 실효를 거두기 위해서는 열정적이고 창조적인 노력이 수반되어야 한다.

실수는 성공의 퍼즐

업무를 하다 보면 예상하지 못한 실수를 하는 경우가 있다. 그런 경우에는 그 실수를 통해서 배울 것은 없는가를 생각해야 한다. 마치 에디슨이 전구를 발명할 때 자신이 999번의 실수를 한 것이 아니라 전기가 들어오지 않는 999가지 방법을 알게 되었다고 한 것처럼 실수를 통해서 실력을 다져야 한다. 그렇다. 실수를 그냥 실수로 놓아두면 당연히 실패가 된다. 하지만 그러한 실수를 통해서 뭔가를 배운다면 그것이 가장 큰 성공의 밑거름이 된다. 성공은 많은 실수들이 모여서 만들어진다. 무수한 실패 조각들의 퍼즐 맞춤이 성공이다. 성공했다는 것은 그에 상응하는 실패가 있었음을 의미하며, 실수와 실패의 크기가 바로 성공의 크기를 결정한다.

앞서 영서연설의 경우처럼 실수가 오히려 행운을 주는 경우도 있다. 우리가 많이 알고 있는 스테인리스나 포스트잇은 실수에서 빚어진 성과물이다. 즉 실패한 것이 히트상품이 된 것이다. 그러므로 실패를 했다고 포기하지 말고 실수했다면 알짜 지식을 배우는 기회로 삼아야 한다. 진짜 실수는 실수를 했음에도 그 실수를 통해서 배우지 않는 것이다.

특별히 생산라인에서 일하는 직장인이라면 영서연설의 경우처럼 앞 공정에서 실수하더라도 뒤 공정에서 양질의 제품이 나오도록 해야 한다. 그렇지 않고 앞 공정의 잘못이기에 강 건너 불구경하듯 자기 공정에서 해야 할 일만 한다면 프로 직업인이 아니다. 진짜 프로는 타인의 업무를 타산지석과 반면교사로 삼아 배우고 익힌다. 또한 업무를 함에 있어서 무한책임을 가지고 긍정적이며 발전적으로 일하는 사람이 진짜 프로다.

소가 헐떡거리는 이유

일을 하다보면 자기 일도 아닌데 남의 일에 사사건건 관심을 갖는 사람이 있다. 이들은 마치 동네 개처럼 자기의 관리 영역도 아닌데 자기

강한 내가 되는 습관

영역인 것처럼 참견한다. 하지만 그것은 결코 좋은 일이 아니다. 남의 일은 그냥 남에게 맡겨 두는 것이 좋다.

'문우천問牛喘'이라는 말이 있다. 이 말은 재상이 지나가는 소가 헐떡거리는 이유를 물었다는 뜻으로, 지위에 따른 업무 한계를 가려 감독 내지 집행함을 일컫는다. 대인이 해야 하는 일이 있고 소인이 해야 하는 일이 있다. 또 리더가 해야 하는 일이 있고 부하가 해야 하는 일이 있다. 논어에서 공자가 '군군신신君君臣臣 부부자자父父子子'라는 말을 하였듯이, 임금이 해야 하는 일이 있고 신하와 아버지와 아들이 해야 하는 일이 있다. 자기에게 주어진 일을 잘해야 한다는 것이다. 각자가 맡은 바 주어진 일만 열심히 해도 모든 일이 순조롭게 돌아간다. 이에 더하여 더 이상적인 것은 자기 주변에서 자기의 일을 다 할 수 없는 처지에 있는 사람이 누구인가를 살펴서 그 사람에게 도움의 손길을 주는 것이다.

대부분 남의 일에 신경 쓰는 사람 중에는 자기의 일도 제대로 처리하지 못하는 사람이 많다. 자기 일은 잘하지도 못하면서 남의 일에 이래라 저래라 참견하는 그런 사람이 되지 말아야 한다. 즉 대국적인 견지에서 다른 사람들의 일에 관심을 피력하기 위해서는 우선 자기가 맡은 일에 충실해야 한다. 또 남의 일에 참견하기 위해서는 그 사람에게 동의를 구하고 배우는 자세로 임한다. 충고하고 탐색하고 해석하고 판단하는 자세로 남의 일에 참견한다면, 사람도 잃고 일의 본질을 들여다보지 못하는 우를 범할 수 있다. 그러므로 모르는 것을 물어서 안다는 자세로 일을 대해야 한다. 그래야 사람도 얻고 일도 배우게 된다.

기본으로 하는
업무

무슨 일을 하든지 기본이 튼실해야 발전할 수 있다는 말이 있는데, 업무처리 능력을 지속적으로 발전시키기 위해서는 모든 일의 기초와 근본이 되는 기본에 충실해야 한다. 예컨대 인간이 생명을 유지하기 위해서 가장 기본으로 해야 하는 것 중 하나는 먹는 것이다.

무항산무항심

먹고 사는 문제가 해결되지 않으면 생활이 불행하다. 인간은 빵만으로 사는 것이 아니라고 하지만 결국 인간이 살기 위해서는 빵이 있어야 한다. 배가 고픈 상황에서 온전히 정상적으로 생활하는 사람은 없다. 그래서 먹고 살기 위해서 일을 하는 것이 아닌가?

맹자는 '무항산무항심無恒産無恒心'이라고 말한다. 이 말은 항산이 없으면 항심이 없다는, 즉 생활이 안정되지 않으면 바른 마음을 견지하기 어렵다는 말이다. 그렇다. 항심을 갖게 하는 원천은 항산에 있다. 그러

　　　　　　　　　　　　　　　　　　　　강한 내가 되는 습관

므로 항산에 열정을 다해야 한다. 그런데 하기 싫은 일을 하지 않으면 항심을 가질 수 없다. 가장 이상적인 경우는 업業의 진화進化를 위해서 업에 재미와 흥미를 가지고 일을 하는 것이다. 즉 계속해서 반복되는 일이지만 그 속에서 자기만의 재미와 흥미로운 요소를 찾아서 일에 집중해야 한다.

　많은 직장인들이 자기가 하는 일에 대해서 그다지 큰 재미를 느끼지 못하고 먹고 살기 위해서 마지못해 한다고 말한다. 특히 직장상사로부터 많은 스트레스를 받아 가면서 일을 해야 하는 상황에서는 항심을 유지하기가 어렵다. 하지만 먹고 살기 위해서는 참고 견뎌야 한다. 아울러 어차피 해야 하는 일이라고 생각한다면 상사에게 지시나 통제를 받지 않아도 되는 수준이 되어야 한다. 그래서 자기에게 주어진 일을 알아서 잘해야 한다. 그렇지 않고 어차피 해야 하는 일임에도 불구하고 그 일을 등한시하다 보면 결국에는 그 일로 인하여 많은 스트레스를 받게 되고 항산의 불안정에 기인하여 항심의 불안정을 초래하게 된다. 그러므로 피할 수 없다면 즐기라는 말이 있듯이 어쩔 수 없이 해야 하는 상황이라면 그 일을 재미있는 일로 만들어야 한다. 또 어차피 해야 하는 일이라면 그 일에 능통한 전문가가 되어야 한다. 그래야 같은 일을 해도 상사의 눈치를 보지 않고 일을 자율적으로 즐겁게 할 수 있다.

무위도식과 반식재상

이제는 과거처럼 평생직장이라는 생각으로 직장생활을 하는 사람이 많지 않다. 가정을 등한시하면서까지 오로지 회사에 충성을 다하는 직장인은 가히 찾아보기 힘들다. 그 이유는 개인적인 온도차도 있지만 무엇보다 문화와 풍습이 변했기 때문이다. 어떤 회사는 아예 입사조건으로 십 년 후 독립할 정도의 실력을 기를 것을 서약해야 입사시키는 경우도 있다.

지금은 과거처럼 회사에 입사하면 회사에서 모든 것을 책임지는 경우는 드물다. 또 언제든 회사가 어려우면 누구나 구조조정의 대상이 된다. 그래서 그런지 많은 직장인들이 과거보다 애사심이 그리 높지 않다. 틈만 나면 좋은 곳으로 옮기고 싶어 하고 가능한 한 스트레스를 덜 받으면서 생활하려고 한다. 또 과거처럼 회사 일에 치여 별을 보고 퇴근하는 사람들도 많이 줄었다. 그것은 고사하고 아예 퇴근 시간이 되면 곧바로 퇴근하는 직장인들이 늘고 있다.

요즘 직장에는 고급 백수들이 많다. 이게 무슨 말인가? 예컨대 직장 초년생인 20대에는 직장에서 일을 배우는 재미로 시간가는 줄도 모르고 지낸다. 그 후 중간층이 되는 30대에는 성공을 위해서 불철주야 회사밖에 모르는 생활을 한다. 그러다 40대가 되면 자기가 회사의 주인이라는 생각을 지닌 충성스러운 직장인이 된다. 대부분의 많은 직장인들이 30대와 40대의 연령대에서 특수공작원이 특수임무를 수행하듯 특별한 사명의식을 가지고 직장에 최선의 노력을 경주했을 것이다. 그런데 불행한 것은 그런 생활이 계속 이어져야 하는데 대부분의 사람들이 50대 중년에 이르면 자기 건강을 돌보면서 스트레스를 받지 않고 지내려고 한다. 그래서 위험하고 힘든 일은 일부러 피한다. 그런 사람들은 회사에 고비용을 초래하는 고급 백수다.

　이제는 한량이나 백수가 실업자만을 지칭하는 용어가 아니다. 회사 내에도 백수가 있다. 1억 원에 육박하는 연봉을 받으면서 특별히 하는 일이 없는 직장인이 바로 그들이다. 그들은 30년 동안 해오던 일이기에 어디를 건드려야 일이 잘 돌아간다는 것을 감각적으로 안다. 또 일반직장인이 하루 내내 해야 하는 일도 전화 한 통화로 처리한다. 젊은 사람들은 그들을 꼰대 혹은 아재라고 하면서 비아냥거린다. 왜냐하면 그들은 하는 일이 별로 없으면서 고액의 연봉을 받는 반식재상과 같은 사람이기 때문이다. 반식재상伴食宰相은 곁에 모시고 밥을 먹는 재상이라는 뜻으로, 무위도식無爲徒食하며 자리만 차지하는 무능력자를 이르는 말이다.

　엄밀하게 말해서 직장생활을 스트레스를 받으면서 할 필요는 없다. 회사 일보다는 개개인의 미래와 인생이 더 중요하기 때문이다. 그러므로 굳이 피땀 흘려가면서 일할 필요 없다. 그냥 남들처럼 너무 튀지도, 너무 나서지도 않으면서 모나지 않게 생활하는 것이 가장 무난하다. 하지만 그런 일처리는 바람직하지 않다. 아니 그렇기에 더욱더 일에 애착을 가지고 열정을 다해야 한다. 왜냐하면 죽어라 노력해도 회사에서 인정을 받을 수 없었던 과거에 비해 요즘에는 조금만 열심히 하면 두각을 나타낼 수 있기 때문이다.

　프로 직장인이라면 마지막 퇴임하는 순간까지 회사 일에 열중해야 하고 직장에서 월급 받고 일을 하는 한 모든 시간과 열정을 회사에 쏟아야 한다. 물론 그것이 올바른 진리는 아니다. 왜냐하면 회사에서 그런 사람들의 미래를 보장해주어야 하는데 그렇지 않기 때문이다. 그러므로 자기 밥그릇은 자기가 챙겨야 한다. 아마도 반식재상이라는 말도 언제 목이 잘려나갈지 모르기에 자기 이익을 챙기려고 했던 과거 사람들의 일하는 태도가 반영되어 나온 이야기라는 생각이 든다. 그런데 한편으로 생각하면 이제는 놀면서 다방면을 보는 사람도 필요하다. 왜냐하면 모든 사람들이 일에 몰입하다 보면 주변에서 무슨 일이 벌어지는지를 모르는 상황이 발생하고 큰 사고가 날 수도 있기 때문이다. 그러므로 반식재상과 같은 지혜를 발휘하는 사람도 조직에 필요하다. 어떻게 생각하면 반식재상과 같은 사람이 노련한 사람이다. 왜냐하면 일을 하고 있는 것 같지는 않지만 결정적인 상황에서 큰일을 해내기 때문이다.

두더지 강물 마시기

'언서지망偃鼠之望'이라는 말이 있다. 이 말은 두더지는 작은 동물이라서 강물을 배불리 마셔봤자 많이 못 마신다는 뜻으로, 사람은 한계가 있으므로 자기가 타고난 분수에 만족해야 함을 비유한 말이다. 그렇다. 진정한 언서지망은 주어진 현실을 인정하고 닥친 현실에 최선을 다하며 긍정적인 사고로 활기차게 생활하는 것이다. 그래서 그 현실에서 긍정적인 탄력을 받아 더 큰 미래를 여는 초석을 다지라는 말이다.

자칫 안분지족하면서 현실에 주어진 대로 살라고 하면 그냥 주어진 현실에 처박혀 신세타령이나 하면서 살라는 뜻으로 오해를 할 수 있다.

하지만 그것은 안분지족이나 언서지망에서 말하고자 하는 참뜻이 아니다. 그 말의 본뜻은 처한 현실을 부정하거나 불평하지 말라는 의미다. 또 자기에게 주어진 현실에 감사하고 어떤 어려움이나 고난이 닥쳐도 그것을 그냥 받아들이라는 의미다.

그렇다. 성장과 발전을 거듭하기 위해서는 온전히 받아들이는 마음이 있어야 한다. 그래야 그로 인해서 현실에 감사하는 마음이 생긴다. 또 주어진 현실에 감사해야 현실에 최선을 다하게 되고 희망찬 미래를 향해 나아갈 수 있다. 그런 점에 입각하여 일을 하면서도 어렵고 힘들다고 불평하거나 불만을 품지 말고 자기가 해야 할 일이 있다는 것에 감사해야 한다. 또 내가 마땅히 해야 하는 일이고 그 일을 하는 만큼 자기가 성장한다는 희망적인 생각을 가져야 한다.

사실 일을 하다 보면 일을 하는 과정에서 더 많은 것을 배우게 되고 그 일을 통해 더 큰일을 하게 된다. 그러므로 미래에 큰일을 하기 위해서는 현실에서 자기에게 주어진 일에 최선을 다해야 한다. 즉 미래에 더욱 큰일을 하기 위해서는 현재 주어진 일에서 즐거움을 찾고 현재 처한 일을 하면서 희망찬 미래를 열어 가기 위한 역량을 길러야 한다.

실천이 우선이다

업무를 수행할 때는 요행을 바라지 말아야 한다. 자기가 열과 성의를 다하지 않아도 일이 알아서 잘 풀리겠지 하는 생각은 하지 말아야 한다. 세상에 공짜는 없다. 더욱이 아무런 행동도 하지 않았는데 기적처

럼 자기가 원하는 일이 이뤄지는 경우는 없다. 고통이 없으면 얻는 것
도 없다는 말이 있듯이 무엇인가를 얻기 위해서는 그에 상응하는 노력
을 해야 한다. 하물며 로또에 당첨되기 위해서는 로또라도 사놓고 기다
려야 한다. 아무런 행동도 하지 않고 그냥 저절로 일이 이뤄지기를 바
라는 것은 완전히 도둑놈 심보다.

예컨대 정성을 다하여 백 일 기도를 한다고 해서 공부하지 않고 대학
에 합격하기를 바라는 것은 씨를 뿌리지 않고 새싹이 돋아나기를 바라
는 것과 같다. 그러므로 바라고 원하는 것이 있다면 뭔가를 해야 한다.
물론 인공지능적으로 사람이 관여하지 않아도 이뤄진다면 그리 걱정하
지 않아도 된다. 그런데 인공지능적으로 모든 것이 자동으로 이뤄지도
록 하기 위해서도 인공지능을 탑재한 기기를 개발하여 설치하는 노력이
선행되어야 한다. 그런데 모든 일을 입으로만 하는 사람도 있다. 조직
에도 일하는 사람 따로 있고 말만 하는 사람도 따로 있다. 하물며 직책
이 조금이라도 높으면 자기보다 직책이 낮은 사람에게 시키는 사람들이
태반이다.

정말로 일에 대한 사명의식이 높은 사람은 모두가 불가능하다고 생각
하는 일도 어떻게든 자기 스스로 해보려고 한다. 또 단 1퍼센트의 가능
성만 있어도 그것을 해 내려는 사람이 바로 그런 사람이다. 남들이 모두
포기한 일이지만 그럼에도 불구하고 목숨이 붙어 있는 한 자기가 할 수
있는 그 어떤 것이라도 해보려는 사람들이 실행력이 강하다.

불가능은 가능이라는 단어가 오면 자연적으로 사라지는 단어다. 그
렇기에 불가능한 일이 생기면 그냥 가능을 향해 도전을 거듭해야 한다.
특히 불가능하다고 포기하고 싶은 시점에 일이 안 된다고 포기하지 말

　　　　　　　　　　　　　강한 내가 되는 습관

고 창의적인 열정을 다해 뭔가 시도해야 한다.

배가 뒤집혀 봐야 수영 실력을 알 수 있다. 또 차가운 겨울이 되어야 소나무가 푸르다는 사실을 알 수 있다. 마찬가지로 일에 대한 프로의식을 가지고 있는지의 여부는 위기에 처했을 때 어떻게 하는가에 달려 있다. 그러므로 힘들수록 그 일에 매진하여 창조적인 방안을 찾아 문제를 해결하는 데 주력해야 한다.

날은 저물고 갈 길은 멀다

요즘 들어 중년들의 근심이 늘고 있다. 그간 회사에 평생직업 의식을 가지고 개인적인 일보다는 회사의 공적인 일에 혼신의 열정을 다했기에 직장 말고는 특별히 다른 일을 시작할 엄두를 내지 못하고 있다. 노후를 위해 뭔가 새로운 것에 도전해야 하는데 그렇지 못하는 것이다. 왜냐하면 삼십 년이 넘도록 오로지 회사를 위해서 일을 해왔기 때문이다. 그래서 감히 뭔가 새로운 시도를 할 엄두를 내지 못한다. 벌어 놓은 돈은 없고 자식들은 결혼시켜야 하고 연로한 부모도 봉양해야 한다. 그렇다고 평생 일을 할 수도 없고 정년에 이르러 순순히 회사를 나와야 하는 진퇴양난에 빠져 있다.

그들이 그런 지경에 이른 것은 5년 후 혹은 3년 후 그 때에 이르러 노후를 준비해도 크게 늦지 않을 것이라는 생각을 했기 때문이다. 노후를 준비해야 한다는 생각은 계속했지만 과감하게 새로운 도전을 시도하지 못했기에 시기를 놓쳐버린 것이다.

'일모도원日暮途遠'이라는 말이 있다. 이 말은 날은 저물고 갈 길은 멀다는 뜻으로 할 일은 많지만 시간이 없음을 비유한 말이다. 앞서 말한 중년들의 마음 상태가 바로 일모도원의 의미에 담겨 있다. 일모도원의 상황에 내몰리지 않기 위해서는 자기도 그런 막다른 상황에 처할 것이라는 위기의식을 가지고 평상시 준비를 철저히 해야 한다.

특별히 직장인의 경우에는 회사에서 그런 생각을 하지 못하도록 분위기를 몰아가므로 주의해야 한다. 퇴직 직전까지 직원들이 가진 유·무형의 지적자산을 모두 빼앗아 가려는 곳이 회사다. 물론 퇴직 이후를 위한 교육 프로그램을 운영하고 노후를 위한 준비기간을 준다고는 하지만 그것은 빛깔 좋은 개살구다. 그러므로 간절한 생각을 가지고 자기에게 맞는 노후를 스스로 준비해야 한다.

위기에 대처하는 자세

하루에도 수 천 명의 자영업자들이 창업과 폐업을 반복하고 있다. 창업하는 사람들은 모두들 잘할 것이라는 생각으로 창업한다. 망할 것을 생각하면서 개업하는 사람은 없다. 사업계획서를 작성하는 단계에서 많은 시장 조사를 하고 여러 가지 수지타산을 맞춰보고 이익이 있다고 생각하기에 창업하는 것이 아닌가? 그런데 그런 사람들이 왜 망할까? 이들은 자기는 계속하고 싶지만 주변 환경에 떠밀려 어쩔 수 없이 폐업을 할 수밖에 없다고 말한다. 그런데 그 와중에도 살아남는 사람도 있다. 그런 사람들은 다른 사람들과 동일한 여건인데 어째서 망하지 않는가? 그들의 공통점 중 하나는 잘나갈 때에 못 나갈 때를 대비해서 준비했기 때문이다.

이에 대한 교훈적인 성어가 '거안사위居安思危'다. 이 말은 나이 예순 셋인 위징이 중병에 걸렸을 때 태종에게 했던 "태평성대일수록 위태로울 때를 생각하시고 이를 대비하셔야 하옵니다." 라는 말에서 유래했다. 태종은 고개를 끄덕이며 그 말을 꼭 명심하겠다고 말했다.

이순신 장군이 임진왜란에서 23전 23승을 했던 가장 핵심적인 비결은 바로 유비무환有備無患의 자세로 모든 것을 준비했다는 데 있다. 이순신 장군은 손자병법에서 말하는 선승구전의 병법을 최대한 이용했다. 이순신 장군의 놀라운 유비무환의 자세는 명량해전에서 했던 "나는 그간에 이기지 못하는 전쟁으로 부하를 이끈 바가 없다."라는 말에 잘 나타나 있다. 이순신 장군은 이길 수 없는 전쟁은 하지 않았던 것이고 이길 수 있는 전쟁만을 한 것이다. 이처럼 승승장구하기 위해서는 잘나갈 때 위기를 미리 준비해야 한다. 위기의 상황에서 국난을 극복한 이순신 장군의 전공은 아무나 이룰 수 있는 것이 아니다. 청사에 길이 빛나는 혁혁한 공이 아닐 수 없다.

잘나갈 때 위기를 준비했던 것이 아니라 위기의 상황 속에서 위기를 준비했던 이순신 장군. 힘들고 어려운 상황에 놓여 봐야 진정으로 기도하는 방법을 알게 된다는 말이 있듯 사람들은 힘들고 어려운 상황에 빠지면 그 위기를 극복하기 위해서 폭발적인 힘을 발휘한다. 아마도 궁지에 몰린 쥐가 고양이에게 덤비는 형국이라고 말을 하겠지만 꼭 그러한 것만은 아니다. 단식하면 몰입이 더 잘되듯 우리의 몸은 뭔가 위기감을 느끼면 똥줄 타는 심정으로 온 힘을 다해 집중하려는 경향이 있다. 반대로 생각하면 편안한 상황에서는 그러한 힘이 발휘되지 않는다. 그러므로 편안한 상황에서도 일부러라도 위기를 조장해서 몰입해야 한다.

소요유와 휴테크

직장생활을 하다보면 휴일이 무척이나 소중하다. 그래서 휴(休)테크를 잘해야 성공한다고 말한다. 즉 이제는 노는 시간이 많기에 그 시간을 어떻게 활용하는가에 따라 그 사람의 일생이 결정된다. 그 정도로 휴일의 중요성이 부각되고 있다. 그렇다면 휴일은 어떻게 보내는 것이 바람직한가?

직장인의 경우, 월요일이 되면 월요병에 걸린다고 말하는 사람은 휴일을 잘 못 보낸 사람이다. '출전충휴'라는 말이 있듯 휴일에는 충분한 휴식을 취해야 한다. 휴일을 잘 보낸 사람은 월요일이 즐겁다. 휴일에 충분한 에너지를 비축했기에 월요일에 더 힘이 솟는 것이다. 그런데 심신을 쉬어주어야 하는 휴일을 심신이 고달프게 보냈다면 당연히 월요일에 피곤할 수밖에 없다. 그러므로 일을 하기 위해서 쉬는 것인지 쉬기 위해서 일을 하는 것인지에 대한 목적이 명확해야 한다.

일을 위해서 휴식을 취하는 사람과 놀기 위해서 일을 하는 사람 간에는 차이가 많다. 일을 하기 위해서 휴식을 취하는 사람은 휴일 다음날 어떻게 해야 즐겁고 활력이 넘치는 생활을 할 수 있을까를 생각하는 휴일을 보낸다. 하지만 휴식을 위해서 일하는 사람은 다음날을 기약하지 않고 심신이 탈진상태에 이르도록 휴일을 즐긴다. 그런 사람이 일을 위해서 휴식을 취하는 사람보다 더 행복하고 일에 대한 스트레스를 안 받는다.

잘 노는 사람이 일도 잘한다는 말이 있듯 일에 미치는 영향력을 생각하면 휴식은 무척 중요하다. 물론 일이 중요하다. 그러나 사실 사람은 계속해서 일만 할 수는 없다. 또한 일에 우선순위를 두면 모든 생활이 일 위주로 흘러가기 때문에 개인적으로 여유로운 시간을 가질 수 없다. 그러므로 일에 우선순위를 두기보다는 마시고 즐기는 휴식에 우선순위를 두어야 한다. 그러면 신기하게도 일이 즐거워질 것이다. 왜냐하면 마치 소풍 가기 전날의 설렘으로 인해 기분이 좋아지듯 일이 힘들어도 즐거운 휴일을 생각하면서 참을 수 있기 때문이다.

휴식을 우선시하는 사람은 단기적으로 성과가 적지만 장기적으로 볼 때 오히려 성과가 더 많다. 또 지속적으로 성과가 나온다는 측면에서 휴식에 우선순위를 두고 생활하는 사람이 성취감도 높다. 그렇다고 일을 우선시하며 사는 것이 나쁘다는 말은 아니다. 그것도 중요하다. 하지만 더욱더 중요한 것은 일이 아니라 휴식이다. 휴식을 중시할 때 일도 재미있고 생활이 즐겁다. 물론 일을 할 때는 일을 해야 하고 휴식을 취할 때는 휴식을 취하면 더할 나위 없이 좋을 것이다.

그렇다면 휴일을 어떻게 보내는 것이 좋을까? 이것은 각자가 처한 상황과 생활패턴에 따라 그 중요성과 가치가 다르다. 즉 자기가 생활하는 가치의 우선순위를 어디에 두는가에 따라 휴식의 가치도 달라진다.

휴식과 관련하여 장자가 말하는 휴일의 의미는 소요유逍遙遊에 있다. 소요유는 마음 가는 대로 유유자적하며 노닐 듯 살아감을 뜻하는 장자 철학의 핵심이다. 또 구속 없는 절대 자유의 경지에서 노니는 것을 뜻한다. 그렇다. 진정한 휴식은 소요유에 버금가는 휴식이다. 시시비비를 따지는 휴일이 아니라 그냥 모든 것을 내려놓고 마음이 편안한 휴식을 취해야 한다. 그렇지 않고 내일은 어떻게 해야 잘할 수 있는가를 생각하면서 보내는 휴일은 온전한 휴일이 아니다. 그래서 휴일을 잘 보내기 위해서는 가능한 한 집이나 직장에서 먼 곳으로 떠나라고 말한다. 그래야 마음 편하게 휴식을 취할 수 있기 때문이다. 이처럼 모든 것을 내려놓고 백지 상태의 마음으로 휴식을 취하는 것이 소요유의 휴식이다.

요즘 텔레비전에서 '나는 자연인이다'라는 프로그램이 방영되고 있다. 이 프로그램에서는 문명시대를 마다하고 자연으로 돌아가 자연 속에서 사는 사람들을 보여준다. 속세의 미련을 버리고 자연에서 사는 사람들은 참으로 얼굴빛이 편안해 보인다. 그런데 일상생활 자체가 즐거움이고 그 속에서 사는 것 자체가 행복이라고 말하는 그 사람들은 정말로 24시간 행복할까? 그리고 고통과 번뇌에서 벗어나 수도하는 사람들은 수도하는 과정이 행복할까? 모든 것은 구속에 있다. 구속이 적으면 적을수록 느끼는 자유의 크기는 크다. 그러한 자유가 진정으로 좋은 자유이고 알짜 휴식이다.

지혜롭게 하는
업무

지혜는 사물의 이치를 빨리 깨닫고 사물을 정확하게 처리하는
정신적인 능력을 말한다. 그래서 복잡하고 어려운 업무를 능
수능란하게 잘 처리하는 사람을 지혜로운 능력을 가진 사람이
라고 말한다. 그런데 그 지혜로운 능력은 어느 날 갑자기 생기
는 것이 아니라 배움에서 싹튼다.

이미 부유해졌으면

내가 내 스스로 경쟁력을 높이는 것은 자기의 경쟁력 증진과 함께 자
기가 속한 조직이나 단체의 경쟁력을 올리고 나아가 국가의 경쟁력을
올리는 단초가 된다. 그런데 자기의 경쟁력을 올리는 가장 원천적인 힘
은 배움에서 나온다. 이와 관련된 말로 논어에 '선부후교先富後教'라는 말
이 나온다. 이 말은 먼저 부자가 되고 경제적으로 안정이 되었다면 그
이후에는 가르쳐야 한다는 말이다.

공자가 천하를 유세하러 다닐 때, 교역을 위해 위나라에 모여든 수많

은 사람들을 보고 크게 놀랐다. 이에 염구를 돌아보면서 공자가 감탄조로 "백성이 참으로 많기도 하구나!"라고 했다. 그러자 염구가 "백성이 이처럼 많으면 어찌해야 합니까?"라고 물었다. 공자가 "우선 부유하게 만들어주어야 한다."라고 대답했다. 그러자 염구가 다시 "이미 부유해 졌으면 또 무엇을 해야 합니까?" 하고 물었다. 그러자 공자가 "가르쳐야 한다."라고 답했다. 이 대화를 통해 공자사상의 핵심 가운데 하나인 선부후교 사상이 나오게 되었다.

우리 속담에 쌀독에서 인심이 난다는 말이 있다. 그처럼 인간 세상에서 제일 우선적인 것이 돈이다. 인간이 살아가려면 경제적으로 안정되고 먹고 사는 문제가 우선 해결되어야 한다. 그 다음에는 배우고 익혀야 한다. 공자보다 백 년가량 앞서 활약한 관중도 공자와 마찬가지로 부강한 나라를 만들기 위해서는 먼저 백성을 고루 잘살게 만들어야 한다고 말했다.

선부후교라고 해서 꼭 경제적인 안정을 확보한 이후에 교육하는 것이 올바른 순서는 아니다. 요즘에는 오히려 없는 살림이어도 학자금을 융자받아서 자녀교육에 애쓰는 부모도 많다. 가정 형편이 곤란해도 자녀교육만큼은 소홀히 할 수 없다는 생각에서다. 부모의 자녀교육에 대한 이 같은 열정은 경제적인 부를 초월한 사랑이다. 당신은 못 먹고 가난하게 살아도 자식들만은 경제적으로 안정된 삶을 살기를 바라는 부모의 마음이 자녀교육의 열정으로 승화된 것이다.

이제는 바야흐로 교육이 돈이 되고 배우지 않으면 애써 쌓은 경제적인 부도 배운 사람에게 빼앗기는 시대다. 또 배우지 않으면 많은 돈을 벌 수 없다. 평균적으로 고소득에 있는 사람들은 기본적으로 많이 배운

강한 내가 되는 습관

사람이다. 그러므로 21세기가 지식 자본주의 시대라는 것을 생각하면서 배우고 익히는 데 주력해야 한다. 아울러 배우고 익힘과 동시에 타인을 가르치는 데도 힘써야 한다. 그런 점에 입각하여 기업의 최고경영자는 직원들 교육에 앞장서야 하고 조직을 이끄는 리더 역시 부하들의 인재양성에 주력해야 한다.

혹자는 백성들을 가르치지 않고 우매한 상태로 놓아두어야 지휘하기가 편하고 자기가 원하는 대로 이끌 수 있다고 말한다. 하지만 그렇게 하면 단기적으로 지시와 통제에 의해서 일사분란하게 사람들을 통제할 수는 있어도, 장기적으로 볼 때 성장세가 멈춰 더 이상 진화할 수 없다는 점에서 둘 다 손해다. 그러므로 인재양성에 힘써야 한다.

백년지대계

인재를 양성하는 것은 개인의 발전은 물론 국가 발전에 이바지하는 원동력이 된다. 그런데 목전의 이익에 급급하여 기업 일선에서 현장 직원들을 가르치지 않는 경영자도 있다. 또 원가절감과 생산성 향상에만 치중할 뿐 직원들에게 교육기회를 전혀 제공하지 않는 악덕 기업주도 있다. 강태공은 이렇게 사람을 가르치지 않는 것은 큰 죄이고 허물이라고 말한다.

가르치는 것은 예나 지금이나 매우 중요하다. 모든 것은 교육에서 시작된다. 교육입국이라는 말이 있듯 나라의 근간을 세우고 뿌리를 심는 것은 교육에 있다.

관자의 권수편에서 1년을 내다보기 위해서는 곡식을 심고 10년 뒤를 내다보려면 나무를 심어야 하며 100년을 내다보려면 사람을 가르치라고 말한다. 아울러 가장 중요한 것은 장기적인 안목에서 인재를 양성하는 것이라고 한다. 공자도 어려서 배우지 않으면 늙어서 아는 것이 없고, 봄에 밭을 갈지 않으면 가을에 바랄 것이 없으며, 새벽에 일어나지 않으면 그날 할 일이 없다는 말을 하면서 배우고 익히는 것이 중요하다고 말한다. 그렇다. 관자나 공자의 말처럼 목전의 이익이 아니라 보다 먼 미래를 보고 인재 양성에 힘써야 한다.

잘 팔리는 제품이 좋은 제품

유명 스타가 있어서 그 팀의 가치가 올라가고, 고귀한 보물이 있어서 그 장소가 유명해지는 것과 마찬가지로 자기가 하는 일로 인하여 자기의 가치가 더 가치 있게 평가받도록 해야 한다.

사람은 나이가 들면 자기가 하는 일로 평가를 받는다. 자기가 현재 어디에서 어떠한 일을 하는가에 따라 자기의 가치와 평가가 달라진다. 그러므로 자기가 하는 일을 열정을 다해서 해야 하고 자기의 실력을 기르는 데 힘써야 한다. 이에 더하여 자기의 가치를 만방에 알린다.

요즘에는 잘 만들어진 제품이 좋은 제품이 아니라 잘 팔리는 제품이 좋은 제품이다. 얼핏 생각하면 잘 만들어진 제품이 잘 팔릴 것 같지만 실상은 그렇지 않다. 잘 만들어진 제품도 다른 사람들에게 알려지지 않으면 팔리지 않는다. 물건을 잘 만들었는데 사는 사람이 없으니 당연히 팔리지 않는 것이다. 이와 마찬가지로 자기가 탁월한 실력을 지녔다면 그 가치를 다른 사람에게 널리 알려야 한다. 그래야 자기의 가치를 진정으로 인정받게 된다. 이때 일로 자기의 가치를 알려야 한다. 그러기 위해서는 자기가 먼저 자기가 하는 일에 높은 가치를 부여해야 한다. 중요한 일이든 그렇지 않은 일이든, 돈이 되는 일이든 돈이 되지 않는 일이든, 자기가 그 일을 대하는 태도에 따라 자기가 하는 일의 가치가 정해지게 마련이다. 즉 자기가 하는 일을 스스로 귀하게 생각하면 남들도 그 일에 귀한 가치를 부여한다. 또 자기가 하는 일을 스스로 자랑스럽게 생각하면 그 일에 대한 프라이드가 높아져 스스로 가치 있게 일하려고 애쓰게 된다.

장소, 스피드, 타이밍

일에 대한 목표를 달성하는 과정에서 무계획적으로 접근하는 것이 아니라 자기만의 전략을 가지고 임해야 한다. 즉 단순히 열정과 근성을 가지고 접근하는 것이 아니라, 주변의 환경적인 여건은 어떠하며 그런 주변 환경이 자기 목표에 어떠한 영향을 줄 것인가에 대해 일을 하기 전에 밑그림을 그려 보는 것이다. 또 목표로 향하는 여정에 어떤 복병이 기다리고 있으며 목표를 달성하기 위해서는 어떤 방식으로 접근하는 것이 좋은가에 대한 시나리오를 짜봐야 한다. 그리고 그 시나리오에 입각하여 수정과 보완을 거듭하면서 목표를 향해 전진해야 한다. 그런 전략적인 마인드로 생활을 하다 보면 목표를 달성하는 여정에서 예기치 않는 상황이 닥쳐도 당황하지 않고 의연하게 전략대로 전술을 구사할 수 있다.

이토록 전략이 필요한 이유는 반드시 목표를 향해 나아가는 여정에서 경쟁자와 사투를 벌여야 하기 때문이다. 같은 노력을 했을 때 둘의 실력이 비등하다면 전략의 수준이 높은 사람이 승리하기 마련이다. 그래서 혹자는 시대가 발달하고 문화수준이 올라가면 그에 맞게 전략도 진화해야 한다고 말한다.

손자병법에서는 전략은 '공기무비攻其無備이고 출기불의出其不意이며 병자귀속兵者貴速'이라고 말한다. 즉 전략을 수립함에 있어서 장소와 스피드와 타이밍이 중요하다는 말이다. 아무리 좋은 전략도 장소와 스피드와 타이밍이 맞지 않으면 실패할 확률이 높다. 아울러 상대방이 자기의 전략을 알지 못하도록 해야 한다. 아무리 좋은 전략도 상대방이 이를 인지하고 있으면 오히려 역공을 당할 수 있기 때문이다.

벌모와 벌교, 벌병과 공성

손자병법에서는 전략을 실행하는 전술적인 차원에서 벌모伐謀와 벌교伐交 그리고 벌병伐兵과 공성攻城의 4단계에 대해 이야기하고 있다. 즉 상대방과 싸워서 이기기 위해서는 먼저 모략으로 승리해야 한다는 것이다. 굳이 싸우지 말고 전략적으로 모략을 펼쳐서 상대방이 스스로 패배를 시인하도록 했을 때 완전한 승리를 거둘 수 있다. 아울러 상대방의 주변 사람들을 차단하여 상대가 고립무원의 지경에 빠지도록 상대를 고립시키는 것이 중요하다. 상대방이 어려운 상황에 빠져도 도움을 받을 수 있는 여건이 되지 않도록 외교적으로 상대방을 완전히 차단해야 한다. 이어서 벌병하여 성을 공략하는 것이다. 무엇보다 중요한 것은 벌모와 벌교다. 이것이 성공해야 이를 기반으로 벌병과 공성의 전략을 실행할 수 있기 때문이다.

벌모는 전략적으로 상대방을 이기는 것이다. 이를 일에 대한 목표를 달성하는 측면으로 해석하면, 목표 달성에 따른 실행전략을 필요로 한다는 말이다. 또 자기가 가진 자원을 가지고 최소한의 비용으로 최대의 효과를 창출하는 경제성 원칙에 입각하여 실행전략을 수립해야 한다. 왜냐하면 정해진 시간 내에 최소의 노력으로 최대의 효과를 얻어야 하기 때문이다.

벌모 후에는 벌교한다. 그러려면 자기 목표가 아닌 것에는 관심을 두지 않아야 한다. 또 자기 목표로 향하는 여정에 걸림돌이 된다고 생각되는 것은 과감하게 제거해야 한다. 그래서 주변 환경에 부화뇌동하지 않고 오로지 자기가 가고자 하는 목표를 향하여 나아가야 한다.

사실 목표를 향해 나아가는 여정에서는 많은 유혹이 뒤따르기 마련이다. 자기가 이루고 싶은 목표를 향하여 집중하려고 해도 주변 상황이 그냥 놓아두지 않는 경우가 많다. 선의 기운이 강하면 반대성향의 악의 기운이 강하게 나타난다. 좋은 일에 마가 많다는 말이 있듯 자기가 목표를 이루려고 마음을 먹으면 먹을수록 주변에서 자기를 유혹하는 것들이 많이 생긴다. 그러므로 악의 기운이나 유혹의 손길이 미치지 않도록 주변 환경을 차단해야 한다. 그러기 위해서는 주변 환경을 이겨낼 수 있는 강인한 정신력이 필요하다. 아울러 목표를 향해 나아가는 여정은 즐거워야 하고 재미가 있어야 한다. 좋아하는 것은 즐기는 것만 못하다는 말이 있듯이, 자기가 하는 일이 즐겁고 재미가 있으면 주변에서 발생하는 일에 신경 쓰지 않고 자기가 하고 싶은 일에 몰두할 수 있다.

벌모와 벌교가 되었다면 진심을 다하여 자기가 가고자 하는 방향으로 전력 질주해야 한다. 또 목표를 향하여 자기가 가진 재원을 한곳에 집중시킨다. 그리고 목표를 향하여 나아가는 여정은 전광석화처럼 속전속결로 모든 것을 신속하게 처리해야 한다. 즉 이것이라고 생각하면 머뭇거리지 말아야 한다. 또 목표를 달성했다면 목표 달성이 주는 짜릿한 스릴과 달콤한 맛을 여한 없이 즐긴다. 이것이 공성이다. 아울러 그 달성한 목표를 기반으로 또 다시 새로운 목표를 달성하기 위한 발판을 마련해야 한다. 그래서 자기만의 목표의 탑을 쌓고 지속적으로 목표를 향해 항해해야 한다.

끝으로 이러한 프로세스가 자기 목표 달성 프로세스로 체화되어야 한다. 단순히 한 번 전략을 수립해서 그 전략대로 목표를 달성했다고 해서 다음에도 그 전략이 잘 먹힐 것이라는 생각은 버린다. 하지만 그러한 목표를 이뤄가는 프로세스는 다소 환경적으로 차이만 있을 뿐 실제적으로 목표를 달성하는 프로세스는 동일하다. 그래서 그것이 습관화되도록 작은 목표를 달성하는 여정에서도 항상 계획을 세워서 실행하는 습관을 들여야 한다. 또 소리 없이 세상을 움직이는 정중동의 지혜를 발휘하여 남이 보지 않는 공간에서 주경야독晝耕夜讀하는 마음으로 열정을 다해서 바쁘게 움직여야 한다. 또한 경쟁하는 사람이 눈치를 채거나 자기가 하는 일이 다른 사람의 방해를 받게 될 것이라고 예상된다면 미리 전략을 세워서 치밀하고 철저하게 대응해야 한다.

교토삼굴의 지혜

꿈에 기간이 붙으면 목표가 된다. 그러한 목표를 잘게 쪼개면 계획이 된다. 꿈은 여러 개의 목표로 구성되고, 목표는 여러 개의 계획으로 구성된다. 그런 목표와 계획이 실현되면 꿈이 실현된다. 즉 목표를 이뤄가는 과정이 꿈을 이뤄가는 과정이다.

그런데 요즘처럼 한 치 앞을 예측할 수 없을 정도로 쾌속하게 변하는 시대에서 살아남으려면, 단 하나의 일관된 목표를 가지고는 어렵다. 예컨대 부를 확보하기 위한 꿈을 세웠다면 한곳에 전부 투자하는 것보다 적정하게 분산 투자해야 안정성을 확보할 수 있다. 유사한 논리로 이제는 최소한 세 개의 꿈을 정해서 노력하는 것이 좋다.

이와 관련한 고사성어가 '교토삼굴狡兔三窟'이다. 이 말은 꾀 많은 토끼가 굴을 세 개나 가지고 있었기 때문에 죽음을 면할 수 있었다는 말로, 교묘한 지혜로 위기를 피하거나 재난이 발생하기 전에 미리 준비해야 한다는 뜻이다. 하지만 미래에 대비해서 준비하는 마음으로 세 개의 굴을 파는 것은 어떻게 보면 낭비일 수도 있다. 또 하나에 치중해도 힘든데 세 개를 동시에 준비하는 것은 어려울 수도 있다. 하지만 위기가 예상된다면 상호 연계성이 있고 서로 시너지를 발휘할 수 있는 세 개 분야에 목표를 두고 준비를 해야 한다. 그래서 여의치 않을 시에는 그 굴 중에서 제일 안전한 굴로 대피하고, 시대적인 조류에 맞는 최고의 것을 선택해서 그에 맞게 대응해야 한다. 아울러 선택과 결정의 순간에서도 앞서 말한 바와 같이 최소한 세 가지 경우의 수를 생각하고 비교 대상도 최소한 세 개를 비교해서 그 중에서 제일 좋은 것을 선택하는 것이 좋다. 그렇지 않고 단 하나만 보고 선택한다면, 최악을 선택하는 우를 범할 수 있다.

한비자의 세법술

세법술勢法術은 한비자에 나오는 말이다. 한비는 왕이 나라를 다스리는 요체는 세勢와 법法과 술術에 있다고 말한다. 이러한 원리를 일하는 원리에 잘 활용해야 한다. 예컨대 일을 함에 있어서는 어느 정도 자기 세력을 모아야 한다. 단순히 혼자 일을 하면 오래도록 할 수 없다. 혼자 가면 빨리 갈 수는 있어도 멀리 가기 위해서는 함께 가야 한다. 일을 함에 있어서 세라는 것은 일을 함께할 수 있는 사람들의 힘을 말한다. 청소를 하려고 해도 혼자서 하기보다는 다른 사람과 함께 하면 금방 할 수 있다. 한 사람이 종을 100개 만드는 것보다 100명이 종을 한 개씩 만드는 것이 훨씬 빠르다. 그렇다. 혼자서는 많은 일을 할 수 없다. 단시간에 많은 일을 하기 위해서는 많은 사람들이 공동으로 힘을 모아 함께 일을 해야 한다. 그런 측면에서 볼 때 일에서 말하는 세는 일과 연관된 사람이 많으면 좋다는 것을 일컫는다.

이러한 세에 이어 다져야 하는 것은 법이다. 일하는 표준과 프로세스와 시스템에 대해 잘 알고 있어야 한다. 일과 관련된 모든 제도를 알고 있어야 법을 안다고 할 수 있다. 일과 관련된 규칙과 법률 그리고 세법과 조례를 아는 것을 넘어 일의 흐름까지도 완벽하게 꿰고 있어야 한다. 또 일이 어떻게 시작이 되었으며 현재 시점에 이르기까지 어떤 변화가 있었는가에 대한 명확한 정보를 알고 있어야 한다. 일을 함에 있어서 그 일을 이뤄가는 모든 과정을 아는 것이 일에 대한 법을 아는 것이다. 일은 법에 의해서 행해지는 것이 아니다. 즉 법이 우선이 아니라 일이 우선이다. 그런 측면에서 볼 때 일이 되도록 하는 법이 만들어져야 한다. 그러기 위해서는 법을 만들 때 현장에서 현물을 보고 현상을 파악하는 삼현三現주의에 입각하여 그 일에 대한 작업표준과 기술표준서가 만들어져야 한다.

때로는 법과 표준에 얽매이지 않고 상황에 따라 술책을 가해서 유연하게 일을 해야 한다. 모든 경우에 표준과 법에 정해진 대로 일을 하는 것은 바람직하지 않다. 즉 표준과 법이 정하는 대로 하는 것이 부적절한 경우에는 일의 효율과 능률을 고려하여 그 특수한 상황에 맞는 방법을 적용하는 것이 바람직하다. 표준이나 법규는 말 그대로 가이드이고 지침서다. 하지만 세상에는 예외가 없는 경우는 없다. 그런 예외의 상황에 적정하게 대응하는 것이 술術이다.

이처럼 한비자의 세법술에 관한 정치 원리를 일의 원리에 접목해야 하는 이유는 일과 사람이 있는 곳에는 정치가 존재하기 때문이다. 그래서 일을 하면서 정치적인 요소와 연관시켜서 일을 하다 보면, 그 과정에서 정치적인 원리를 학습하게 되고 일과 함께 주도적으로 조직을 장악하는 능력도 기르게 된다.

위기의 순간에 최고의 선택을

사람이 성장할 때 성장통을 겪듯이 조직이 성장할 때도 일정한 성장통을 겪어야 한다.

조직을 이끌다 보면 조직의 성장을 위해서 매미나 뱀이 허물을 벗듯이 자기 성장을 위해 허물을 벗어야 하는 경우가 있다. 몸집이 커지면 더 큰 옷을 입어야 하고, 나무가 성장하면 나이테가 하나씩 추가되듯이 사람이나 조직이 성장하기 위해서는 결정적인 변화를 겪어야 하는 시점이 있다. 이것을 터닝 포인트turning point라고 한다.

터닝 포인트가 되는 역사적인 사실로 위화도회군이 있다. 위화도회군은 고려의 정권이 무너지고 새로운 왕조인 조선이 건국되는 시점에 일어난 가장 큰 역사적인 사건이다. 이 사건은 고려 말 1388년에 요동정벌군의 장수였던 이성계와 조민수가 위화도에서 군사를 돌려 정변을 일으켜서 권력을 장악한 사건이다. 기업을 경영하다 보면 이성계가 정권을 잡기 위해 위화도회군을 했던 것처럼 조직의 사운을 결정하는 중요한 선택과 결정을 해야 하는 시점이 있다. 그 시점이 변곡점이고 터닝 포인트다. 이 시점에서는 정말로 신중에 신중을 기해서 선택을 잘해야 한다. 그렇지 않으면 단 한 번의 잘못된 선택으로 인해 전부 몰살을 당하게 된다. 예컨대 만약의 경우에 이성계가 위화도회군을 하지 않았다면 이성계를 따르는 많은 군사들이 요동에서 떼죽음을 당했을 것이다. 그로 인하여 최영 장군이 실권을 잡았을 것이고 고려 왕권이 지속되었을 것이다. 물론 역사는 강자가 쓰는 글이라서 고려 말과 조선 초에 이르는 모든 역사적인 사실이 진실이라고는 장담할 수는 없다. 다만 여기

강한 내가 되는 습관

서 중요한 것은 조선 개국의 배경에 위화도회군이 있었다는 사실이다.

한편 결정적인 상황에서 선택하지 않는 것이 오히려 더 큰 손해를 불러 올 수도 있다. 즉 좋지 않는 선택이든 좋은 선택이든 간에 결정적인 상황에서 선택을 미루는 것은 오히려 손해다. 그렇다고 모든 경우에 속전속결로 선택하여 결정하는 것은 옳지 않다. 그러므로 상황에 따라 어떠한 선택을 해도 최악의 상황에 처하게 된다면 가능한 한 최후까지 기다리면서 상황을 예의 주시해야 한다. 왜냐하면 군이 선택하지 않아도 시간이 지나면 모든 것이 자연적으로 해결되는 경우가 있고 손 놓고 기다리다 보면 상황이 반전되어 좋은 결과를 가져올 수도 있기 때문이다.

그러므로 너무 일찍 샴페인을 터트리지 말아야 하고 설익은 상태에서 설불리 일을 벌이지 말고 잘 익을 때까지 기다려야 한다. 아울러 이해관계에 얽힌 사람이 많을 때에는 결정적인 대의명분을 가지고 이를 반전의 기회로 삼는 것이 좋다. 또 군주론에서 말하는 것처럼 명분은 많은 사람들을 움직이게 하는 용도로 활용하고 불평불만이 있는 소수의 사람들에게는 개인적으로 이익을 주어야 한다. 이처럼 명분과 이익을 잘 이용하면 많은 사람들을 자기가 원하는 방향으로 이끌 수 있다. 이런 말을 하는 이유는 위화도회군과 같은 중대한 전환점이 되는 선택을 하기 위해서는 명분과 이익을 따져 봐야 함을 말하기 위해서다.

무위자연에 버금가는 삶

고전을 공부하다 노자나 장자를 읽으면 마음이 편해지는 느낌을 받는다. 또 논어를 읽으면 배우고 익혀야 하는 것이 많음을 느낀다. 또 오늘보다 더 나은 삶을 살기 위해 형설지공의 자세로 열정을 다해 나를 단련해야 함을 느낀다. 그렇게 볼 때 휴식을 좋아하고 사랑하는 것은 공자의 유위가 아닌 노자의 무위 쪽에 가깝다. 예컨대 공자의 유위는 무엇인가를 해야 한다는 것이다. 사람으로서 자기에게 주어진 역할과 책임을 다하는 것이 유위다. 이에 반해 노자의 무위는 아무 것도 하지 않는데 핵심이 있다. 그냥 자연 그대로 놓아두라는 것이다. 마치 하고 있지만 하지 않는 것처럼 하는 것도 무위다. 진정한 무위는 뭔가를 하지만 그것이 드러나지 않는 것이다. 백조가 물위에 떠 있는 모습은 유위에 해당하고 물속에서 쉼 없이 물 갈퀴질을 하는 것은 무위에 해당한다. 마치 있지만 없는 듯이 하는 것이 진정한 무위다. 드러내 놓고 하는 것이 아니라 숨어서 남모르게 하는 것도 무위이다. 그런 점에 비춰볼 때 참된 휴식은 무위자연에 준하는 생활을 하는 것에 있다. 무위자연은 억지로 무엇을 하지 않고 순수하게 자연의 순리에 따르는 삶을 산다는 의미다. 무위는 인위의 반대다. 인위란 의도적으로 만드는 것이고 무위는 사람의 힘을 더하지 않고 자연 그대로 내버려 두는 것이다.

일례로 자연 그대로 놓아두는 상태로 자연을 보호하는 것은 무위에 해당하고, 자연을 인공적으로 훼손하고 개발하는 것은 유위에 해당한다. 장자는 자연을 보호하기 위해 하는 행위 자체도 무위가 아니라고 말한다. 그냥 자연 그대로 놓아두는 것이 무위다. 자연을 지키고 보호하려는 생각 자체가 자연에 인위적인 힘을 제공하게 되어 그것이 유위가 되기에 그냥 조용히 아무런 행위도 하지 말라는 것이 장자나 노자가 말하는 무위자연無爲自然이다.

참다운 휴식은 무위자연처럼 다른 사람의 간섭을 받지 않고 주변 환경에 휩쓸리지 않으면서 자기중심을 가지고 자기 마음 편하게 쉬는 것이다. 많은 사람들이 처음에는 그런 마음으로 휴식을 취하지만 시간이 지나면 지날수록 휴가 복귀해서 무슨 일을 해야 하고 휴일 이후를 어떻게 보내야 하는가를 생각하며 휴일을 보낸다. 그냥 만사를 잊어버리고 온전히 휴식에 집중해서 휴식을 취해야 하는데 이제껏 살아온 삶의 습관이 그것을 허락하지 않는다. 설령 자기가 모든 것을 잊고 휴식을 취할 것이라고 마음먹어도 결국에는 몸의 습관이 그것을 허락하지 않는다. 습관적으로 휴식을 제대로 취하지 못하는 것이다.

한편으로 생각하면 먹고 살기 위해서 처절하게 살아야 하는 현대인에게 있어서 노자가 말하는 무위자연의 휴식은 호화로운 사치라고 할 수 있다. 다시 말해 현대인에게는 노는 것도 사치라는 것이다. 시간이 돈이고 한 푼이라도 벌어야 하는데 언제 휴식을 취하겠는가. 휴식의 필요성을 역설하는 사람들은 그럴수록 쉬어주어야 한다고 말한다. 또 바쁠수록 일터를 떠나서 먼 곳으로 가 심신에 쌓인 피로와 스트레스를 풀어주는 것이 행복하고 지혜로운 삶이라고 말한다.

이제 가장 좋은 휴가는 일상에서 즐겨야 한다. 멀리 자연에 귀의하여 무위자연에 준하는 휴식을 취하려 하지 말고 그냥 일상생활 속에서 무위자연에 버금가는 삶을 살아야 한다. 그래야 스트레스를 덜 받는다. 그러기 위해서 직장인의 경우에는 승진에 목숨 걸지 말아야 한다. 왜냐하면 인사고과에 신경 쓰고 함께 직장생활을 하는 동료들과 경쟁하는 것은 스트레스를 유발하기 때문이다. 가장 이상적인 경우는 그런 스트레스를 느끼지 않도록 평소에 모든 욕심을 버리고 그냥 무소유의 마음으로 생활하는 것이다. 그것이 직장에서 가질 수 있는 무위자연에 버금가는 휴식이다.

비장하게 하는
업무

어린 독수리가 자유자재로 하늘을 나는 대장 독수리의 모습을 보고 부러워했다. 이에 대장 독수리는 어린 독수리에게 가슴과 등에 난 상처를 보여주면서 이토록 많은 상처를 입고 얻은 것이 바로 하늘을 나는 재주라고 말한다. 그렇다. 바라고 원하는 것을 얻기 위해서는 그에 상응하는 도전과 응전이 거듭되어야 한다. 그렇게 함으로써 그 사람이 더욱 큰 사람이 되는 것이고 보다 나은 사람으로 성장하는 것이다.

초심의 등불

　목표를 달성하기 위한 여정에서 가장 중요한 것은 마음가짐이다. 즉 어떤 마음자세로 목표 달성을 향한 도전에 임하는가가 중요하다. 목표는 그에 상응하는 노력을 하지 않으면 달성하기 어렵다. 그런데 많은 사람들이 목표를 세우고 3일이 지나면 작심삼일 병에 빠진다. 초지일관의 자세로 목표를 향하여 꾸준히 노력해야 하는데 중간에 자기가 세운 뜻을 망각한다. 아니 어쩌면 망각하는 것이 아니라 목표를 향해 노력하는 과정에서 자기 뜻대로 모든 것이 이뤄지지 않는다는 것을 느꼈기에 미리 포기하는 것인지도 모른다.

목표를 정할 때는 뭐든 하면 다 이룰 것 같은 가슴 설레는 마음으로 접근했다가 시일이 지날수록 세상이 만만치 않다는 것을 실감하게 된다. 이럴 때 가장 흔하게 하는 말이 '초심을 돌아보라'는 말이다. 초심은 어렵고 힘든 순간에 포기하고 싶은 생각을 삭혀주는 명약이다. 그래서 초심을 돌아보는 것 자체로 그 목표를 향한 여정에 힘이 배가된다.

목표 달성을 향해 나아가는 여정은 그야말로 험난하기 이를 데 없다. 특히 무한 경쟁의 체제 속에는 수없이 많은 경쟁자가 도사리고 있고, 선택의 다양성으로 인해 초지일관初志一貫을 유지하기 힘들다. 그럼에도 불구하고 초심을 잃지 말아야 한다. 초심은 흔들리지 않는 초석이며 방황하는 마음을 올곧게 잡아주는 회초리다. 초심의 등불은 겸손의 등불이고 배려와 조심스러운 마음의 등불이다. 초심에는 자만하지 않고 겸손한 마음으로 살라는 의미가 담겨 있다. 그러므로 초심에서 벗어났다면 그 순간이 실패의 나락으로 떨어지는 순간이라고 생각해야 한다. 또 초심을 잃었다면 자기 마음이 방만해진 것은 아닌지를 돌아봐야 한다. 아울러 초심의 등불이 꺼지면 방만한 생활을 하게 되고 월권이나 자만하게 된다. 그래서 권력을 남용하는 사람들이 실수하는 가장 큰 원인이 초심을 잃는 것에 있다는 것을 알아야 한다.

꿈과 하나 된 삶

물에 빠진 생쥐가 암흑 속에 있으면 3일이 채 못 되어 죽는 반면 약간의 빛이 있으면 그보다 훨씬 오래 산다. 또 아무리 자포자기 상태에 놓여 혼자 갈등하는 우울한 상황에 처해도 그 사람을 응원하는 단 한 사람만 있다면 그 사람은 자살을 하지 않는다. 그만큼 꿈과 희망이라는 것은 인간의 생명에도 영향을 미친다.

인간은 나이를 먹어서 늙는 것이 아니라 미래에 꿈이 없기에 늙는다. 그래서 꿈이 있는 사람은 늙지 않는다. 왜냐하면 항상 희망차고 설레는 마음으로 생활하기 때문이다. 그만큼 꿈이라는 것은 매우 중요하다. 그런데 혹자는 현실에 최선을 다하는 것이 최상이며 꿈은 한낱 허상에 불과하다고 말한다. 하지만 현실에 최선을 다하는 것도 꿈이 있기에 가능하다는 것을 생각하면 꿈이라는 것이 우리의 생활에 얼마나 많은 영향을 주는가를 알 수 있다.

"소년이여, 야망을 가져라."라는 말이 있는데 이제는 "청년이여 야망을 가져라."라는 말을 하고 싶다. 소년들은 여전히 꿈을 꾸면서 살고 있는데, 많은 청년들이 실업으로 인해 꿈이 없이 하류 인생을 살고 있다. 또 국가적인 실업 대란으로 인해 꿈조차 잃어버리고 그냥 자포자기의 삶을 사는 청년백수들도 많다. 그로 인해 국가적으로 청년실업이 가장 큰 문제로 대두되고 있다. 이럴수록 꿈을 꾸어야 하고 꿈을 가져야 한다. 가난하다고 꿈조차 가난할 수 없다. 가난할수록 더 큰 꿈을 가져야 한다.

꿈을 꾸면 그 꿈은 이루어진다. 그러므로 꿈을 함부로 꾸지 말아야 한다. 왜냐하면 꿈이 자기 미래 인생을 좌지우지하기 때문이다. 더불어 꿈을 잘 다루어야 한다. 즉 꿈을 꾸었다면 그 꿈을 이루기 위해 노력해야 한다. 꿈을 꾸고 실행하지 않으면 그 꿈은 한낱 허상에 불과하다. 꿈은 실천을 통해서 현실로 재현된다. 그렇지 못한 꿈은 몽상이다. 그리고 꿈이 현실로 재현되는 순간 그 꿈은 금빛 찬란한 영광이 된다.

그런데 꿈을 현실화하기 위해서는 꿈과 하나가 되어야 한다. 그러기 위해서는 완전히 꿈에 중독되어야 한다. 일어나서 잠자리에 들기까지 꿈을 위해서 실천하고 잠자리에 들면 그 꿈을 상상해야 한다. 이처럼 모든 시간이 온전히 꿈과 하나가 되는 것이다.

어느 날 장자가 꿈을 꾸었다. 꿈속에서 자신은 나비가 되어 꽃밭을 날아다니고 있었다. 그런데 꿈에서 깨어보니 자신은 장자라는 사람이었다. 그 순간 장자는 자기가 나비의 꿈을 꾼 것인지 나비가 장자라는 인간이 되는 꿈을 꾼 것인지에 대한 의문을 품게 되었다. 이로부터 장자는 꿈과 현실을 구분 짓는 것 자체가 의미 없음을 깨닫게 되었다. 장자는 이 이야기를 통해 자기가 꿈과 하나가 되어 현실과 외계의 경계를 잊어버리고 몰아일체가 되었음을 중요하게 생각했다.

이 이야기처럼 꿈을 가진 사람은 꿈과 하나가 되어야 한다. 여기서 말하는 꿈과 하나가 된다는 것은, 꿈과 현실을 구분하지 못하는 몽롱한 상태를 의미하지 않는다. 현실이 꿈에 준하는 생활을 하고, 현실에서 생활하는 모든 것들이 꿈을 향해 나아가는 여정을 의미한다. 그러한 삶의 여정이 꿈과 하나가 되는 여정이다. 그렇다. 자기가 꾼 꿈이 현실인지 꿈인지 분간하지 못하는 몽롱한 상태에서는 꿈을 실현할 수 없다. 꿈을 실현하기 위해서는 명확하게 현실과 자기 꿈과의 차이를 먼저 알아야 한다. 자기의 현실과 꿈과의 차이를 채워주는 일련의 작업이 꿈을 실현하는 과정이고, 그 과정이 자기의 꿈과 일치를 이루는 과정이다.

　장자는 호접몽이 현실과 이상이 하나가 되는 것이라고 했지만 여기서 말하는, 꿈과 하나가 되는 것은 생활 자체가 꿈을 이뤄가는 과정임을 뜻한다. 마치 목표 지점을 향해서 기수가 말과 하나가 되어 달리듯이, 자기의 꿈을 이루게 하는 일련의 과정이 바로 꿈과 일치를 이루는 것이다. 꿈과 하나가 되는 것은, 나비의 꿈을 꾸는 장주가 나비가 되는 것처럼 자기가 꿈이 되어야 함을 의미한다. 이에 더하여 그 꿈을 실현하는 실천이 뒤따라야 한다.

자기 특유의 힘

　인간은 자유를 원한다. 물론 인간은 사회적인 동물이기에 남에게 피해를 주지 않기 위해서 서로가 사회규범을 준수하면서 생활하는 경향이 있다. 공존해야 하기에 최소한의 불편을 서로가 감내하며 산다. 그러면서 자기를 승리로 이끌기 위해 꾸준히 내공을 기른다. 왜냐하면 그 내공이 진정으로 자기에게 자유로운 힘을 주기 때문이다.

　진정으로 자유로운 사람은 남에게 의지하지 않고 자주성을 추구하는 사람이다. 또 남과 함께하면서도 남에게 원조를 구하지 않고 자기가 가진 재원으로 자기가 하고 싶은 일을 하는 사람이다. 물론 혼자서 깊은 산속에 들어가 자급자족을 하는 사람도 자유인이다. 하지만 내가 말하고자 하는 자유인은 속세를 떠나 혼자 사는 사람이 아니라 혼자 모든 것을 할 수 있는 힘을 가진 사람이다. 또 자기가 얻고자 하는 것을 남의 도움을 받지 않고 얻는 사람도 자유인이다.

실제로 사노라면 혼자서 할 수 있는 일이 그리 많지 않다. 남과 함께 해야 하고 남의 도움을 받아야 하는 일이 태반이다. 그러한 상황에서 남에게 아쉬운 소리를 하지 않아도 남들이 자발적으로 자기를 돕게 하는 것도 능력이다. 그러기 위해서는 자기에게 힘이 있어야 한다. 자기에게 힘이 있어야 그 힘을 이용하여 타인의 힘을 자기의 힘으로 만들 수 있다. 어쩌면 개인이 힘을 기르는 목적은 남의 힘을 쉽게 빌려 쓰기 위한 것인지도 모른다. 왜냐하면 자기에게 강한 힘이 있으면 그 힘으로 다른 사람의 힘을 쉽게 내 힘으로 만들 수 있기 때문이다.

그런데 남의 힘을 내 힘으로 만드는 힘의 마중물이 되는 힘은 자기 스스로 길러야 한다. 남의 도움이 있어야 힘을 기를 수 있고 남에게 의지해야 그 힘을 배가 시킬 수 있다면 그 힘을 기르는 과정에서 갈등이 불거져 힘이 약화되기 마련이다. 그러므로 자기 스스로 힘을 길러야 한다.

그러기 위해서는 최우선적으로 사람을 좋아해야 한다. 모든 힘은 사람에게서 비롯되고, 사람으로 인해 자기가 가진 힘을 잃을 수도 있고 얻을 수도 있다. 또 일을 좋아해야 한다. 왜냐하면 일이 있어야 자본주의에서 통용되는 자본을 획득할 수 있기 때문이다. 아무리 힘이 있어도 자본주의에서는 돈이 없으면 힘을 쓸 수 없다. 즉 자본주의에서는 돈이 힘이다. 돈이 있으면 모든 것을 할 수 있다. 이에 더하여 배우는 것을 좋아해야 한다. 그래야 새로운 것을 배우게 되고, 아는 것이 있어야 넓은 범위까지 자기가 가진 힘의 영향력을 뻗칠 수 있다. 예컨대 자기가 아무리 큰 힘을 가지고 있어도 아는 것이 없으면 그 힘이 미치는 영역을 지속적으로 확장할 수 없고 자기가 가진 지혜를 마음대로 발휘할 수 없다.

특히 21세기의 다변화되고 변화무쌍한 시대적인 상황에서는 보이지 않는 적과 싸워야 한다. 그러므로 이런 시대에 살아남기 위해서는 속전속결로 다변화된 목표를 적중시키기 위한 자기만의 힘을 가지고 있어야 한다. 그러한 힘은 배움에서 파생된다. 아는 것이 있어야 그 길을 갈 수 있고, 아는 것이 있어야 보이지 않는 적을 명중시켜서 포획할 수 있는 방법을 모색할 수 있다. 또 배우고 익히는 과정이 있어야 성장한다. 자기가 학습하는 과정에서 새로운 것을 배우고 익혀야 더 새로운 사람으로 거듭나는 것이다. 배우고 익히는 것이 없으면 매번 같은 방법과 같은 방식을 고집할 수밖에 없다. 아는 것이 없으니 당연하다. 그러므로 항상 배우고 익히는 것을 게을리 하지 말아야 한다.

세상에서 가장 위대한 사람은 스스로 학습하고 중단 없이 배우고 익히는 사람이다. 이렇게 사람과 일과 학습을 좋아하는 사람이 자력갱생自力更生의 길을 추구하는 사람이다. 자력갱생은 자기 혁신이고 자기 혁명이다. 이를 추구하는 사람은 자기 스스로 자기를 단련하고 자기가 자기 인생의 큰 우산이 된다. 이러한 사람은 끊임없이 자기를 단련한다. 그런 사람이 되어야 한다.

'자력갱생自力更生'은 자신의 힘으로 생존을 추구한다는 뜻으로 남에게 의존하지 않고 오직 자신의 능력과 의지로 도전하고 극복하려는 행동 또는 정신을 말한다. 이 말은 흔히 남의 도움 없이 스스로 어려움에서 벗어나 새로운 삶을 일군다는 뜻으로 쓰는 표현이다. 힘들고 어려워도 그것을 참고 견디면서 그 과정에서 힘을 기르는 것이 자력갱생의 길이다.

자기의 힘은 자기가 길러야 한다. 자기 스스로 일어설 수 있는 힘은 자기 스스로 길러야 한다. 그 길이 나를 성장시키고 그것이 나를 지속적으로 진화시키는 원천이 된다. 자기 스스로 자기의 힘을 기르지 않으면 결국 타인의 힘에 의해서 무너지게 마련이다. 그러므로 어떡하든 자기의 힘은 스스로 길러야 한다. 그러기 위해서는 남과 다른 자기만의 차별화된 무기가 있어야 하고 타의 추종을 불허할 정도의 획기적인 자기만의 노하우가 있어야 한다. 그런데 그러한 노하우는 쉽게 구해지는 것이 아니다. 또 남이 길러주는 것도 아니다. 그것은 자기에게 닥친 시련과 역경을 이겨내기 위해 넘어지고 다시 일어서는 과정에서 길러진다. 즉 어렵고 힘든 상황에서 자기 힘으로 그러한 역경을 이겨내려고 하다 보면, 그 과정에서 자기 성장을 기할 수 있고 자기만이 낼 수 있는 자기 특유의 힘이 길러지게 된다. 그것이 인내이고 그것이 근성이다. 그리고 그것이 끈기가 되었을 때 그 어떠한 환경에서도 쉽게 무너지지 않는 자기만의 위대한 힘이 생긴다.

군자다움과 소인다움

일반적으로 사람들은 호리지성好利之性과 호명지성好名之性에 의해서 생활한다. 즉 한비가 한비자에서 말하듯 사람들은 자기의 이익을 위해 움직인다. 이 같은 말은 마키아벨리의 군주론에도 많이 나온다. 인간은 결국 자기 이익을 위해서 움직인다. 남을 위해서 헌신하고 희생하는 사람도 결국은 유·무형의 자기 이익과 명예를 얻기 위해서 그러는 것이다. 한없이 남에게 이익을 주고 자기는 손해만 보는 것을 좋아하는 사람은 없다. 주면 받고, 받으면 주는 것이 인지상정이다. 사람의 관계도 지속적으로 친밀한 관계를 유지하기 위해서는 서로 이익을 주고받아야 한다.

견리사의見利思義 견위수명見危授命이라는 말이 있다. 이 말은 논어에 나오는 말로 이익을 보거든 정의를 생각하고, 위태로움을 보거든 목숨을 바치라는 말이다. 자로가 공자에게 어떤 사람이 성인이냐고 물었다. 이에 공자는 "이익을 보면 의로움을 생각하고, 나라가 위태로운 것을 보면 목숨을 바치며, 오래된 약속일지라도 평소에 한 말을 잊지 않는다면 가히 성인이라 할 수 있다."라고 말했다. 여기에서 비롯된 말이 견리사의 견위수명이다.

우리나라 조선의 역사를 돌아보면 참으로 많은 당쟁이 있었다. 조선 시대에 동인과 서인으로 크게 양분되면서 붕당 정치가 출현하게 된다. 사실 붕당은 기본적으로 학문과 이념의 차이에서 출발했다. 동인은 주로 영남지방의 사림이었고 서인은 주로 기호지방의 사림들로 이루어져 학풍에 차이가 있었다. 처음에 붕당은 정치 세력 간의 비판과 견제를 통해 올바른 정치를 추구하게 하는 긍정적인 역할을 했다. 그런데 시간이 지남에 따라 국가의 안녕과 백성의 이익보다는 자기 당의 이익을 우선시하고 이념보다는 학벌과 지연을 앞세워 결국 국가 사회 발전에 지장을 주게 된다. 더욱이 왕권이 약화되고 정치 기강이 문란해지자 그 대립과 분열은 한층 더 심해졌다.

한비자는 이러한 붕당을 제어하기 위해서는 법과 원칙을 지키게 하라고 말한다. 군주는 신하가 아무리 재능이 있다 해도 법을 무시하지 못하게 해야 하며, 또 신하에게 어진 행동이 있었다 하더라도 공로가 있는 자의 위에 두어서는 안 된다. 또 충성스러운 행동을 하더라도 비합리적인 행위일 경우에는 그것을 금지시키라고 말한다.

논어에는 군자와 소인에 대한 비교의 글이 많이 나온다. 일례로, "군자는 사람의 아름다움을 이룩해주고 사람의 악한 것을 이룩해주지 않으며, 소인은 이와는 반대다. 군자는 의리에 밝고, 소인은 이해에 밝다. 군자는 어느 경우나 태연자약한데, 소인은 언제나 근심걱정으로 지낸다. 군자는 태연하고 교만하지 않으며, 소인은 교만하고 태연하지 못하다. 군자는 자기에게 구하고, 소인은 남에게 구한다. 군자를 섬기기는 쉬워도 기쁘게 하기는 어렵고, 소인은 섬기기는 어렵고 기쁘게 하기는 쉽다. 군자는 자신의 무능을 괴롭게 여기고 남이 자신을 알아주지 않는 것을 괴롭게 여기지 않는다." 또 사서삼경의 하나인 대학이나 주역에서도 군자는 쉬운 것에 처하면서 명을 기다리고, 소인은 위험한 일을 행하며 요행을 바란다는 말이 나온다.

논어나 대학에 등장하는 이 같은 글을 보면 사회가 발전함에 따라 군자다운 사람보다 소인이 더 늘고 있다는 생각을 하게 된다. 공익보다는 사익을 추구하는 사람들이 날로 증가하는 사회의 특성상 어쩔 수 없는 일일 수도 있겠지만, 좀더 군자다운 면모를 갖추도록 자신을 돌아보는 노력이 필요하다.

공익 우선주의

대중 심리학에 사람들을 똘똘 뭉치게 하기 위해서는 두려움을 주라고 말한다. 사람들을 두렵게 하면 그들이 두려움을 극복하기 위해서 서로 힘을 뭉친다는 것이다. 그래서 리더들은 조직원들을 일사분란하게 움직이게 하기 위해서 조직원들이 위기와 두려움을 느끼도록 유도한다.

잘나가는 조직을 보면 서로가 어려울 때 서로가 힘을 합치는 데 반해, 못나가는 조직은 어렵고 힘든 일이 생기면 서로 자기의 책임이 아니라고 하면서 서로에게 책임을 전가시키는 경우가 많다. 또 어렵고 힘든 형국에 처하면 함께 힘을 모아서 그 난국을 벗어나려고 하기보다는 사익을 추구하고 자기만 살겠다는 심보로 혼자 살길을 찾는 사람들이 많다.

조선시대의 역사를 보면 나라가 풍전등화風前燈火의 형국에 놓이고 백척간두百尺竿頭의 상황에 처했는데도 서로 당파 싸움을 하고 권력을 차지하기 위해서 서로를 헐뜯는 경우가 많이 있었다. 그래서 수많은 위기의 상황에서 힘 한번 제대로 쓰지 못하고 무분별한 희생을 야기했다. 그러다 결국 병자호란에서는 삼전도의 굴욕을 맛볼 수밖에 없는 상황에 처하기도 했다. 그렇다면 그러한 것을 시행착오의 교훈으로 삼아서 그 이후에는 후손들이 그러한 악습을 답습하지 않아야 하는데 인조 때의 당한 수모가 있은 연후에도 조선의 역사를 보면 계속해서 노론과 소론이 서로 당리당략黨利黨略에 의해 사익을 우선시했던 경우를 많이 보게 된다. 그런 와중에도 자기를 희생하고 목숨 바쳐 나라를 지킨 선인들이 있었기에 조선의 역사가 5백 년이 넘는 장구한 역사를 갖게 된 것이다.

그렇다. 일을 할 때 가장 우선적으로 지녀야 하는 마음은 사심을 버리는 것이다. 고양이에게 생선을 맡기는 격으로 회사 자산을 사유화하여 마치 자기 것인 양 사용하는 우를 범하지 않도록 마음가짐을 바로 해야 한다. 특히 공공의 복리를 위해서 일하는 공무원이나 조직이나 단체의 이익을 위해서 일하는 리더는 모든 일의 우선순위를 공적인 이익을 위한 일에 두어야 한다. 말하자면 선공후사다. 이 말은 사사로운 일보다 공익을 앞세운다는 뜻으로, 대大를 위해 소小를 희생함을 나타내는 고사성어다. 이를 몸소 실천하기 위해서는 마음 씀씀이가 깨끗해야 한다. 이익을 보면 의를 먼저 생각한다는 견리사의에 담긴 의미도, 자기가 하는 일이 하늘을 우러러 한 점 부끄러움이 없는 일인지를 스스로 반성하고 성찰하라는 의미이다.

선공후사는 공직에서 일하는 사람들이 가장 기본적으로 지켜야 하는 덕목이다. 또 모든 직장인들이 행실의 근본과 업무 처리의 우선순위에 두어야 하는 핵심 키워드다. 이것이 작게는 자기 자신을 수양하는 길이고, 나아가 정의롭고 깨끗한 세상을 여는 원천이다.

배수진에 임하는 각오

사람은 누구나 자기가 살기 위한 전략을 가지고 태어난다. 사람은 자기가 이길 수 있고 견뎌낼 수 있는 고통이 있고, 그에 따른 인내력이 있다. 또 흔히 하는 말로 자기 먹을 밥그릇은 모두가 가지고 태어난다고도 말한다. 바보 천치도 자기 먹고 살 것은 자기가 벌어서 먹을 정도의 역량을 가지고 있다. 그러므로 어렵고 힘든 상황에 빠졌다고 낙담하거

강한 내가 되는 습관

나 두려워하지 말자.

　'인자위전人自爲戰'은 사람들은 모두 각자의 전법을 가지고 있다는 뜻으로 누구나 다 자기 살길은 자기가 찾는다는 말이다. 실제로 사람은 자기가 위기에 빠지면 그에 따라 진짜 자신의 잠재능력이 표출되기 마련이다. 일상적이고 평범한 상황에서는 그 사람의 능력과 역량을 자세히 알 수 없다. 평상시에는 실력 편차가 잘 드러나지 않는다. 아니 실력 편차가 나타나지 않는 것이 아니라 평범한 상황에서는 자기의 진짜 실력을 드러내지 않기 때문에 분간하기 어렵다. 그러므로 보트가 뒤집혀야 사람들의 수영실력을 알게 되고 외국에 나가야 외국어 실력을 알 수 있듯이, 자기의 실력을 알아보기 위해서는 위기의 상황에서 자기가 어떤 자세로 임하는가를 살펴볼 필요가 있다.

　예컨대 불이 나거나 두려운 상황에서 실제로 불에 의해서 직접적으로 죽는 사람보다는 그 일이 발생되는 순간에 심적으로 두려움을 느껴 스스로 죽음을 자초하는 사람이 더 많다. 그리고 실제 사고로 죽는 사람보다는 두려움에 짓눌려 스스로 죽는 사람이 더 많다. 일을 하면서도 마찬가지다. 일을 하기 전에 못할 것이라는 두려운 생각을 품으면 그로 인하여 자기 스스로 자기가 가진 역량을 십분 발휘하지 못하고 자멸한다.

　많은 사람들이 어려운 일을 척척 해내는 사람은 천성적으로 특별한 재주가 있다고 착각한다. 하지만 그것은 결코 사실이 아니다. 사람은 누구나 다 똑같다. 숱한 경험과 그러한 과정을 겪고 또 겪었기에 그 분야의 전문가가 된 것이다. 모든 전문가는 처음에는 모두가 초보였다. 그냥 이루어지는 것은 아무것도 없다. 누구나 깊은 상처 하나 정도는 가지고 있다. 겉보기에 행복한 사람 같아 보이지만 누구나 고통과 상처가 있다는 것을 알아야 한다. 아울러 어렵고 힘들면 오히려 더욱더 강한 사람으로 단련되는 과정이라고 생각하며, 자기 역량을 기르기 위해서 힘써 정진해야 한다.

아울러 맹수에게 잡히지 않기 위해서 필사적으로 도망치는 토끼와 같은 태도로 목표에 임한다면 그 목표는 분명히 이룰 수 있을 것이다. 그야말로 죽기 아니면 까무러친다는 각오로 임해야 한다. 사생결단을 내려는 그러한 마음이 있어야 진정으로 목표를 이루게 된다. 그렇지 않고 달성해도 그만이고 달성하지 않아도 된다고 생각하면 아무런 의미가 없다. 그러므로 자기 인생의 목표는 자기 인생에 가장 중요한 것이어야 하고, 자기 삶의 근간을 이루는 가장 중요한 것이어야 한다. 그 목표가 아니면 목숨을 달라고 할 정도가 되어야 한다. 그리고 일단 목표를 정했으면 죽기 살기로, 마치 배수진에 임하는 각오로 목표 달성을 위하여 총력을 다해야 한다.

'배수진背水陣'은 물을 등지고 진을 친다는 뜻으로 어떤 일에 결사적인 각오로 임한다는 말이다. 등 뒤에 강물이 흐르니 싸움에 져서 죽든지 강물에 빠져 죽든지 죽는 것은 마찬가지이므로 목숨을 걸고 싸움에 임하게 된다. 배수진을 치면 똥줄 타는 심정이 생기기에 자기가 평소 발휘하는 역량의 두 배 이상의 힘을 발휘할 수 있다. 잠자고 있는 거인이 깨어나 괴력을 발휘할 수 있게 하는 것도 배수진의 힘이다. 그런데 배수진을 친다고 해서 모두 성공하는 것은 아니다. 척박한 토양에 씨를 뿌리면 새싹을 틔우는 씨앗도 있지만 그냥 죽어 버리는 씨앗도 있다. 마찬가지로 목숨을 걸고 도전하고, 목표를 이루기 위해 혼신의 힘을 다해도 오히려 목표에서 더 멀어지는 결과가 나오는 경우도 있다. 그럼에도 불구하고 목표를 향한 집념을 계속 불태워야 한다.

척박한 땅에서 자란 포도나무에서 수확한 포도로 담근 와인이 더욱 진한 향기를 풍기고, 차디찬 눈보라 속에서 피어난 매화가 진한 향기를 내듯이 힘들고 어려운 환경에 처해 있다면 그 환경을 딛고 일어서기 위해 노력해야 한다. 그래야 그 사람이 더욱 큰 사람이 되는 것이다.

성공한 사람들의 성공 스토리를 보면 그야말로 험난한 위기상황과 목숨을 잃을 수도 있는 각박하고 참담한 환경 속에서 의연하게 재기한 것을 많이 볼 수 있다. 그래서 성공한 사람들이 많은 사람들에게 존경받고 우러름을 받는 것이다. 태어나면서 금 수저를 물고 태어난 사람도 일정부분 어렵고 힘든 상황을 거쳐서 그 높은 자리에 앉은 것이다. 물론 가난하게 흙수저를 물고 태어난 사람보다 고생을 덜했겠지만, 그런 사람도 정말로 많은 노력과 인내와 시련을 극복한 사람이라는 것을 알아야 한다.

더 큰 영광의 면류관

일을 하다 보면 자기가 하고 싶지 않은 일을 해야 하는 경우도 있고 조직에서 살아남기 위해 자신의 의사와는 전혀 다른 방법으로 일을 해야 하는 경우도 있다. 그런 상황에 처하면 자기 신세가 처량하고, 자기가 하찮은 인간이라는 생각이 들기도 한다. 자기는 그 일에 전혀 흥미가 없는데 그 일을 해야만 하는 자기 신세가 아주 처량하게 느껴질 것이다. 또 자기가 원하는 방향과는 정반대 방향으로 가는 일을 하고 있다면 더 비참한 생각이 들 것이다. 하지만 남이 보기에 하찮은 일이고 벼랑 끝까지 내몰린 상황이라도 자기 스스로 자기 신세를 처량하게 생각하지 말아야 한다. 아울러 그런 상황에 처할수록 정신을 바싹 차려야 한다. 아울러, 이렇게 바닥을 치고 있는 순간을, 현실에 안주하지 않고 더 악착같이 살려는 의지를 키우는 좋은 기회라고 생각해야 한다.

젊어서 고생은 사서도 한다는 말이 있다. 이처럼 자기가 처한 고통의 순간을, 미래의 영광된 축복의 날을 위해서 필연적으로 거쳐야 하는 인내의 관문이라고 생각해야 한다. 그렇지 않고 남 보기에 창피하고 자기의 신세가 처량해서 그곳에서 벗어나려고 허세를 부리거나 딴청을 피우는 것은 자기 미래를 위해서 전혀 도움이 되지 않는다.

물론 사람은 자기가 하고 싶지 않은 일을 하고 있으면 기운이 빠지기 마련이다. 실제로 자기가 가고자 하는 길은 따로 있는데 갈수록 그 길에서 점점 멀어지는 상황에 있다면 억장이 무너지는 느낌을 받을 것이다. 하지만 그럴수록 악착같이 이를 악물어야 한다. 또 희망을 잃지 않아야 한다. 자기 신세를 처량하게 한탄하고 한숨을 내쉴 시간이 있으면 그 시간을 이용하여 책을 읽고 준비를 해야 한다. 또 하기 싫은 일을 기쁜 마음으로 하면서 미래를 위해서 내성을 기르겠다고 생각해야 한다. 기필코 더 밝은 미래를 밝힐 것이라는 생각과 그 어떠한 경우에도 포기하지 않고 반드시 성공할 것이라는 생각을 가져야 한다. 그렇다. 고통이 있으면 반드시 달콤한 일이 도래하리라는 확신이 필요하다. 아울러 신세를 한탄하기보다는 지금의 고통이 바탕이 되어 그 언젠가는 자기의 미래 인생을 여는 큰 힘이 될 것이라고 생각해야 한다.

'비육지탄髀肉之嘆'이라는 말이 있다. 이 말은 "할 일이 없어 가만히 놀

강한 내가 되는 습관

고먹기 때문에 넓적다리에 살이 찌는 것을 한탄한다."라는 뜻으로 보람 있는 일을 하지 못하고 헛되이 세월만 보내는 것을 한탄함을 비유한 말이다. 이 말은 유비가 했던 말이다. 어느 날 유비는 자기 넓적다리에 유난히 살이 찐 것을 보게 되었다. 순간 그는 슬픔에 잠겨 눈물을 주르륵 흘렸다. 그 눈물 자국을 본 유표가 연유를 묻자 유비는 자기는 언제나 몸이 말안장을 떠나지 않아 넓적다리에 살이 붙을 겨를이 없었는데, 요즘은 말을 탈 일이 없어 넓적다리에 살이 붙었다고 말한다. 그러면서 세월이 흘러 머지않아 늙을 텐데 아무런 공도 이룬 것이 없어 슬프다고 덧붙인다. 비육지탄은 여기에서 비롯된 말이다. 중요한 것은 어떠한 경우에도 자신의 신세를 한탄하지 말고 그럴수록 더 악착같이 일하는 것이다. 그래서 보란 듯이 재기하여 과거의 영광보다 더 큰 영광의 면류관을 써야 한다.

- ◆ 계속하는 학습
- ◆ 성찰하는 학습
- ◆ 성장하는 학습
- ◆ 함께하는 학습

제3장

호학편 好學篇
학습을 좋아하는 습관

계속하는
학습

나이를 먹으면 먹을수록 모든 것이 자기 마음대로 술술 풀리지 않는다는 것을 알게 된다. 또 자기가 뜻하는 바가 있어도 부양가족이 있기에 쉽게 결정하지·못하고 주어진 현실에 기대야 하는 경우가 많다. 특히 야망이 큰 직장인일수록 더욱 그러하다. 그럴 때는 그냥 학습에 집중해야 한다. 특별히 갈 곳도 없고 자기가 가고 싶어도 갈 수 없는 처지에 놓여있다면 더욱더 학습에 매진해야 한다. 그것이 자기의 미래 삶을 복(福)되게 하는 원천이다.

배우고 익히는 즐거움

　무엇을 해야 할지 막막하고 앞에서 끌어주는 사람도 없이 홀로 설 수밖에 없는 사면초가四面楚歌의 상황에 처하면 왠지 주변 환경에 의해 속수무책으로 당하는 것 같은 서글픈 생각이 든다. 그러다 보면 '이렇게 직장생활을 계속해야 하는가? 뭔가 뾰쪽한 대안은 없을까?'라고 고민하다가 뾰쪽한 수가 없다는 결론을 내린다. 그러다 결국 의지해야 하는 것은 학습밖에 없다고 생각하게 된다. 모든 것을 책에서 구해야 하고, 자기 인생의 흥망성쇠는 오로지 책에 있다는 생각이 드는 것이다. 그래서 주경야독하며 불철주야로 책을 읽고 쓴다. 그런데 어느 날 문득 '내가 왜 이렇게 공부를 해야 하지? 남들처럼 그냥 안정되게 직장생활만 하면서 마음 편하게 지내면 되는데 무엇 때문에 이렇게 조바심을 느끼면서 배우고 익혀야 하는가.'하고 생각하게 된다. 책을 읽고 집필한다고 해서 크게 변하는 것도 없는데 뒤늦게 공부해서 무엇을 하려고 하는지 또 이렇게 공부하는 것이 내 인생에 도움이 되는지에 의구심이 들 때도 있다. 그런 의구심이 들고 역시 뾰족한 수가 없다면 더 학습에 매진해야 한다. 특히 돈이 없고 든든한 뒷배가 없다면 더욱더 학습에 매진해야 한다.

논어 학이편에서 공자는 '학이시습지學而時習之 불역열호不亦說乎'라고 하여 배우고 익히는 것은 즐거운 것이라고 말한다. 이에 더하여 배우고 익혀서 무엇을 할 것인가에 대한 목적이 분명해야 배우고 익히는 것을 오래도록 즐길 수 있다고 말한다. 아울러 배우고 익히는 즐거움을 계속 느끼기 위해서는 그 분야의 전문가가 되어야 한다. 운전 실력이 어설프면 온전히 드라이브를 즐길 수 없다. 어느 정도 운전 실력이 좋아야 바깥 경치를 보면서 여유롭게 드라이브를 즐길 수 있다. 학습도 마찬가지다.

호문이 호학이다

그 분야에 대해 잘 모르는데 어찌 배우고 익히는 것을 즐길 수 있으랴. 그러므로 배우고 익히는 것을 즐기기 위해서는 다른 사람에게 모르는 것을 묻기를 즐겨야 한다. 즉 호기심이 있어야 하고 모르는 것을 물어서 아는 것을 즐겨야 한다.

논어에 '불치하문不恥下問'이라는 말이 나온다. 이 말은 상대가 자신보다 못하다고 생각하는 사람일지라도 자신이 모르는 것을 묻는 것은 부끄러운 일이 아니라는 뜻이다.

춘추시대 위나라에 공문자라는 사람이 있었다. 공자의 제자인 자공이 어느 날 공자에게 물었다. "공문자는 왜 시호를 문이라고 한 것입니까?" 공자가 이르기를 "그는 머리가 명민하면서도 배우는 것을 좋아하여 아랫사람에게 묻는 것도 부끄러워하지 않았다. 이 때문에 문이라고 한 것이다."

이는 학문을 하는 사람이 가져야 하는 마음가짐을 강조한 것으로, 배우고자 하는 사람은 자신보다 못한 사람에게 묻는 것을 부끄러워하지 말고 물어볼 줄 알아야 한다는 말이다. 즉 학문하는 사람은 모르는 것이 생기면 그것을 숨기려고 하지 말고 아는 사람에게 물어서 배운다는 자세로 학문에 임해야 발전한다.

모르는 것을 묻다 보면 남의 말을 경청하게 된다. 또 물어서 아는 것 외에도 상대방에게 인정을 받을 수 있고 그 사람과 도타운 관계를 형성할 수 있다는 점에서 유익하다. 왜냐하면 질문에는 그 질문하는 것을 알고자 하는 호기심이 들어 있고, 그 질문을 던지는 상대방에게 관심이 있다는 의미가 내포되어 있기 때문이다. 즉 질문을 통해서 자기가 알고자 하는 지식을 구할 수 있고 상대방의 대답을 통해서 그간에 자기가 알지 못했던 것을 아는 기회도 되지만, 상대방과 교감하고 그 사람과 친교를 나누는 부차적인 효과도 파생된다. 그러므로 호학하기 위해서는 호문해야 한다.

호문이 호학이다. 질문하는 사람은 호기심을 가지고 있기에 질문하는 것이고, 그에 대해 알고 싶기에 질문하는 것이다. 즉 배우고 싶지 않거나 전혀 아는 것이 없으면 질문하지 못한다. 그래서 질문한다는 것은 그 방면에 대해 어느 정도 알고 있고 무엇을 모르고 있는지를 알고 있음을 의미하며 배움을 즐기고 있음을 보여준다.

호학가 안회

공자는 배우고 익히는 것을 좋아하는 사람은 밥을 먹을 때 배부르기를 바라지 않으며 거처하는 집이 편안하기를 추구하지 않는다고 말한다. 또 일이 있으면 민첩하게 처리하고 말을 신중하게 하며 도가 있는 곳에 나아가 자기를 바로잡는 사람이라고 말한다.

공자의 제자 중 호학가는 단연 안회다. 애공이 공자에게 "제자들 가운데 누가 학문을 좋아합니까?"라고 묻자 공자는 안회는 학문을 좋아하여 분노를 옮긴 적이 없고, 잘못을 두 번 반복하는 일이 없다고 하며, 안회야말로 배우고 익히는 것을 좋아하는 사람이라고 말한다.

공자가 말하는 배우고 익히는 것을 좋아하는 사람은, 안회처럼 자기의 감정을 잘 다스리고 한번 실수한 것을 두 번 다시 실수하지 않으며 말을 신중하게 하고 도가 있는 곳에 나아가 자기를 바로 잡는 사람이다. 공자는 안회가 그런 사람이라고 했고, 자기 역시 배우고 익히는 사람이라고 말한다. 무릇 호학가가 되려면 안회와 같아야 한다.

강한 내가 되는 습관

호지자와 락지자

"지지자불여호지자知之者不如好之者, 호지자불여락지자好之者不如樂之者."
라는 말이 있다. 아는 사람은 그것을 좋아하는 사람만 못하고, 좋아하
는 사람은 즐기는 사람만 못하다는 말이다. 논어 옹야편에 있는 이 말
은, 안다는 것은 진리가 있다는 것을 아는 것에 불과하며, 좋아한다는
것은 좋아만 했지 완전히 심신에 체득한 것이 아니라는 의미다. 그러므
로 진정으로 알기 위해서는 배우고 익히는 것을 좋아하고 즐기는 단계
에 이르도록 해야 한다.

노자는 도덕경에서 모른다는 것을 아는 것이 가장 좋으며 모른다는
것을 모르는 것은 질병이라고 말한다. 또 장자는 "안다는 것은 알지 못
하는 것이며 앎을 비루하게 여긴 뒤에야 그것을 버릴 수 있다."라고 말
한다. 한편 공자도 논어 위정편에서 "안다는 것은 아는 것을 안다고 하
고, 모르는 것을 모른다고 하는 것이다."라고 말한다. 그렇다. 즐기는
단계에 이르기 위해서는 가장 먼저 자기 자신을 알아야 한다. 그래야
호지자가 될 수 있고 더 나아가 락지자가 될 수 있다.

자기를 찾는 공부

배우고 익힌다는 것은 무엇을 의미할까? 공자는 진정한 학습은 사람
다워지고 예절을 배우는 것이라고 말하며, 극기복례克己復禮라 하여 예
절을 배우는 것을 가장 중요시했다. 또 '군군신신부부자자'라는 말이 의

미하듯이 자기 직분에 따라 자기가 자기답게 사는 것을 익혀 실천하는 것을 최고의 학습이라고 했다.

논어에서 공자는 '선행기언先行其言 이후종지而後從之', 즉 말에 앞서 먼저 행하고, 행한 후에야 말을 하는 사람을 군자라고 말한다. 대개 많이 알고 배운 사람들은 자기가 많이 알고 배운 것을 다른 사람에게 말하고 싶어 하는 경향이 있다. 그래서 어설프게 배운 사람일수록 말이 많다. 그런데 공자는 그런 사람들은 대개 말을 먼저 앞세우고 실천이 뒤따르지 못하기에 군자가 아니라고 한다. 그렇다면 배우고 익히는 것은 누구를 위해서 해야 할까? 자기를 위해서 하는 배움이어야 하는가? 아니면 남을 위한 배움이어야 할까?

논어 헌문편에서 공자는 "옛날에는 자기 자신을 위해 배웠지만, 오늘날은 남을 위해 한다."라고 말한다. 왜냐하면 사람들은 자라면서 남과의 경쟁에 주력함으로써 차차 자기를 잃어가기 때문이다. 그러므로 공부를 통해서 자기의 잃어버린 마음을 다시 되찾아야 한다. 잃어버린 자기 자신의 본마음을 찾기 위해 하는 학문이 위기지학이다.

위기지학爲己之學은 '자기 자신을 위한 공부'란 뜻이다. 이에 맞서는 말이 '위인지학爲人之學'인데 그 뜻은 '타인을 위한 학문' 또는 '남에게 보이기 위한 공부'라는 의미를 가지고 있다.

우리는 누군가에게 잘 보이기 위해서 공부했고, 다른 사람과의 경쟁에서 승리하기 위해 공부를 했다. 말 그대로 세상에서 써먹기 위한 공부를 했다. 또 상급학교에 진학하기 위해서 혹은 취직하고 승진하기 위해서 혹은 돈을 벌기 위해서 공부를 했다. 하지만 성리학에서는 본래의 자기를 찾는 공부가 중요하다고 말한다. 그것이 바로 위기지학이고 성인의 길에 이르는 성학聖學이다. 위기지학의 의미를 마음에 새기면서 학습에 임해야 하는 이유가 여기에 있다.

사실 학창시절에는 남과의 경쟁에서 이기기 위해 하기 싫어도 어쩔 수 없이 공부해야 했다면, 나이 들어 하는 공부는 먹고 살기 위해서 혹은 진정으로 자기가 원해서 하는 공부다. 책을 써야 하기에 책을 읽을 수밖에 없듯이, 뭔가를 하기 위해서는 내가 먼저 알아야 한다는 것을 절실히 아는 상태에서 하는 공부이기 때문에 짧은 시간에 아주 절박하고 치열하게 공부한다.

또 학창시절에는 국어, 영어, 수학에 치중된 부분적인 학습이었다면 어른이 되어 하는 공부는 박이정博而精과 정이박精而博을 오가는 학습이다. 특별히 정해진 공식이 없는 공부이고, 누구의 지시나 통제를 받지 않는 공부여서 더욱 창조적인 사고를 할 수 있고 보다 여유롭게 학습한다는 이점도 있다. 아울러 똥줄 타는 간절함이 담긴 공부다. 학습을 하지 않으면 더 이상 버틸 수 없고 자기의 미래가 바로 설 수 없다는 것을 알기에 아주 치열하게 공부한다. 그러면서 자기를 알아간다.

잃어버린 마음 되찾기

말을 냇가에 억지로 끌고 갈 수는 있지만 말에게 물을 억지로 먹일 수는 없다. 말이 스스로 물을 먹어야 한다. 마찬가지로 배우고 익히는 것은 배우고 익히는 사람의 몫이다. 아무리 많은 것을 가르쳐도 그것을 배우는 사람이 섭취하지 않으면 무용지물이다. 그래서 자득이 중요하다. 스스로 느끼고 스스로 깨달아야 한다. 그것이 진정 자득의 경지에 이르는 길이다.

맹자의 이루편에 '심조자득深造自得'이라는 말이 나온다. 이 말은 학문의 깊은 뜻을 궁리하고 연구하여 스스로 터득함을 이르는 말이다. '양양자득揚揚自得'이라는 말도 있는데 뜻을 이루어 뽐내며 거들먹거리는 것을 뜻한다. 이처럼 자득은 스스로 깨달아 얻거나, 스스로 만족하여 스스로 성취감을 느끼는 것이다. 세상에서 제일 무서운 사람은 자기 스스로 해보겠다고 덤비는 사람이다. 남이 시켜서가 아니라 자발적으로 나서서 이루는 기쁨이 진정한 자득의 기쁨이다. 그러므로 스스로 깨달아야 하고 스스로 자기의 마음을 다잡아야 한다.

공자의 학습이 수기에 있다면 맹자의 학습은 마음을 잃지 않고 다잡는 데 있다. 그런데 마음이라는 단어가 지시하는 대상이 무엇인지 밝히는 것은 쉽지 않다. 정신분석자인 프로이트 역시 인간의 마음을 몇 가지로 나누고 이들에게 자아와 초자아라는 이름을 부여했다. 많은 사람들이 마음의 실체에 대해서 정확히 알지 못한다. 맹자에 따르면, 인간은 마음을 어떻게 사용하는가에 따라 덕을 갖춘 선한 인간이 될 수도 있고 악한 인간이 될 수도 있다고 한다. 그러면서 잃어버린 선한 마음을 되찾아야 한다며 이렇게 말했다.

"당신들은 집에서 기르던 개나 닭을 잃어버리면 그것을 찾아야 한다는 것은 잘 알고 있습니다. 그런데 마음을 잃어버리면 도대체 다시 찾아야 한다는 것은 모르고 있습니다. 돈이나 명예를 찾아다니기보다는 잃어버린 마음인 방심放心을 거두어 들여야 합니다."

이처럼 스스로 깨닫는 것은 스스로 잃어버린 마음을 찾는 것이고, 잃

강한 내가 되는 습관

어버린 마음을 찾는 것은 스스로 깨닫는 것이다. 이러한 일련의 과정이 학습에 의해 이루어지고, 그것이 학습의 본질이자 스스로 거듭나는 과정이다.

시작은 미미하나 끝은 창대하다

10년 전에는 3년에 한 권씩 집필했는데 이제는 1년에 4권을 집필하는 수준에 올랐다. 또 불과 몇 년 전만해도 고전을 읽을 엄두도 내지 못했는데 이제는 고전을 읽음과 동시에 그것을 해석하여 책을 쓰고 있다. 내가 생각해도 참으로 일취월장이고 괄목상대한 성장이 아닐 수 없다. 내가 이렇게 성장하게 된 것은 무엇보다 부단한 연습에 있다.

10년 전 처음 책을 집필할 때 감히 내가 책을 출간하리라고는 믿지 못했다. 그 당시 내가 직접 집필해서 출간을 했는데도, 일부 사람들은 대필해서 출간한 것이고 다른 책을 인용해서 베낀 것이라는 충격적인 말도 했다. 그런 남들의 비난 섞인 질투에 굴하지 않고 오로지 내가 하고자 하는 바와 내가 이루고자 하는 바를 위해서 계속 책을 쓰고 책을 읽었다. 그렇게 수년간 읽은 책이 쌓이고, 계속해서 집필하는 출간 도서가 늘어갈수록 실력이 늘고 내공이 쌓여 이렇게 고전을 곁들인 책을 쓰게 된 것이다.

학습에 있어서 내가 제일 좋아하는 말은 "시작은 미미하나 그 끝은 창대 하리라."라는 말과 "책을 한 권 읽은 사람은 반드시 책을 두 권 읽은 사람에게 지배당한다."라는 말이다. 이 말은 내가 나를 할 수 있는 상태로 단련하기 위해 자주 하는 말이다. 일종의 자기 최면이다. 또 책을 읽어야 지배당하지 않는다는 말은 내 경험에서 우러나온 것이다. 이제껏 가방 끈이 짧다는 이유로 사회생활을 하면서 얼마나 많은 억압과 착취를 당했는지를 경험했기 때문에 두 번 다시는 그런 일을 겪지 않기 위해서 내 자신을 채찍질하는 말이다.

이처럼 자기 스스로 꾸준히 학습하기 위해서는 매너리즘에 빠지지 않고, 깨어있어야 한다. 또 끊임없이 학습하기 위해 자기를 자극할 수 있는 명언이나 슬로건이 있어야 한다. 그래서 힘들고 지칠 때 그런 명언이나 슬로건을 읊조리면서 힘을 내야 한다.

평생학습의 시대

현대인들은 행복의 세 가지 요건으로 돈과 권력과 건강을 꼽는다. 어떤 사람은 권력만 있으면 돈과 건강은 부수적으로 따라오는 것이기에 권력이 최고라고 말한다. 권력만 있으면 나머지 두 가지는 곁들여 얻을 수 있다는 말이다. 그런데 이상과 같은 세 가지 요건이 충족되면 생활이 행복하다는 현대인들과는 달리 맹자와 추사 김정희 선생은 인생의 세 가지 즐거움을 다른 곳에서 찾았다.

맹자는 군자의 세 가지 즐거움은 부모형제가 무고한 것이고, 하늘을 우러러 한 점 부끄러움이 없는 것이며, 천하의 영재를 얻어 교육하는 것이라고 말한다. 또 추사 김정희 선생은 책을 읽고 글을 쓰며 사랑하는 사람과 변함없는 애정을 나누고, 벗과 함께 술 마시는 즐거움을 행복으로 삼았다.

　그렇다면 현대 직장인들의 세 가지 즐거움은 무엇일까? 일반적으로 직장인들이 희열을 느끼는 순간은 월급을 받을 때와 승진할 때 그리고 휴가를 갈 때다. 즉 많은 직장인들이 회사에서 일한 대가로 물질적인 보상을 받고 회사에서 남보다 일찍 승진하고 아무런 근심걱정 없이 평안하게 휴가를 즐기는 것을 행복으로 여긴다. 또 어떤 사람은 월급은 누구나 받는 것이라고 생각해서 월급에 치중하기보다는 일을 통해 자기가 성장하는 것에 무게를 두는 경우도 있다. 물론 승진은 보상 차원에서 받는 것이기 때문에 직장인이면 누구나가 승진을 행복의 요건으로 삼는다. 하지만 승진이 해마다 있는 것도 아니고 장기간의 시일을 요한다는 측면에서 볼 때 승진은 결코 직장인을 행복하게 하는 요건은 아니다. 그렇다면 우리 직장인들이 직장생활을 보다 즐겁게 하기 위해서는 어떤 점에 초점을 두어야 하는가?

　첫째, 일을 이루는 과정에서 성취감을 느끼고 일에서 보람을 찾아야 한다. 왜냐하면 직장생활을 함에 있어서는 결코 손 뗄 수 없는 것이 일이기 때문이다. 일을 떠나서는 생활할 수 없는 곳이 직장이다. 직장은 즐겁고 재미있게 하이킹을 하고 산책하듯이 즐기러 가는 곳이 아니다. 직장은 일하는 곳이다. 즉 직장에서는 일을 해야 하므로, 일을 통해서 보람을 느끼지 못하면 직장생활을 즐겁게 할 수 없다.

　둘째, 사람들과 함께 어울리며 그 속에서 즐거움을 느껴야 한다. 직장은 혼자 생활하는 곳이 아니다. 그러므로 사람과 사람간의 관계에서 보람을 찾아야 한다. 힘든 일은 어느 정도 참을 수 있지만 인간관계가 좋지 않아서 직장생활이 힘들어지기도 한다는 점을 감안한다면, 직장에서의 보람은 대인관계 속에서 찾아야 한다.

셋째, 배우고 익히는 것을 보람으로 삼아야 한다. 직장생활을 하는 본질적인 의미는 자기계발과 일을 통한 사회공헌과 생계유지다. 이 말은 직장생활을 하면 자기가 몰랐던 것을 알게 되고 자기가 맡은 분야에서 전문가로 성장하는 등 자기성장을 도모할 수 있고, 일을 통해서 얻은 봉급과 보너스로 생계를 유지할 수 있으며, 나아가 국가 경제에 이바지하는 사명을 다할 수 있다는 말이다.

그런데 직장인들 중 진정으로 직장에서 일을 통해서 자기가 성장한다고 생각하는 사람은 많지 않다. 그냥 매일 하던 일을 습관적으로 반복하며 안정된 생활을 하면 된다는 생각으로 매너리즘에 빠져 생활하는 사람이 많다. 또, 일의 성과보다는 자기가 받는 임금에 관심이 많다. 이제는 많은 기업들이 무노동 무임금의 원칙과 성과급제도를 도입하여 성과에 따라 임금을 차등 지급하고 있다. 이제는 가만히 편하게 넋을 놓고 직장생활을 할 수는 없다. 언제 어느 때 직장에서 내몰리게 될지는 아무도 모른다. 그 정도로 위기의 상황이다. 그러므로 일을 통해 보람을 느끼고 다른 사람들과 공동체 생활을 하는 가운데에서 즐거움을 찾아야 한다.

앞서 맹자와 추사 김정희 선생이 인생의 즐거움 중에서 공통점으로 꼽았던 즐거움은 바로 배우고 익히는 것이다. 배우고 익히려는 마음 자

강한 내가 되는 습관

세를 가진 사람은 나날이 새로운 마음으로 생활하기에 늘 즐겁다. 이제는 평생 배워야 하고 평생 익혀야 하는 평생학습의 시대다. 죽을 때까지 배우는 과정이 인생이다. 또 사람이 사람다워지는 과정이 바로 배움의 여정이다. 직장의 일도 배움이고 삶 자체가 배움이다. 그러므로 배우는 것을 즐거움으로 삼았다는 것은 인생 자체를 즐거움으로 삼았다는 것을 의미한다.

몸이 기억하는 단계

대부분의 많은 사람들이 가급적 짧은 기간에 많은 것을 배우고 싶어 하고, 남들이 10년 걸려 고수가 되었다면 자기는 3년 배워 고수가 되겠다는 각오를 밝힌다. 하지만 초보에서 고수가 되기 위해서는 어느 정도 기간이 걸리고, 일정한 수준에 오르기 위해서는 어느 정도의 시간이 필요하다. 설령 천재적인 재능이 있어서 단기간에 쉽게 배웠다고 해도, 그것을 몸으로 익히는 단계에서는 어느 정도 시일이 소요되게 마련이다. 그러므로 배우고 익히는 것을 너무 쉽게 생각하지 말고, 또한 단박에 많은 것을 익혀서 단번에 고수의 대열에 들려고 하지 말아야 한다. 즉 서두르지 말고 성급해하지 말아야 한다. 누구나 다 공감하듯이 배우고 익히는 데 가장 중요한 것은 기본을 잘 익히는 것이다. 기본을 잘 익힌 사람이 고수다. 고수가 되었어도 기본을 무시하면 배우고 익힌 것이 일시에 도루묵이 된다. 그렇다면 배우고 익히는 수준을 어느 정도에 이르게 해야 하는가?

장자에 '포정해우庖丁解牛'라는 말이 있다. 이 말은 솜씨가 뛰어난 포정이 소의 뼈와 살을 발라낸다는 뜻으로 신기에 가까운 솜씨를 비유하거나 기술의 묘를 칭찬할 때 비유하여 이르는 말이다. 한번은 포정이 문혜군을 위해 소를 잡았는데 칼을 움직이는 동작이 신묘했다. 문혜군은 그 모습을 보고 감탄하여 "어찌하면 기술이 이런 경지에 이를 수가 있느냐?"라고 물었다. 이에 포정이 다음과 같이 말했다. "저는 정신으로 소를 대할 뿐 눈으로 보지는 않습니다. 그러면서 천리를 따라 쇠가죽과 고기, 살과 뼈 사이의 커다란 틈새와 빈 곳에 칼을 놀리고 움직여 소의 몸이 생긴 그대로 따라갑니다. 그 기술의 미묘함은 아직 한번도 칼질을 실수하여 살이나 뼈를 다치게 한 적이 없습니다. 솜씨 좋은 소잡이가 1년 만에 칼을 바꾸는 이유는 살을 가르기 때문입니다. 평범한 소잡이는 달마다 칼을 바꾸는데 무리하게 뼈를 가르기 때문입니다. 제 칼은 19년이나 되어 수천 마리의 소를 잡았지만, 칼날이 방금 숫돌에 간 것과 같습니다. 저 뼈마디에는 틈새가 있고, 칼날에는 두께가 없습니다. 두께 없는 것을 틈새에 넣으니 널찍하여 칼날을 움직이는 데 여유가 있습니다. 그러니 19년이 되었어도 칼날이 방금 숫돌에 간 것과 같은 것입니다."

이 성어에 등장하는 포정은 글을 모르는 백정이다. 오로지 소를 잡는 일만을 계속해서 해왔다고 볼 수 있다. 포정이 다른 사람보다 오래도록 칼을 쓰고 다른 사람보다 소를 잘 잡게 되어 한 나라의 임금이 감탄할 정도의 실력을 기를 수 있었던 것은 3년이라는 시간 동안 배우고 익히는 고통의 단계를 넘어섰기 때문이다. 포정은 처음에는 자기보다 덩치가 큰 소를 잡는다는 것이 두려웠을 것이고, 소의 신체 중 어디를 잘

라야 칼날이 무뎌지지 않는지를 알기 위해서 많은 궁리를 했을 것이다. 또 그러한 것을 계속 경험하면서 몸으로 익힌 것이다. 그렇다. 배우고 익힐 때는 애써 머리로 생각하지 않아도 스스로 몸이 기억하는 단계에 이르도록 해야 한다.

군자는 기물이 아니다

바야흐로 통섭의 시대이고 융합의 시대다. 옛말로 하면 문무를 겸해야 한다. 요즘은 하도 다양성이 많은 사회여서 이제는 하나의 수단으로 공격과 방어를 하기에는 역부족이다. 칼로 대항하는 상대에게는 칼로 대적해야 하고, 붓으로 대항하면 붓으로 막아야 한다. 이과생도 문과를 공부해야 하고, 문과생도 이과를 공부해야 한다. 경계를 넘나들어야 한다. 건강한 신체를 유지하기 위해서는 자기가 좋아하는 음식만을 먹을 수 없다. 건강을 위해서는 자기가 싫어하는 반찬도 먹어야 한다. 마찬가지로 배움에 있어서도 물불을 가리지 말고 배우고 익혀야 한다.

물론 어느 한 분야에서 도를 터득하면 그것이 다른 분야에도 적용되게 마련이다. 그렇다고 해도 모든 것을 하나의 방법으로 풀 수는 없다. 더군다나 변화무쌍한 현실에서는 어제의 해법으로 오늘의 문제를 풀 수 없다. 어제의 정답이 오늘의 오답이 되고, 어제의 오답이 오늘의 정답이 되는 경우도 많다. 그런 점을 감안하여 폭넓고 깊게 배우고 익혀야 한다.

사실 배우고 익히는 것이 일이고, 그것으로 인해 먹고 사는 경우가 많다. 즉 생계를 유지하는 수단이 배우고 익힌 분야라는 것이다. 취업을 하기 위해서 공부하는 사람도 먹고 사는 문제를 해결하기 위해서 배우고 익히는 것처럼, 대부분의 학습은 돈이 되는 학습에 편중되어 있다. 그러다 보니 주객이 전도되어, 하기 싫어도 돈이 되는 것이라면 배우는 사람도 많다. 또 배운 지식이 돈이 되지 않으면 그 분야에서 손을 떼는 사람도 있다. 그런데 무엇을 배워야 하는가에 대한 생각을 할 때는 논어에서 공자가 말한 '군자불기君子不器'를 들여다봐야 한다.

군자불기는 '군자는 기물이 아니다.'라는 뜻이다. 군자는 한 가지 소용에 맞지 않으며, 군자는 그릇으로 잴 수 없다는 의미가 담겨 있다. 이는 모든 방면에 통함을 이르는 말로, 군자는 기량이 워낙 커서 측량할 수 없음을 뜻한다.

우리가 무엇인가를 배우고 익힐 때 통섭하고 융합해야 한다는 말을 어렵게 생각한 나머지 사업가가 문어발 경영을 하듯이 이것저것 잡다한 것을 많이 배우고 익히는 경우가 있는데 그것은 바람직하지 않다. 통섭과 융합을 하되 중심이 있고 초점이 있어야 한다. 초점이 있는 학습을 하면서 통섭해야 한다. 예컨대 축구하는 사람이 농구를 배우면서 농구의 원리를 축구에 접목하고, 기업을 경영하는 사람이 영농기술을 익혀서 그것을 기업경영에 접목하는 형태의 통섭을 해야 한다. 그것이 공자가 말하는 진정한 군자불기다.

군자불기에는 군자는 어느 곳에 있어도 그 쓰임새에 맞게 적정한 행동을 해야 한다는 의미도 담겨 있다. 즉 군자는 그 어떠한 상황에서도 부족함이 없는 제너럴리스트여야 한다. 그러기 위해서는 통섭하고 융합해야 한다. 여기서 말하는 융합과 통섭은 물리적으로 불완전한 결합이 아닌 화학적으로 완전히 하나가 되는 융합이나 통합이어야 한다.

삽으로 구덩이를 깊게 파기 위해서는 처음에 넓게 파야 한다. 그렇지 않으면 깊게 들어갈수록 삽질을 할 수 있는 여유 공간을 충분히 확보할 수 없다. 마찬가지로 깊이 있게 알기 위해서는 여러 가지 다방면의 지식과 지혜를 섭렵해야 한다. 그렇게 함으로써 배움과 익힘의 뿌리를 깊게 내릴 수 있다. 항구가 깊고 넓어야 큰 배가 정박할 수 있듯이 배우고 익히는 학문의 분야가 넓고 그 학문에 대한 앎의 깊이가 깊어야 한다. 그래야 그로 인해서 큰 배를 띄울 수 있는 것처럼 큰 세상을 열 수 있고 보다 큰 목표를 실현할 수 있다.

러너스 하이

학습을 함에 있어서 가장 기본적으로 지녀야 하는 태도가 있다면 바로 근성이다. 가장 우선적으로 끈질김이 있어야 학문할 수 있다. 비단 학문의 길에서만 근성이 필요한 것이 아니다. 우리네 삶의 전반적인 부문에는 끝까지 하는 힘이 필요하다. 특히 배움에 있어서는 무엇보다 끈질김이 있어야 한다. 왜냐하면 학문의 길은 끝이 없기 때문이다.

명문대학을 수석으로 합격한 사람이 세상에서 가장 공부가 쉬웠다고 말을 하는 것은 공부하는 과정에서 힘든 고비를 넘겼기 때문이다. 공부를 하다 보면 마라톤 선수들이 고원서 러너스 하이Runner's High를 경험하듯이 학문의 길에도 어렵고 힘든 고비가 있기 마련이다.

대개의 경우 그 고비를 넘지 못하고 스스로 자기는 그 방면에는 소질이 없다고 자포자기한다. 끝까지 하면 되는데 중간에 포기하기 때문에 못하는 것이다. 누구나 하면 할 수 있다. 적성검사에 의하여 분야를 선택하는 것은 적응성을 검사하는 것이지 그것이 실제로 그 사람의 진로를 결정하는 테스트는 아니다. 육류를 계속 먹으면 육식주의자가 되고 채식을 계속 먹으면 채식주의자가 된다. 마찬가지로 계속하면 그것이 적성에 잘 맞는 분야가 된다. 제 아무리 능력이 탁월해도 계속하지 않으면 그 분야의 고수가 될 수 없다. 결과적으로 적성은 없다. 단지 적응하기 쉽냐 혹은 어려우냐의 문제일 뿐이다. 중요한 것은 자기가 그 분야를 계속해서 집중 공략하느냐 그렇지 않느냐에 달려 있다.

계속해서 한 분야에 집중하면 그 분야의 전문가가 된다. 가만히 앉아 있는데 그냥 얻어지는 재능은 없다. 그것을 발굴해서 계속 훈련하고 수련했기에 그 방면의 전문가로 성장한 것이다. 그러므로 배우고 익힘에 있어 기본적으로 갖춰야 하는 태도가 끈질김에 있다는 생각으로 정신 근력을 강화하는 데 주력해야 한다. 그러기 위해서는 단순히 해당 분야만 학습하지 말고 정신 근력을 강화하는 의식강화 교육을 받거나 스스로 자기의 정신 근력을 강화하는 수련을 해야 한다. 마치 운동선수가 체력을 기르고 명상 수련을 하듯 학습을 지속적으로 하기 위한 힘을 길러야 한다.

게임을 하든 여행을 하든 고기를 먹든 간에 많이 해보고 오래도록 지속적으로 반복한 사람이 잘하게 되어 있다. 이제는 공부를 머리로 하는 것이 아니고 엉덩이로 한다고 말한다. 머리가 아무리 좋은 사람도 이제는 어느 정도의 시간이 흐르면 망각하게 되어 있다. 이제는 머리가 좋지 않아도 계속해서 끈기 있게 노력하는 사람이 롱런하는 시대다.

강한 내가 되는 습관

열자의 탕문편에 '우공이산愚公移山'이라는 말이 나온다. 이 말은 우공이 산을 옮긴다는 말로, 무엇이든 우직하게 꾸준히 하면 뜻하는 바를 이룰 수 있다는 뜻을 내포하고 있다.

북산에 우공이라는 아흔 살 된 노인이 살고 있었다. 그런데 노인의 집 앞을 태행산과 왕옥산이 가로막고 있어 생활하는 데 무척 불편했다. 그래서 노인은 두 산을 옮기기 시작했다. 우공과 아들이 지게에 흙을 지고 바다에 갔다 버리고 돌아왔는데 꼬박 1년이 걸렸다. 이 모습을 본 이웃 사람이 "이제 멀지 않아 죽을 텐데 어찌 그런 무모한 짓을 합니까?" 하고 비웃자, 우공은 "내가 죽으면 내 아들이, 그가 죽으면 손자가 계속해서 할 것이오. 그동안 산은 깎여 나가겠지만 더 높아지지는 않을 테니 언젠가는 길이 날 것이오."라고 말하였다. 두 산을 지키던 산신령이 이 말을 듣고는 큰일 났다고 여겼고, 즉시 상제에게 달려가 산이 없어질 것 같으니 구해달라고 호소했다. 이 말을 들은 상제는 두 산을 각각 동쪽과 남쪽으로 옮기도록 하였다.

그렇다. 세상을 바꾸는 사람은 머리 좋은 사람이 아니라 포기하지 않고 끝까지 노력하는 사람이다. 그렇다면 우공이산의 정신만으로 끝까지 버티면서 끈질긴 근성으로 열정을 다하면 일정한 경지에 오를 수 있을까? 꼭 그런 것은 아니다. 우공이산의 힘이 탄력을 받기 위해서는 절차탁마切磋琢磨하는 학습의 수련이 뒤따라야 한다. 단순히 계속하는 것이 아니라 잘하기 위해서 더 궁리하고 어떻게 해야 더 좋은 성과를 창출할 수 있을까를 생각하면서 행해야 한다. 이것을 창조적인 열정이라고 한다. 동일한 것을 계속해서 반복하는 것은 무의미하다. 그 반복하는 과정에서 보다 창조적인 방법이 가미가 되어야 하고 점점 그 방법과 기술도 진화해야 한다. 왜냐하면 시간과 자원이 한정되어 있고 주변에 경쟁자들이 도사리고 있기 때문이다.

예컨대 중소기업으로서 세계적인 기업으로 성장한 일본전산 기업의 모토는 "즉시 한다do it now, 반드시 한다do it without fail, 될 때까지 한다 do it until completed."이다. 이 회사는 직원 선발 방식도 특이해서 밥을 빨리 먹고 목소리가 크고 오래 달리기를 잘하는 사람을 선발한다. 실력보다는 오래도록 견디는 사람과 자신감이 넘치는 사람을 선발하는 것이다. 그 회사 사장인 나가모리 시게노부는 "몸에 익히십시오. 젓가락질이나 걸음마처럼 천 번이고 만 번이고 반복해서 몸에 주입하십시오. 그러면 달라집니다."라고 직원들에게 말한다. 이처럼 공부도 머리에 주입하는 것이 아니라 몸에 주입해야 한다. 머리가 기억을 하도록 하는 이론적인 공부가 아니라, 몸이 기억하게 하는 실천적인 공부를 해야 한다. 그러기 위해서는 근성이 있어야 하는데 그러한 근성은 머리에서 비롯되는 것이 아니라 몸에서 비롯된다.

성찰하는
학습

사람은 자기가 좋아하는 사람을 위해서 목숨을 바칠 수 있는 충성심을 가지고 있고 나라와 조직을 위해서 초개와 같이 자기의 목숨을 버리는 사람도 있다. 그런데 배우는 것이 너무 좋아서 도를 깨우치면 죽어도 좋다고 말하는 사람도 있다. 돈 때문에 자기 신장을 파는 등 장기를 파는 사람은 있어도, 도를 깨우치면 죽을 수도 있다고 말한 사람은 공자뿐이라는 생각이 든다.

아침에 도를 들으면

평생을 공부하는 사람도 도를 더 깨우치기 위해서 자신의 목숨을 담보로 공자처럼 그런 말을 하는 사람은 없다. 자기가 터득한 지혜로 권력을 잡고 명예를 추구하려고 하는 사람은 있어도 공자처럼 계속해서 배움을 추구하려는 사람은 없다. 과연 배움과 익힘이 좋아서 순수한 마음으로 학문하는 사람이 몇 명이나 될까를 생각해 본다. 나 역시 성공하고 책을 쓸 목적으로 공부했어도, 무지를 깨우치고 진리를 구하기 위해서 학문을 한 적은 드물다. 언제쯤에나 공자와 같이 도를 깨우치면서 목숨을 논하는 정도에 이르도록 학습을 할 수 있을까 싶다.

공자가 논어에서 말하는 '조문도석사가의朝聞道夕死可矣'는 아침에 도를 들으면 저녁에 죽어도 좋다는 뜻이다. 참된 이치를 깨달았으면 죽어도 여한이 없다는 말인데 정말로 도를 깨우치는 것이 목숨보다 더 소중한 것이라는 것을 일컫는 문장이다.

공자는 자기의 학문을 설파하기 위하여 천하를 주유한 사람이다. 그는 혼자서 수도하는 사람이 아니라 많은 위정자를 양성하여 군자가 많은 세상을 만들고 인과 예가 통하는 세상을 열고자 했다. 자기의 학문을 널리 세상에 알리기 위해 수많은 제자를 가르쳤던 공자는 그야말로 완전히 학문에 미쳐 있는 사람이었나 싶다. 그런 단계에 이르도록 공부를 해야 하는데 현실에서는 먹고 살기 위해서 하는 공부가 태반이다. 그래서 현시대에 과학 문명이 발달되었지만 어떻게 보면 공자 학문의 깊이를 이해하기에는 역부족이라는 생각이 든다. 어떻게 생각하면 공자의 학문을 해석하고 주석을 붙이는 사람들의 해석 능력이 증가하고 수준이 높아져서 그런지도 모른다.

중요한 것은 하나의 도를 깨우치면 죽어도 여한이 없겠다는 말을 할 정도로 공부에 미치는 것이다. 먹고 살기 위해서 공부하든 출세를 하기 위해서 공부하든, 현재를 살고 있는 우리 모두는 학습하는 공자의 후예다. 그래서 공자처럼 밤낮으로 도를 찾을 수는 없어도 아침저녁으로 공부하는 가운데 자기가 성장하는 것을 느끼고 실제로 공부한 것을 적용하는 과정에서 성취감을 맛보며 학습에 정진하고 있다.

하루 세 번 해야 할 일

하루하루를 잘 살아가기 위해서는 하루에 몇 번을 반성해야 할까? 대부분의 사람들이 하루 일과를 마치고 일기를 쓰면서 하루를 반성하고 내일을 계획하며 살고 있다. 특히 신앙생활을 하는 사람들은 매일 식사 기도를 하면서 하루에도 수십 번을 성찰한다. 물론 기도하고 반성하는 것이 전부가 아니다. 중요한 것은 바쁘게 살다가 그 와중에 멈추어 생각하는 것이다.

'멈추면 비로소 보인다.'는 말이 있듯이 바쁘지 않으면 제대로 사는 것이 아닌 것처럼 생각하는 현대인들에게 있어서 멈추어 생각하는 것은 더 좋은 삶을 설계하고 자기 삶의 방향이 올바른지를 돌아볼 수 있는 기회가 된다. 생각하지 않으면 사는 대로 생각하게 된다는 말은 생각하면서 살아야 제대로 된 삶을 살 수 있다는 말이다. 즉 사는 대로 생각하면 발전이 없기에 생각하면서 보다 발전적인 삶을 살라는 말이다. 그렇다면 옛 현자들은 어떤 생각을 하면서 살았을까?

'일일삼성一日三省'이라는 말이 있다. 이 말은 하루 세 가지를 살핀다는 말로, 하루에 세 번씩 자신의 행동을 반성한다는 뜻이다. 증자는 다른 사람을 위해 일을 충실하게 했어야 했는데 그렇지 못했는지를 반성했고, 함께 지내는 벗에게 신의를 잃은 것은 아닌지와 스승에게 배운 것을 익히지 못한 것은 없는지를 살폈다. 하루에 한번 이 세 가지를 생각하면서 가능한 한 이 세 가지는 꼭 지키려고 했다. 물론 누구나 증자와 같이 생각할 수는 없다. 증자는 증자가 처한 상황에서 중요하게 생각하거나 생활 속에서 잘 안 되는 것들 중 세 가지를 정했을 것이다.

일일삼성에 따른 증자의 세 가지 생각은 타인과 벗과 자기에 대한 것이다. 자기가 잘하고 타인에게 잘함과 동시에 가까운 벗에게 잘하려고 했다는 생각이 든다. 자기가 학문을 게을리 하지 않고 동문수학하는 벗들에게 신뢰를 지키고 나아가 다른 사람들에게 희생과 봉사하는 삶을 산다면, 능히 군자의 반열에 들어갈 것이라고 증자는 생각했을 것이다. 또한 증자 입장에서는 자기 제자들에게 이 세 가지가 중요하다고 설파했기에 다른 것은 몰라도 이것 세 가지만큼은 스승으로서 제자들에게 본보기가 되려고 했을 것이라는 생각이 든다.

나날이 보다 나은 삶을 살기 위해서는 증자처럼 이렇게 최소 세 가지를 정해서 하루 일과를 성찰해야 한다. 이때 그 질문은 삶의 중추적인 기본이 되는 가치를 실현하고 자기 성품을 닦고 덕을 기르는 덕목에 관한 것이어야 한다. 하루에 무모하게 돈과 시간을 낭비하지는 않았는지 부모형제에게 효도와 우애를 다했는지 다른 사람에게 스트레스를 주거나 말실수를 하지 않았는지와 하늘을 우러러 한 점 부끄러움이 없는 생활을 했는지를 돌아봐야 한다.

신앙인이라면 모세의 십계명에 따라 자기의 생활을 점검하고 묵상하면서 자기 생활을 점검해야 하고, 군인이라면 군인의 길을 묵상하면서 군인의 도에 어긋나는 생활을 하는 것은 아닌지를 돌아봐야 한다. 경영자라면 경영자의 도리를, 아내라면 아내의 도리를, 남편이라면 남편의 도리를, 자식이라면 자식의 도리를 묵상하면서 그 도리에 어긋나지 않는 생활을 하기 위해서 자기의 생활을 성찰해야 한다. 그것이 자기 삶을 보다 발전적으로 이끄는 계기가 되고, 그러한 생각에서 비롯된 것을 실천하면서 끊임없이 자기를 수련하는 사람이 나날이 성장하는 삶을 산다.

예컨대 다이아몬드가 귀한 가치를 내는 것은 쉼 없이 그것을 가공하고 다듬질했기 때문이다. 그냥 원석 상태로 가만히 놓아두면 헐값에 팔리게 마련이다. 하지만 그것을 계속해서 세공하고 다듬으면 그만큼 보석의 가치가 더 높아진다. 마찬가지로 우리네 삶도 그러하다. 그러므로 자기의 삶을 보다 더 가치 있는 삶으로 만들기 위해서는 증자처럼 하루에 세 가지를 반성하고 성찰하면서 자기의 삶을 자기 스스로 다듬어 나아가야 한다.

좌망하는 시간

장자를 읽다 보면 도가 사상의 장자가 유가 사상의 공자를 비판하는 이야기가 곳곳에 실려 있다. 그런데 장자에는 좀 특이한 우화가 나온다. 안회의 좌망에 대한 우화다.

장자는 안회와 공자의 대화를 통해서 도가의 사상이 유가보다 수준이 한 차원 높다고 주장한다. 왜냐하면 안회가 공자의 수제자로서 유가 사상의 최고봉에 올랐지만 마지막에는 좌망이라는 도가의 사상에 접근했기 때문이다.

결론적으로 장자가 말하고자 하는 내용은 유가에서 기고 뛰고 날아도 결국에는 도가의 좌망의 코스에 이르기에 모든 학문의 최고봉은 좌망의 단계에 이르는 것이라고 간접적으로 말하는 것이다. 그래서 장자는 결과적으로 유가보다는 도가가 한 수 위라고 주장하고 있다. 그렇게 함으로써 이제껏 유가의 주장은 터무니없고, 유위보다는 무위로 세상의 문제를 해결해야 한다고 말한다. 그러면서 도가가 유가보다 더 우수하다고 주장한다. 그 근거로 공자의 수제자인 안회가 도가로 학문을 완성했음을 내세운다.

좌망坐忘은 고요히 앉아서 잡념을 버리고 현실세계를 잊어 절대 무차별의 경지에 들어가는 일이며, 가만히 앉은 채 마음을 평온하게 가지고 무위의 경지에 이르는 것이다. 장자가 주장한 수양법인 심재좌망의 준말이다. 심재는 마음의 모든 추악한 면을 버리고 허의 상태에서 도와 일체가 되는 것을 의미하고, 좌망은 마음이 육체의 괴로움에서 벗어나고 세속적인 지에서 벗어나 대도와 합일하는 것을 말한다. 사려를 떠나 무의 세계로 들어가는 수양법이다.

장자는 인의와 예악에 도달했다고 해도 좌망하지 않으면 최종적으로 완성한 것이 아니라고 말한다. 즉 좌망이 학문의 완성이라는 말이다.

음식을 입에 넣었으면 잘게 씹어줘야 하고 그것이 위에 들어갔으면 일정 시간 동안 소화가 되도록 해야 한다. 음식을 먹으면 장에서 발효시키는 일정한 속도가 있는데 그 속도를 무시하고 빨리 내려오면 설사가 되고 늦게 내려오면 변비가 된다. 마찬가지로 지식을 섭취했으면 그것을 생각과 정신에 스며들게 하는 단계를 거쳐야 한다. 생각과 정신 속에 지식이 스며드는 시간이 바로 좌망하는 시간이다. 묵상하고 성찰하면서 배우고 익힌 것을 마음과 정신에 새기는 시간이 좌망의 시간인 것이다.

양명학에 배움은 앎의 시작이요, 행동은 앎의 완성이라는 말이 있다. 배운다는 것은 알아가는 것이고, 그 앎은 행동으로 완성되는 것이다. 즉 아무리 많이 배웠어도 그것이 행동으로 표현되지 않으면 그것은 아무 짝에도 쓸모없는 배움이라고 할 수 있다. 앞서 안회는 인의와 예악을 공부하고 나서 좌망을 했고 그 이후에 실행했다. 그래야 배운 것을 실제로 행동으로 옮기는 과정에서 실수를 최소화할 수 있기 때문이다.

철천지원수 활용법

자기가 정한 목표를 달성하기 위해서는, 그 목표를 잊지 말아야 한다. 궁사가 활시위를 날리기 전에 과녁을 계속 쳐다보고, 축구 선수들이 공을 찰 때 상대방의 골대를 향하여 공을 차듯이 항상 자기의 목표를 잊지 말아야 한다.

목표를 달성하기 위해서 가장 우선적으로 해야 하는 것은 목표를 정하는 것이다. 그런 다음 그 목표를 계속해서 눈으로 보고 입으로 말하고 귀로 들어야 한다. 그야말로 목표에 중독되는 것이다. 또 언제 어디서든 목표를 생각하며 한시라도 긴장을 늦추지 말아야 한다.

목표를 잊지 않기 위한 방법은 수없이 많다. 예컨대 그 목표를 가시화해서 계속 볼 수 있도록 하는 것도 좋고, 자기를 무시하고 괄시했던 사람을 생각하면서 목표를 달성하려는 투지를 불태우는 것도 좋다. 목표를 향한 불씨를 살리고 투혼을 불태울 수 있도록 자극을 주는 사람이 있다는 것은 여간 다행스러운 일이 아닐 수 없다. 아울러 주변에 페이스메이커 역할을 해주는 경쟁자가 있다면, 그 경쟁자를 생각하면서 그 목표를 잃지 않고 생활할 수 있다. 자기가 나태해지거나 게을러지는 경우에는 그 상황에서 자기를 탈출하게 해주는 사람이 바로 경쟁자다. 놀고 싫고 쉬고 싶어도 그 경쟁자가 자기보다 한발 더 앞서가고 있다고 생각하면 오기가 생겨서 더욱더 열정을 다하게 된다.

철천지원수와 같은 사람을 어떻게 해야 하는가? 또 그 사람에게 복수하기 위해서는 어떻게 생활해야 하는가를 생각하면 잠이 오지 않을 것이다. 그 사람을 생각하면 미칠 것 같고 그야말로 자다가도 벌떡 일어나서 경기驚氣를 일으키게 된다. 그래서 효과만점이다.

나태해지고 게을러진 마음과 현실에 안주하려는 마음을 일깨워주는 사람은 바로 선의의 경쟁자나 원수다. 하지만 자칫 그 원수로 인해 분노만을 느낀다면 자기 가슴 안에 품고 있는 자기가 먼저 타게 된다. 그래서 사람을 미워하지 말고 용서하라고 말한다. 다른 사람을 용서하는 것이 결국은 자기를 용서하는 것이다. 명심보감에서도 원수와 원한을 맺지 말라고 말한다. 좁은 길에서 만나면 서로 피하기 어렵기 때문이다. 그러나 원수를 자기의 성장과 자기를 일깨워주는 약으로 활용하면 원수가 자기 삶의 마이너스가 아니라 플러스 요소가 된다. 원수를 네 몸같이 사랑하라는 말이 있는데 바로 그러하다. 원수를 생각하면서 잠을 자고 싶어도 일분일초라도 더 책을 보게 되고, 게으름을 피우고 싶은 생각이 없어진다면 그야말로 원수를 잘 활용한 것이다.

'와신상담臥薪嘗膽'이라는 성어가 있다. 이 말은 중국 춘추전국시대 오나라와 월나라 간의 싸움에서 전해지는 고사성어로, 가시가 많은 나무에 누워 자고 쓰디쓴 곰쓸개를 핥으며 패전의 굴욕을 되새겼다는 뜻이다. 이 고사에 등장하는 구천은 원수를 기필코 갚고야 말겠다고 맹세했다. 그래서 고기를 먹지 않았으며 무명옷을 입고 잡곡을 먹었다. 잠도 초가집에서 잤으며 돗자리 대신 섶나무를 펴고 잤다. 식탁 위에는 쓰디

쓴 쓸개를 달아놓고 음식을 먹을 때마다 그 쓸개를 맛보고는 "구천아, 회계의 치욕을 잊었단 말이냐?" 하고 외치곤 했다. 그는 이런 방법으로 과거의 치욕을 잊지 않고 분투하도록 거듭 자신을 격려했다. 이것이 '와신상담'이라는 고사성어가 생긴 유래다.

혹자는 이렇게 구천처럼 하는 것을 과하다고 생각할 것이다. 하지만 목표를 달성해야 하고 자기의 의지가 그렇게까지 하지 않으면 스스로 자기합리화에 빠져 나태한 생활을 하게 된다면 와신상담에 버금가는 정도의 마음으로 목표 달성에 매진해야 한다.

완전한 승리보다 온전한 승리

자기가 세운 목표를 달성하기 위해서는 가장 우선적으로 마음이 편안하고 몸이 건강하며 정서적으로 안정되어 있어야 한다. 무엇인가를 하려고 하는데 머리가 복잡하거나 머릿속에 근심걱정이 가득하다면 정신집중이 되지 않아서 못하는 경우가 많다. 그래서 목표를 향하여 전진하고 나아가는 과정에서 제일 중요하게 관리해야 하는 것이 건전한 정신이다.

연어가 물살을 가르며 올라가기 위해서는 물살의 힘을 이길 수 있을 정도의 힘을 발휘해야 한다. 또 강한 태풍을 견뎌내기 위해서는 강인하게 자기를 지탱하는 힘이 있어야 한다. 마찬가지로 목표를 향해 나아가는 과정에서도 전혀 예기치 않는 상황이 도래하기 마련이다.

또 자기가 꼭 해야 하겠다는 의지가 있어도 체력이 뒷받침되지 않으면 약해진다. 힘이 없는 사람에게 무거운 돌을 짊어지고 산에 오르라고 한다면 아무리 정신력이 강하다고 해도 그것은 무리다. 또 여러 날 잠을 자지 않는 사람에게 장거리 운전을 하게 하면 사고 날 우려가 많다. 이처럼 목표 달성을 향한 여정에는 수많은 역경과 시련을 견뎌내야 하는 상황이 도래하기 마련이다. 이러한 예기치 않은 상황에 처했을 때 임기응변의 지혜를 발휘하여 슬기롭게 그러한 장애물을 극복하기 위해서는, 평소에 힘을 길러 정서적으로 안정된 상태를 유지해야 한다.

손자병법에 나오는 글자 중 가장 중요한 글자는 '전全'이다. 그 의미를 조금 더 확장해 보면 '자보이전승自保而全勝'이다. 나를 보존하고 온전한 승리를 거둔다는 의미다. 그렇다. 완전完全한 승리가 아니라 온전한 승리다. '완전'의 의미는 완벽하다는 뜻이지만, '온전'은 처음과 같이 보존돼 있음을 의미한다.

그렇다면 온전한 생활은 무엇을 의미하는가? 어찌 살아야 자보이전승의 삶을 살까? 그것은 가화만사성에서 해답을 구할 수 있다. 사회적으로 수많은 금자탑을 쌓았다고 해도 가정이 무너지면 모든 것이 사상누각이 된다. 그러므로 손자병법의 자보이전승의 지혜를 가정생활의 지침으로 삼는다면 행복을 누릴 수 있을 것이다.

정서적으로 안정된 사람은 어떠한 상황에서도 자기가 가진 능력을 십분 발휘한다. 아무리 좋은 기회가 온다고 해도 그 기회를 포착하는 인지 능력과 자기 손아귀에 잡을 수 있는 힘이 없으면 그 기회를 잡을 수 없다. 자기가 그 힘을 발휘하기 위해서는 가장 우선적으로 그 힘을 발휘하기 위한 에너지원이 있어야 한다. 더불어 기회를 발견하는 통찰력과 기회가 도망가지 못하게 사로잡을 수 있는 최소한의 힘을 가지고 있어야 한다.

스포츠 선수들이 시합을 할 때 컨디션이 좋으면 좋은 기록을 낼 수 있는 반면, 컨디션이 좋지 않고 심신이 병약한 상태에서는 자기가 가진 기량을 십분 발휘할 수 없다. 아무리 뛰어난 실력을 가지고 있더라도 경기 당일에 몸살이 나서 자기가 가진 실력을 제대로 발휘하지 못한다면 그것은 무용지물이다.

이와 마찬가지로 목표를 향해 나아가는 여정에서도 언제든 예기치 않는 돌발 상황이 도래할 수 있다는 것을 명심해서 위기에 대비하여 자기의 힘을 비축해야 하고 평소에 자기의 심신 상태를 건강하게 유지해야 한다. 그래야 그 어떠한 상황이 닥쳐도 자기의 기량을 마음껏 발휘할 수 있다.

모든 것이 배울 것

세상을 살면서 배워야 한다고 생각하면 눈을 뜨고 잠에 드는 순간까지 배울 것 투성이다. 그러므로 눈을 떠서 내가 오늘 무엇을 배워야 할 것인가를 생각하고 저녁에 잠들 때 그날 하루 무엇을 배웠는가를 정리해야 한다. 그러한 가운데에서 자기 생각이 익고, 자기 삶에 중요한 의미를 부여하게 된다.

"배우고 익히면 또한 즐겁지 아니한가."라는 공자의 말이 아니어도 자기가 배우는 것에 취미를 갖게 되면, 배우는 것이 얼마나 행복하고 스릴이 있는가를 알게 된다. 배우고 익히는 과정이 삶에 의미를 더해가는 것이고, 배우고 익힘으로써 시야가 넓어지고 생각이 깊어져서 자기 삶에 대한 애착과 시간의 사용에 대한 가치를 더 증폭시킬 수 있다. 특히 어렵고 힘든 상황에 처해 인생의 밑바닥을 치고 있다면 고통을 느끼며 힘든 상황을 생각하기보다는 그로 인해서 큰 교훈을 얻었다고 생각해야 한다. 그러면 그 순간이 고통스럽다기보다는 자기를 수련한다는 생각에 그 고통의 순간마저 즐기게 된다.

폭넓고 유연한 생각

학습은 가능한 한 폭이 넓고 다양해야 한다. 그러기 위해서는 일단은 나무가 아닌 숲을 먼저 봐야 한다. 큰 세상을 봐야 넓은 마음을 갖게 된다. 그래서 말이 태어나면 제주도로 보내고 사람은 태어나면 한양으로 보내라고 말한다. 보다 드넓은 곳에 가야 다양한 문화를 접하고 그로 인해서 더욱 폭넓은 관점으로 학습에 임할 수 있기 때문이다.

아는 만큼 보이고, 보이는 만큼 느끼며, 느끼는 만큼 행동한다는 말이 있듯이 일단은 아는 것이 중요하다. 다양한 것을 알게 되면 다양한 방법 중 제일 좋은 선택을 하게 된다. 아는 것이 적으면 선택의 폭도 좁다. 알아야 면장을 한다는 말처럼 일단은 많이 알아야 한다. 그래서 그 많은 것 중에서 가장 쓸모 있는 것이 무엇인지를 선택해야 한다.

폭넓게 배우고 익히기 위해서 가장 경계해야 하는 것은 고정관념이다. 또 생각의 뇌가 유연하고 부드러워야 한다. 뇌가 딱딱하지 않고 말랑말랑해야 한다는 것이다. 생각이 유연하면 보다 탄력적으로 행할 수

강한 내가 되는 습관

있다. 그렇지 않고 생각이 딱딱하면 자기가 아는 것이 모두 옳다는 아집에 빠질 수 있으며, 자기가 모르는 다른 모든 것을 배척하고 등한시하게 된다. 그러면 편향된 태도를 취할 수밖에 없게 됨으로써 자기 감옥에 자기를 가두는 꼴이 된다.

이 지구상에 제아무리 진귀한 보물이 있다 해도 자기가 직간접적으로 보지 못한다면 그것은 세상에 없는 것이나 마찬가지다. 아는 것도 보지 않으면 잊게 되는데 전혀 본 적도 들은 적도 없다면 그것은 자기 생각에 없는 것이다. 그러므로 새로운 관점에서 앎의 영역을 확장하고 더욱 깊이 있는 앎을 추구하기 위해서는 고정관념에서 벗어나야 한다.

우리는 무의식적으로 고정관념을 형성하고 그와 일치하는 증거들을 찾으면서 그것과 맞지 않는 정보들은 무시한다. 이런 이유로 고정관념은 바꾸기가 쉽지 않다. 사실 우리는 어떤 집단 전체에 대한 고정관념을 바꾸기보다는 그 범주 안에서 개인들이 속한 하위 집단을 만드는 경향이 있다. 사람을 사귀어도 자기 마음에 들고 자기에게 좋은 소리만 하는 사람을 좋아하고 자기에게 쓴 소리를 하거나 조언하는 사람을 배척하는 사람도 있다. 그런데 편파적이고 편향적인 대인관계의 늪에 빠지지 않기 위해서는 사람을 사귐에 있어서도 탄력적이고 유연해야 한다.

'교주고슬膠柱鼓瑟'이라는 말이 있다. 이 말은 거문고 기둥을 아교로 붙여 연주하는 것을 이른다. 즉 터무니없는 방법으로 일을 꾸려 나가려는 우둔함이나 융통성이 없고 고지식함을 가리키는 말이다. 거문고 줄을 지탱하는 기둥을 아교로 붙여 연주할 수는 없다. 이는 기타 줄을 풀로 붙여 연주하는 것과 같다.

인용술에 있어서도 굳어진 생각으로 자기 관점만으로 판단해서 중책을 맡기는 우를 범하지 않기 위해서는 많은 사람들에게 그 사람에 관한 평판을 들어봐야 한다. 어느 한 사람의 특정된 의견을 듣다 보면 마치 눈가리개를 하고 달리는 경주마처럼, 자기가 보고 싶은 것만을 보고 채용하는 우를 범할 수 있다. 물론 아전인수라는 말이 있듯이 가능한 한 자기와 친분이 두터운 사람들에게 중책을 맡기려고 하는 것은 당연하다. 그래서 예부터 가신 정치 혹은 외척 등의 권세가들이 난무했던 것이 아닌가? 그럼에도 불구하고 배우고 익히는 과정에서는 널리 폭넓게 배워야 한다.

아울러 자기 생각의 감옥에서 과감히 탈출해야 한다. 그렇지 않고 음식을 편식하듯 지식과 사람을 편식하는 사람도 있는데 그러한 경계를 초월해야 한다. 이제는 통섭과 융합의 시대이다. 어느 한 분야의 기술을 다른 분야의 기술과 융합하여 핵폭발을 일으키는 것과 같은 큰 효과를 자아낼 수 있는 시대이다. 그러므로 획일적이고 편향적이며 편파적인 생활이 아니라 보다 폭넓은 생각과 널리 세상을 아우른다는 철학을 가지고 학습해야 한다.

강한 내가 되는 습관

성장하는
학습

배움에 관한 비유를 할 때 그릇 이야기를 많이 한다. 대개의
경우 사람의 양식이나 마음 씀씀이 그리고 그 사람의 크고 작
음을 이야기를 할 때 그릇이라는 용어를 많이 쓴다. 고사성어
에 등장하는 대기만성과 군자불기가 사람을 그릇에 비유한 대
표적인 예다

완성되지 않은 그릇

'대기만성大器晚成'은 큰 그릇은 늦게 만들어진다는 말로 큰 인물이 되
기 위해서는 어느 정도 많은 시간이 소요된다는 것을 우회적으로 표현
한 말이다. 이 말은 노자의 도덕경에 나오는 말로 흔히 "크게 될 사람은
늦게 이뤄진다."라는 의미로 많이 쓰인다. 하지만 도덕경 원문에는 '대
기면성大器免成'으로 나온다. 면免은 '벗어날 면'으로 없을 무無나 아니 불
不과 같이 쓰이는 단어다. 대기면성의 원뜻을 풀이하면 "진정 큰 그릇에
는 완성이 없다."라는 뜻이다. 이것은 '대도무위大道無爲', 즉 대도는 인

위적으로 만들지 않는다고 말한 노자의 사상과 일치한다. 그릇에 인위적으로 한계와 경계를 짓는 순간 큰 그릇이 될 수 없다. 노자가 말하는 진정 큰 그릇은 마치 이 광활한 우주처럼 무한히 모든 공간과 시간, 물건과 사상을 담을 수 있는 그릇이다.

그렇게 볼 때 대기만성은 잘못 쓰인 성어다. 진정 큰 그릇에는 완성됨이 없다. 완성이란 종료를 의미하는 것이고 종료되었다는 의미는 이미 큰 그릇이 아니라는 뜻이다. 그렇기에 '온전히 다 이루는 것'이 아니라 '끝없이 끝까지 그걸 해나가는 게 진정한 큰 그릇'이라고 표현하는 것이 맞다. 일단 완성되면 더 이상의 성장은 없고, 크다 작다는 것도 상대적이기에 더 이상 큰 그릇도 아니기 때문이다. 이 대기면성은 도덕경의 첫 문장인 '도가도 비상도 명가도 비상명道可道 非常道 名可名 非常名', 즉 도라 말할 수 있는 도는 영원한 도가 아니고 이름 붙일 수 있는 이름은 영원한 이름이 아니라는 말과 일맥상통한다.

노자의 사상은 물 흐르듯 자연스러우면서 결코 어느 지점에서 막히는 법이 없다. 이 점에 비춰볼 때 노자가 도덕경에서 말하는 것은 대기면성이라고 해석하는 것이 옳다. 큰 그릇은 늦게 만들어진다는 말은, 어느 정도 시간이 지나면 결국에는 큰 그릇이 완성된다는 의미다. 노자의 사상은 그침이 없다. 계속 흘러간다. 불통이 아니라 계속해서 진행되고 통해야 한다. 또한 계속해서 변해야 한다. 그러한 노자의 사상을 토대로 그릇을 만드는 것을 생각한다면, 그 그릇은 계속해서 만들어져야 한다. 얼마나 큰지를 헤아릴 수 없을 정도의 그릇이다. 그런 그릇이 큰 그릇이다.

여기서 말하는 그릇을 만드는 과정이 바로 학습하는 과정이고, 인간으로서 큰 덕을 갖추기 위한 수양의 과정이다. 노자가 말하는 대기면성이라는 글자 안에는 평생학습을 해야 하고, 중단 없이 학습해야 한다는 의미가 내포되어 있다. 자기 수양을 멈추는 것은 자만을 의미한다. 또 자기가 이미 다 배웠다고 말하는 이는 진정한 지식인이 아니다.

흔히 아는 영역 밖은 모르는 영역이라고 말한다. 즉 아는 영역이 넓어지면 넓어질수록 모르는 영역도 넓어진다. 다시 말해서 아는 것이 많다는 것은 모르는 것이 그만큼 많음을 의미한다. 이처럼 알수록 모르는 것이 더 많아지기에 평생학습을 해야 한다.

공부를 잘하는 학생은 계속 공부한다. 시험 기간인데도 공부를 하지 않는 학생들은 시험 범위를 모두 공부해서 더 이상 공부할 것이 없다고 말한다. 그들은 시험범위만 공부하면 시험공부를 다 했다고 생각한다. 그러다 보니 조금이라도 문제가 응용되어 출제되면 시험 범위 밖에서 문제가 나왔다고 항변하기도 한다. 그런데 공부를 잘하는 학생은 시험 보는 순간까지 시험 준비가 부족했다는 생각을 가지고 시험에 임한다.

그들은 공부를 할수록 모르는 것이 태반이라는 것을 알기 때문이다. 이처럼 아는 것이 많으면 모르는 것이 많아지고 아는 것이 없으면 모르는 것도 적어진다. 그렇기 때문에 배우고 익히지 않는 사람들은 자기가 무엇을 모르고 무엇을 더 배워야 하는지를 몰라서 배우고 익히지 못한다. 하지만 계속 공부하는 사람들은 공부하면서 자기가 무엇을 모르는지를 스스로 발견한다.

예컨대 나는 독서할 때 딱히 다음에 읽을 책을 정해 놓지 않는다. 책을 읽다 보면 진정으로 자기가 부족한 것이 무엇인지를 책을 통해서 알게 된다. 또 다음에 무슨 책을 읽을 것인가에 대한 문제를 책을 읽는 과정에서 발견한다.

앞서 대기면성에서 말하는 바와 같이 계속 배우고 익히기 위해서는 계속해서 자신의 무지를 깨달아야 한다. 그것이 학습을 계속하게 하는 계기가 된다. 극단적으로 말해서 자기가 다른 사람보다 많이 알고 있고 자기가 전부를 알았다고 생각하는 사람은 계속 공부하지 않는다. 그래서 학창시절이 끝나면 그것으로 공부가 끝났다고 생각하고 책과 담을 쌓는 사람들이 많다. 우리나라 사람들의 인당 연평균 독서량이 두 권이라는 것이 이를 방증한다. 이는 참으로 심각한 문제가 아닐 수 없다.

대기면성이 말하는 것처럼 큰 그릇을 만드는 것은 멈춤이 없어야 한다. 그렇다면 작은 그릇을 만들기 위해서는 멈춰도 되는 것일까? 일반적으로 사람들은 일부러 작은 그릇을 만들려고 하지 않는다. 누구나 많이 알고 싶고 많은 것을 배우는 큰 그릇이 되고 싶어 한다. 그런데도 누구나가 큰 그릇을 만들지 못하는 이유는 자기 스스로 자기 능력의 한계를 정해서 그 한계를 뛰어 넘으려고 하지 않기 때문이다. 그런데 더 크게 성장하기 위해서는 한계를 뛰어 넘는 노력을 해야 한다. 그래야 비로소 무한한 지식의 세계를 맛볼 수 있다.

사람은 태어나서 죽을 때까지 계속 배우고 익혀야 한다. 바다에서 제일 큰 식인상어는 한시도 머무르거나 정지하지 않는다. 계속해서 헤엄치고 계속 움직인다. 마찬가지로 학문하는 사람은 계속해야 한다. 아무리 많은 기간 학습하고 반복해서 익힌 것도 계속해서 복습하지 않으면 에빙하우스의 망각 곡선이 말해주듯 망각하게 되어 있다. 그러므로 우리의 기억을 믿지 말아야 한다. 한 번 보고 두 번 보고 자꾸만 보고 또 봐야 한다. 그래야 계속하게 된다. 눈에서 멀어지면 마음에서도 멀어진다. 그러므로 계속 학습하기 위해서는, 배우고 익혀야 한다는 사실 자체를 잊지 않기 위한 자기만의 특별한 비결을 가지고 있어야 한다.

마치 와신상담에 등장하는 부차가 자기 부친 합려를 죽인 구천을 잊지 않기 위해 매일 가시나무 위에서 자면서 자기에게 부친을 죽인 사람을 잊지 않았냐고 물어보는 신하를 곁에 두고, 월나라 구천이 오왕 부차에게 원수를 갚기 위해서 쓸개를 씹으면서 치욕을 되새겼듯이 자기가 계속 공부하기 위해서는 그러한 계기를 마련해야 한다. 왜냐하면 작심삼일이라는 말이 있듯이 일정한 시일이 지나면 공부해야 한다는 사실 자체를 잊고 지내기 때문이다. 그러므로 계속 학습의 끈을 놓지 않기 위해서는 자기 스스로 자기를 자극해야 한다. 또 항상 자기를 벼랑 끝으로 내몰아야 한다.

누우면 자고 싶은 것이 인간의 본능이다. 먹고 살 만하면 사람들은 애써 고생해서 공부할 필요가 없다고 생각한다. 그러므로 항상 추운 곳에 거해야 하고 항상 자기가 밑바닥 생활을 해야 한다. 또 낮은 곳에 거하여서 치졸한 꼴을 당해 봐야 항상 배우고 익혀야 한다는 사실을 망각하지 않는다. 그래야 평생학습 하는 평생학도가 된다. 사람은 태어나서 죽을 때까지 학생의 신분으로 사는 존재임을 잊지 말아야 한다.

하늘 끝까지 다다른 용

사람이 학습해서 성장하는 과정에는 일정한 단계가 있다. 무슨 일이든 초보가 있고 그 초급 단계에서 중급이 되고 중급을 넘어서면 고급 단계에 이르는 등 초보에서 전문가로 이르는 단계가 있다. 아울러 식물이 성장하는 과정에도 씨를 뿌리는 시기가 있고 열매를 맺는 시기가 있으며 수확하는 시기가 있다. 사람도 마찬가지다. 소년기를 거쳐 청년이 되고, 청년기를 거쳐 중년이 되며, 중년을 넘어서 노년기에 접어들게 된다. 이처럼 모든 만물은 탄생에서 성장기를 거쳐 황금기를 지나 쇠퇴기에 접어들게 마련이다.

주역에 '항룡유회亢龍有悔'라는 말이 있다. 이 말은 주역 건괘의 육효의 뜻을 설명한 효사에 나오는 말이다. 주역의 건괘는 용이 승천하는 기세로 기운을 표현하고 있는데 그 첫 단계가 잠룡潛龍 단계로 용이 연못 깊숙이 잠복해서 덕을 쌓으며 때를 기다리는 단계다. 그 다음은 현룡現龍 단계로 용이 땅 위로 올라와 자신을 드러내는 단계다. 그 다음 단계는 비룡飛龍으로 제왕의 지위에 오르는 단계다. 이 세 단계를 거쳐 절정의 경지에 이른 용이 항룡亢龍이며 하늘 끝까지 다다른 용을 말한다.

공자孔子는 "항룡은 너무 높이 올라갔기 때문에 존귀하나 지위가 없고, 너무 높아 교만하기 때문에 자칫 민심을 잃게 될 수도 있으며, 남을 무시하므로 보필도 받을 수 없다."라고 했다. 여기에서 항룡의 지위에 오르면 후회하기 십상이라는 '항룡유회'라는 말이 유래됐다. 즉, 일을 할 때에는 적당한 선에서 만족할 줄 알아야지 무작정 밀고 나가다가는 오히려 일을 망치게 된다는 뜻이다.

배움에 있어서도 이와 같은 성장 과정을 거친다. 잠룡에서 현룡 그리고 그 현룡에서 비룡에 이르기 위해 가장 필수적으로 해야 하는 것은 학습이다. 배우고 익히는 과정을 지나야 등용문에 이른다. 또 항룡의 단계에 이르렀다면 스스로 조심해야 한다. 벼가 익을수록 고개를 숙인다는 말에는 벼가 잘 익어야 고개를 숙일 수 있다는 말이기도 하다. 이처럼 벼가 익어야 자연히 고개를 숙이듯 자연히 겸손하게 머리를 숙일 수 있는 수준에 이를 때까지 성장하기 위해서라도 계속 학습해야 한다.

수守파破리離, 알아야 좋아진다

무엇이든 배우고 익히는 데에는 단계가 있다. 무조건 알려고 한다고 해서 알아지는 것이 아니다. 어떤 경우에는 자기가 원하는 실력을 얻게 될 것이라는 야망과 욕심을 가지고 배우려고 해도 자기 뜻대로 되지 않는 것이 배움의 길이다. 그러한 과정에서 오래도록 배움과 동행하기 위해서는 알고 배우고 익히는 것을 좋아해야 하고 그것을 온전히 즐겨야 한다. 그래야 좋아하는 단계를 거쳐 즐기는 단계에 이르게 된다.

일반적으로 사람들은 자기가 전혀 모르는 것에는 흥미를 느끼지 못한다. 알면 재미가 있고 즐길 수 있지만 알지 못하면 그것을 충분히 즐길 수 없다. 축구 경기를 즐기려고 해도 축구 규칙을 모르면 즐길 수 없다. 또 골프 규칙을 모르는 사람은 골프 경기를 봐도 잘 모른다. 규칙과 경기 방법을 잘 모르기 때문이다. 그래서 즐기기 위해서는 먼저 알아야 한다. 뭐든 아는 것이 중요하다. 일단 알아야 좋아할 수 있고 좋아하는 단계를 넘어서야 즐길 수 있다.

무예를 연마하는 사람들은 고수가 되기 위한 배움의 단계를 수, 파, 리로 나눈다. 첫 번째 단계인 '수守'는 "가르침을 지킨다."라는 의미로 스승이 가르쳐준 기본을 철저하게 연마하기 위해 지루한 반복을 거듭하는 단계다. 두 번째 '파破'는 원칙과 기본기를 바탕으로 자신의 개성에 따라 독창적인 응용 기술을 창조하는 단계다. 마지막 단계인 '리離'는 모든 것에 얽매이지 않고 새로운 신기의 세계로 입문하면서 스승과 이별하는 단계다. 다시 말해 스승보다 나은 제자라는 청출어람青出於藍의 단계로 도약하는 단계가 리다. 처음에는 무예를 수련하고 나중에는 그것을 응용하며 나아가 자기만의 남다른 무예를 몸에 익히는 단계에 비유할 수 있다.

배우고 익힘에 있어서는 수의 단계와 파의 단계 그리고 리의 단계 등 어느 한 단계도 소홀히 할 수 없다. 우선 처음에는 수의 단계에서 기초적이고 기본적인 지식을 길러야 한다. 그리고 그것을 응용해서 여러 방면의 경험을 취해야 하고 그 경험과 지식을 토대로 자기만의 독특한 기술을 연마하는 것이 고수가 되는 길이다. 동물적인 감각과 촉이 자기도 모르는 사이에 발달하고, 감히 남들이 함부로 근접할 수 없을 정도의 카리스마를 가지게 되는 단계에 이르러야 진정으로 배우고 익히는 고수의 반열에 오른 것이다. 그런 단계에 오르면 실력이 시간이 지나도 롤러코스트를 타지 않고 일정한 수준을 유지하게 된다.

6시그마 이론

일에 대한 목표를 달성하는 여정에서 목표를 달성하려면 과욕을 부리지 말아야 한다. 그렇다고 해서 너무 낮은 목표를 설정하여 행동하는 것은 바람직하지 않다. 예컨대 궁사가 과녁을 향해 활시위를 당길 때 비교적 화살을 높은 곳을 향해 조정하는 것과 마찬가지로 목표를 설정할 때는 도전적인 목표를 정해야 한다.

6시그마 이론을 보면, 3퍼센트의 개선은 어려워도 30퍼센트의 개선은 쉽다는 말이 있듯이 목표를 높게 잡으면 환골탈태의 위기감을 갖게 되어 완전히 판을 바꾸려는 시도를 하게 된다. 아울러 목표를 높게 잡되 그 목표를 일시에 이루려고 하기보다는 시나브로 이뤄가야 한다. 일확천금을 노려서 단박에 많은 돈을 번 사람이 쉽게 패망하는 이유는 증가한 돈의 액수 대비 인격적으로나 가치관이 나아지지 않았기 때문이다. 즉 돈이 증가하면 그 만큼 늘어난 돈을 관리할 수 있는 역량이 있어야 하고 부화뇌동하지 않고 평상심을 유지할 수 있을 정도로 돈에 대한 철학과 가치관이 수반되어야 한다. 그래야 큰 액수의 돈을 잘 관리할 수 있다.

마찬가지로 목표를 달성해 가는 과정에서 너무 과욕을 부리면 한계 상황에 부딪혔을 때 쉽게 포기하는 우를 범할 수 있다. 그러므로 사냥꾼이 사냥감을 서서히 몰다가 어느 순간 급습해서 사냥감을 포획하듯, 목표를 달성하는 과정도 그렇게 전개해야 한다. 그래서 일정한 시점이 되고 그 목표를 달성할 수 있는 결정적인 순간에 전광석화처럼 목표물을 사로잡아야 한다.

'물극필반物極必反'이라는 말이 있다. 물의 전개가 극에 달하면 반드시 반전한다는 뜻이다. 이 말에는 흥망성쇠는 반복되므로 어떤 일을 할 때 지나치게 욕심을 부려서는 안 된다는 의미가 담겨 있다. 이 말을 잘못 해석하면 극에 달할 필요가 없고 그냥 중간 정도만 가는 것이 좋을 것이라는 생각을 하게 된다. 어차피 정상에 오르고 극에 달하면, 결국은 항롱유회와 같이 후회를 하게 되고, 물극필반에서 말하는 것처럼 하향길을 걸어야 한다고 생각한다. 그러면서 그렇게 서둘러서 정상에 오를 필요가 없다는 결론에 이르게 된다. 그 말도 일리는 있다. 하지만 그렇게 생각하면 목표를 달성하려는 악착같은 오기가 생기지 않는다. 물론 목표 없이 되는 대로 사는 편이, 오히려 목표에 대한 스트레스를 느끼지 않고 안정되게 생활할 수 있다는 점에서 나을지도 모른다.

목표를 이뤄가는 과정에서 가장 중요한 것은 끊임없이 노력하는 열정이다. 즉 목표에 이르는 과정을 온전히 즐기는 것이 중요하다. 또 목표를 이뤘다면 그것은 마침이나 종료가 아니며 새롭게 시작하는 첫 단계라고 생각해야 한다. 아울러 또 다른 시작을 알리는 신호탄이라고 생각하면 물극필반의 논리에 휩쓸리지 않을 것이다.

물극필반은 목표를 향해 주변을 돌아보지 않고 오직 목표에 중독된 삶을 사는 사람들에게 경각심을 주기 위한 문구라는 생각도 든다. 또 정상에서 밀려나도 너무 애석해하지 말고 그것이 순리라고 생각하며 받아 들여야 한다는 삶의 교훈을 내포하고 있다. 물극필반이 주는 의미가 바로 여기에 있다.

극에 달하기에 극에 달하지 않으려고 하고 극에 달해 봤자 결국은 쇠퇴하니 중간만 가는 것이 좋다는 식으로 접근한다면 극에 달하는 경험을 맛보지 못하고 인생을 마감하게 된다. 이는 불행한 일이다. 아울러 누구나 쇠퇴하지만 누구나 극에 달하는 것은 아니다. 선택된 사람만이 극에 달할 수 있으며 극에 달하는 정도에 이르는 데까지 열정적으로 피나는 노력을 한 사람만이 극에 달하는 기쁨을 누릴 수 있다. 아울러 정상에 올랐다고 너무 자만하거나 방만하게는 지내지 말라. 시간이 지나면 언제든지 그 자리에서 내려와야 하므로 높은 곳에 있을 때 내려올 것을 생각해야 한다. 이것이 물극필반이 주는 교훈이다.

옛사람의 찌꺼기

'괄목상대刮目相對'는 눈을 비비고 본다는 뜻이다. 이 말은 중국 오나라의 노숙과 여몽 사이의 고사에서 나온 말로 눈을 비비고 다시 보며 상대를 대한다는 뜻으로 얼마 동안 못 보는 사이에 상대가 비약적으로 발전했다는 것을 뜻한다.

삼국시대 초, 오왕 손권의 신하 장수 중에 여몽呂蒙이 있었다. 그는 무지했으나 전공을 쌓아 장군이 되었다. 어느 날 독서할 겨를이 없다는 여몽에게 손권은 자신이 젊었을 때 글을 읽었던 경험과 역사와 병법에 관한 책을 계속 읽고 있다고 하면서 "후한의 황제 광무제는 변방일로 바쁜 가운데서도 손에서 책을 놓지 않았으며, 위나라의 조조는 늙어서도 배우기를 좋아하였다."라는 이야기를 들려주었다. 그래서 여몽은 싸움터에서도 학문에 정진하였다. 얼마 후 노숙이 여몽을 찾아가 대화를 나누다가 박식해진 여몽을 보고 놀랐다. 노숙이 여몽에게 언제 그만큼 많은 공부를 했는지 묻자 여몽은 "선비가 만나서 헤어졌다가 사흘이 지난 뒤 다시 만날 때는 눈을 비비고 다시 볼 정도로 달라져야만 한다."라고 말했다. 여기에서 유래된 말이 괄목상대다.

위의 이야기에 등장하는 여몽처럼 괄목상대할 만한 사람이 되기 위해서는 꾸준히 배우고 익혀야 한다. 배우고 익히는 방법 중 제일 좋은 방법은 사람과 자연을 통해서 배우는 것이다. 그 다음으로 좋은 방법은 책을 통해서 배우는 것이다. 책으로 배우면 선인들의 지혜도 얻을 수 있고 간접적인 경험을 할 수 있는 이점이 있다. 하지만 책을 읽고 생각하지 않으면 의미가 없다. 책을 읽고 생각하고 계획하여 실천해야 비로소 성장과 진화를 거듭할 수 있다. 아울러 책만 끼고 책방에 갇혀 있는 것은 반쪽짜리 지식을 얻는 것에 불과하다.

우리가 공부하는 목적은 지식을 쌓는 데 있는 것이 아니라 그러한 지식을 생활에 적용하여 지혜를 기르는 데 있다. 즉 지혜가 되지 않는 지식은 무의미하다. 그렇다. 우리가 지식을 쌓는 목적은 그것을 이용하여 삶을 지혜롭게 살기 위해서다. 그러한 지식은 쉽게 쌓이는 것이 아니라 퇴적층이 형성되듯 오랜 기간 숱한 지식과 경험이 함께 어우러져 형성된다. 말하자면 많은 지식을 섭렵했다고 해도 그것을 생활의 표준으로 삼기 위해서는 많은 시행착오를 겪어야 한다. 그러한 시행착오로 인해서 생기는 것이 자기의 진짜 실력이고 그러한 실력을 가진 사람들이 롱런한다.

행동하지 않고 실천이 가미되지 않는 배움의 어리석음을 일컫는 우화가 있다. '감고질서甘苦疾徐'라는 고사성어가 등장하는 우화다.

제나라의 환공이 어느 날 책을 읽고 있는데 윤편이 수레바퀴를 깎아 만들고 있다가 환공에게 무슨 책을 읽느냐고 물었다. 환공이 성인의 말씀을 읽는다고 말했다. 그러자 윤편이 환공에게 성인이 살아 있느냐고 물었다. 환공이 성인은 벌써 죽었다고 말했다.

윤편은 환공이 읽는 것은 옛사람의 찌꺼기라고 말하면서 이유를 이렇게 말했다.

"저는 제 일의 경험으로 보건대, 수레를 만들 때 너무 많이 깎으면 깎은 구멍에 바퀴살을 꽂기에 헐거워서 튼튼하지 못하고 덜 깎으면 빡빡하여 들어가지 않습니다. 더 깎지도 덜 깎지도 않는다는 일은 손짐작으로 터득하여 마음으로 수긍할 뿐이지 입으로 말할 수가 없습니다.

거기에 비결이 있는 겁니다만 제가 제 자식에게 깨우쳐줄 수 없고 제 자식 역시 제게서 이어받을 수 없습니다. 그래서 70인 이 나이에도 늘 그막까지 수레바퀴를 깎고 있는 겁니다. 옛사람도 그 전해줄 수 없는 것과 함께 죽어 버렸습니다. 그러니 전하께서 읽고 계신 것은 옛 사람들의 찌꺼기일 뿐입니다."

이 이야기에 등장하는 윤편은 마음으로 느낄 뿐 입으로는 말할 수 없는 몸이 기억하는 지식에 대해서 이야기를 한 것이다. 그것은 글이나 말로 설명해서 전수할 수 있는 것이 아니고 실제로 해봐야 한다. 이론적으로 전수가 불가능한 것이다. 이것을 노하우 혹은 암묵지暗默知라고 한다. 암묵지는 학습과 경험을 통하여 개인에게 체화되어 있지만 겉으로 드러나지 않는 지식을 말한다. 문서 등에 의하여 표출되는 명시지明示知에 상반되는 개념이다. 오랜 경험이나 자기만의 방식으로 체득한 지식이나 노하우가 암묵지다. 명시지는 이러한 암묵지의 기반 위에서 공유되는 것이며, 암묵지가 형식을 갖추어 표현된 것이라고 할 수 있다.

말로 표현할 수 없는 암묵적인 지식을 몸에 익혀야 한다. 머리로 이해해서 말로 표현되는 기술은 누구나 모방이 가능하다. 하지만 몸으로 익힌 기술은 눈으로 보고 귀로 들어도 잘 따라 할 수 없다. 같은 재료에 똑같은 양념을 넣고 버무려도 다른 맛을 내는 김치처럼 모든 일에는 그 사람만의 특유의 맛이 있다. 그것이 손맛이든 정성이든 간에 사람마다

편차가 있다. 그 편차가 바로 자기만의 노하우다. 이제부터 머리로 아
는 지식이 아니라 몸이 아는 지식과 지혜를 단련하는 데 주력하자. 정
말로 알짜 지혜는 머리가 아닌 몸으로 기억하는 것이다. 그것은 옆에서
빤히 지켜보고 있어도 훔칠 수 없는 기술이고 그 사람이 없으면 결코 구
현할 수 없는 기술이다. 우리는 이런 사람들을 달인이라고 말한다. 그
렇다. 이왕 배우고 익히는 것이라면 달인에 버금가는 사람이 될 때까지
몸으로 배우고 익히자.

양 날개를 펴는 데 걸리는 시간

배우고 익히는 기간으로 최소 3년은 잡아야 한다. 흔히 말하기를 회
사에 입사하면 3년은 신입사원이라고 생각하면서 생활하라고 말한다.
1년차는 환경에 적응하는 기간이고, 2년차는 업무에 적응하는 기간이
며, 3년차는 회사에서 함께 생활하는 사람을 알아가는 과정이다. 회사
에 입사해서 3년 정도는 경험해야 회사 환경에 충분히 적응하게 되고
회사 일이 어떤 흐름에 의해 흘러가고 있으며 사람들이 어떤 성향인지
를 어느 정도 알게 된다. 3년 정도 해봐야 회사가 어느 방향으로 어떻
게 움직이며 누가 어떠한 영향력을 가지고 있는지를 보는 눈이 생긴다.
그래서 기업에서는 3년을 신입사원 연수기간으로 정해서 집중적으로
관리하고 있다.

그런데 대부분의 경우 신입사원들이 회사에 입사하면 3년을 못 넘기
고 퇴사하는 경우가 많다. 3년을 넘긴 직원은 오래도록 근무한다. 3년

이 고비다. 그 3년을 잘 넘겨야 한다. 마찬가지로 학문을 함에 있어서도 3년을 최소한의 기간으로 정해야 한다. 그래서 기초를 닦아야 하고 더 높이 성장하기 위한 토대를 마련해야 한다. 그 기간이 기본기를 다지는 기간이다. 그런데 많은 사람들이 속전속결로 처리하려고 한다. 또 다 자라지 않는 모가 빨리 자라도록 발묘조장拔苗助長을 하는 경향이 있다. 그렇다고 대기만성이라며 너무 긴장을 늦추고 오래도록 하는 것이 능사는 아니다.

가급적 3년을 최소한의 기간으로 잡아 자기의 생활 습관을 바꾸려고 해야 한다. 우리 인간의 몸에 있는 세포는 약 120조 개다. 그 세포는 3년이 지나면 새로운 세포로 치환된다. 결과적으로 3년이 지나면 어제의 내가 아닌 새로운 내가 되는 것이다. 3년이라는 기간이 지남으로써 환골탈태를 하는 것이다. 그러므로 자기의 옛 악습을 버리고 새로운 습관을 가진 사람이 되기 위해서는 그 습관이 몸에 체화되는 기간이 최소한 3년임을 알고 접근해야 한다. 아울러 말콤 글래드웰Malcolm Gladwell이 주장하는 1만 시간의 법칙The 10,000 Hours Rule을 간과하지 말아야 한다.

내가 어릴 적에는 무슨 일이든 그 분야에서 10년을 수련하면 최고의 전문가가 된다는 말을 많이 했다. 그런데 지금은 10년이 되어도 특별하게 남보다 잘하는 전문가라고 불리는 사람들이 많지 않다. 그 분야에서 평균 30년이 넘은 사람들도 수두룩하다. 과거에는 장기근속이 자랑이고 오래도록 근무하는 평생 직업을 가진 것이 자랑이었는데 지금은 아니다. 오히려 지금은 언제 어느 때 그 자리에서 밀려날지 걱정하는 사람들이 대부분 장기근속자다.

사회적으로도 한 분야에서 오래 경험한 사람을 우대하는 문화라기보다는 저임금 고성과를 추구하려는 기업경영방침으로 인해 그런 사람들의 조기 퇴사를 원하는 기업들이 점점 늘고 있다. 심지어는 신입사원에게도 희망퇴직을 권유하는 회사도 있다. 그럼에도 불구하고 3년의 법칙은 지켜져야 한다. 설령 다재다능해도 3년의 기간 동안 기본기를 튼실하게 다지고 더 나아가 어떻게 미래를 열어갈 것인지에 대한 계획을 세워야 한다.

'불비불명不飛不鳴'이라는 말이 있다. 이 말은 재능이 있는 자가 재능을 발휘할 때를 기다린다는 뜻이다.

제나라 위왕은 밤낮없이 주색잡기에 찌들려 정사를 거들떠보지도 않았다. 그래서 제나라는 언제 망할지 모를 위기에 처했다. 그런데도 신하들은 임금에게 목숨을 잃을까봐 감히 입바른 소리를 하지 못하고 전전긍긍하기만 했다. 어느 날 순우곤이 꾀를 내서 위왕이 좋아하는 수수께끼 맞추기로 임금에게 가르침을 주고자 했다.

"전하, 아주 큰 새가 대궐 뜰에 앉아 있습니다. 그런데 3년이 지나도록 날지도 않고 울지도 않습니다. 이것이 무슨 새입니까?" 위왕은 순우곤이 무슨 말을 하려는지 알아들었다. 잠시 생각하던 위왕은 이윽고 대답했다. "그 새가 비록 날지 않고 있을 뿐이지 한번 날개를 퍼덕이면 하늘까지 날아오를 수 있고, 비록 울지 않고 있을 뿐이지 한번 울면 세상 사람들을 경악하게 만들 것이오."

그것은 자기를 섣불리 판단하지 말라는 경고인 동시에 각오를 보인 말이었다. 아니나 다를까, 위왕은 72현의 영장들을 소집하여 행정을 하나하나 챙긴 뒤 잘한 사람에게는 벌을 주고 못한 사람에게는 상을 주었다. 그런 다음 군대를 점검하여 출정하였다. 위왕의 달라진 면모에

깜짝 놀란 제후들은 그동안 불법으로 차지한 성과 땅을 돌려주며 용서를 빌었다. 위왕은 3년 만에 날갯짓과 울음 한 번으로 모든 것을 되찾고 천하에 위엄을 떨쳤다.

3년의 준비 기간을 알차게 보내기 위해서는 그 기간 동안 이론을 배우든 사회에 나아가 실제로 경험을 쌓든 간에 이론과 경험을 함께 배우고 익혀야 한다. 또 배움과 익힘에 있어서 이론적인 지식이 뒷받침이 되어야 지속적인 진화가 가능하다. 경험과 지식만으로는 성장과 진화하는 데 한계가 있다. 또 아무리 이론적인 지식을 많이 알고 있어도 경험이 없으면 헛똑똑이에 불과하다. 경험을 해야 많은 시행착오를 줄일 수 있다. 경험과 지식이 있어야 이론 지식의 진화를 거듭할 수 있다. 경험과 이론은 새의 날개와 같다. 날개 한쪽으로는 날 수 없다. 그러므로 이론과 경험이라는 두 개의 날개를 펴는 기간을 최소 3년으로 잡아야 한다.

함께하는
학습

학습도 혼자 하는 것보다 여럿이 함께 하면, 다수의 개체들이
서로 협력하거나 경쟁을 통하여 얻게 된 지적 능력의 결과로
얻어진 집단적 능력을 더 높일 수 있다. 물론 깊이 있게 혼자
궁리하고 연구해야 하는 분야는 혼자 하는 것이 좋을 수 있지
만, 오래도록 호학 습관을 유지하기 위해서는 가능한 한 동문
수학하는 도반(道伴)과 함께 학습하는 것이 좋다.

소년등과 패가망신

　사람의 마음이라는 것은 참으로 간사하기 이를 데 없다. 돈이 없을 때
는 돈만 있으면 모든 것을 다할 것이라고 생각했다가도 막상 돈이 생기
면 그 돈을 아끼고 절약하기보다는 무의미하게 써 버린다. 또 입사할
때에는 회사에서 원하는 일이라면 무엇이든 군소리 없이 하겠다고 해
놓고 막상 회사에 들어가면 자기의 요구 조건에 합당하지 않으면 불평
불만을 토로한다. 그렇다. 무엇이든지 처음에 배울 때에는 잘 모르기에
겸손하고 조심스러운 태도로 임한다. 그러다 어느 정도 알게 되면 그

앎을 자랑하고 싶어서 안달이 나서 자만하고 더욱더 수준이 높아지면 이제는 자기보다 수준이 낮은 사람을 깔보는 경향이 있다. 그것이 사람의 본능이다. 그런데 배우고 익히는 사람들은 평생 학도라는 생각으로 항상 겸손한 생활을 해야 한다.

제나라의 장공이 어느 날 사냥을 갔는데 사마귀 한 마리가 다리를 들고 수레바퀴로 달려들었다. 그 광경을 본 장공이 부하에게 "용감한 벌레로구나. 저놈의 이름이 무엇이냐?"고 물었다.

부하는 "예, 저것은 사마귀라는 벌레인데 저 벌레는 앞으로 나아갈 줄만 알고 물러설 줄 모르며 제 힘은 생각지 않고 한결같이 적에 대항하는 놈입니다."고 하였다. 장공이 이 말을 듣고 "이 벌레가 만약 사람이었다면 반드시 천하에 비길 데 없는 용사였을 것이다."라고 말하고는 그 용기에 감탄하여 수레를 돌려 사마귀를 피해서 가게 했다. 이 이야기에서 유래된 말이 '당랑거철螳螂拒轍'이다. 이 말은 "사마귀가 수레바퀴를 막는다."라는 뜻으로 자기의 힘은 헤아리지 않고 강자에게 함부로 덤비는 것을 이른다.

한때 우스갯소리로 대학 중 가장 위대한 대학은 '들이대'라고 유행한 적이 있다. 잘 모른다고 뒤로 빠지기보다는 잘 몰라도 이왕 해야 하는 것이라면 무조건 들이대는 것이 실익이 많다. 하지만 무례하게 어쭙잖은 실력으로 아무 생각 없이 마구 들이대는 것은 득보다 실이 많다.

특히 요즘처럼 윤리적이며 도덕적인 인재를 선호하는 기업이 많아짐에 따라 이제는 자기가 처한 역할에 맞게 행동하는 것도 큰 자산처럼 다뤄지고 있다. 그렇다고 흙수저가 금수저가 되지 못한다는 것은 아니다. 태생이 흙수저라고 해서 언제까지 흙을 파면서 살 수는 없다. 원한다면 노력해서 금수저가 되려는 꿈을 가져야 한다. 그러한 과정에서 '소년등과 패가망신少年登科 敗家亡身'을 당하지 않으려면 항상 겸손하고 자기의 처지에 맞게 생활해야 한다. 특히 경쟁을 함에 있어서 경쟁 상대가 있다면 그 상대와 자기가 어느 정도 차이가 있는지를 학습해야 한다. 그래서 지피지기면 백전불태라는 손자병법의 지혜를 빌려 상대방을 이길 수 있는 힘을 비축할 때까지는 스스로 자숙하면서 자기만의 힘과 지략을 길러야 한다.

그렇지 않으면 송나라 학자 정이가 인생의 세 가지 불행 중 하나라 했던 '소년등과 패가망신'을 당하는 경우가 생길 수 있다. 그러므로 너무 잘 알고 자기가 힘이 있다고 상대방의 힘을 파악하지도 않은 채 자기 혼자서 오두방정을 떨다가는 쥐도 새도 모르게 꺾인다는 것을 알아야 한다. 그것도 자칫 상대를 잘못 만나면 기사회생의 여지도 남기지 않고 철저하게 짓밟히게 된다.

늙은 말의 지혜

앞서 말했지만 배우는 방법에는 자연과 사람, 그리고 책을 통해서 배우는 방법 등이 있다. 이 중에서 어느 것이 가장 좋은지는 몰라도 자연을 배울 때는 자연에서 배워야 하고 사회생활을 배울 때에는 사람을 통해서 배우는 것이 좋다. 단순히 책을 보면서 배우는 것이 최상은 아니다.

쉽게 성공하는 비결이 어디 있으랴마는 그래도 비교적 쉽게 성공하는 가장 좋은 비결은 자기보다 그 분야에서 뛰어난 사람이 하던 것을 본보기로 삼아 그 사람과 닮으려고 노력하는 과정에서 성공의 도를 배우는 것이다. 자기 혼자 공부하고 익히는 것보다는 자기가 가고자 하는 길을 먼저 갔던 사람의 경로를 따라 가다 보면 길을 잃지 않고 자기가 가고자 하는 방향에 이를 수도 있기에 그 사람의 행적을 본보기로 삼아 따라 하는 것이 좋다. 그런데 간혹 자기가 연장자보다 학벌이 높고 배운 것이 많다고 생각해서 연장자의 코칭이나 멘토링을 받지 않고 혼자서 하려고 하는 사람들이 적잖다. 바로 신세대들이다.

그들은 나이 먹은 사람들은 구시대라고 하고 아재라고 하면서 그 사람들을 도외시한다. 그러다 보니 직장에서는 젊은 사람들은 젊은 사람끼리 어울리려고 하고, 나이 든 사람들은 나이를 먹은 사람들끼리 어울리려는 경향이 있다. 그런데 배우고 익힐 때는 연장자를 우습게보지 않는 마음 자세가 필요하다. 연장자 역시 젊은 신세대들의 실력이나 재능을 무시하지 말아야 한다. 신세대들은 일을 시켜주지 않기에 못하는 것이다. 그러므로 과감하게 그들에게 기술을 전수해서 그들이 사회의 일원으로 톡톡히 한 몫을 다하도록 도와야 한다.

그런데 어떤 연장자들은 자기가 가진 기술을 젊은이들에게 전수해주면 자기의 설 자리가 없어진다는 이유로 업무 노하우를 전수하지 않으려고 하는 경우도 있다. 하지만 지금은 노하우라고 하는 기술은 거의 없다. 모든 것을 컴퓨터가 제어하는 자동화 형태의 작업을 하는 작업장이 많고 수리 고장 등은 사람이 해야 하는 기능적인 측면이 많아서 숙련과 기능이 필요할 뿐이다. 또 조업적인 기술은 대부분 자동화된 모델에 의해서 제어를 하고 있는 추세다.

이처럼 갈수록 더 노하우라고 하는 것들이 점점 사라지고 있다. 하지만 아직도 컴퓨터로 해결되지 않는 것들이 많다. 특히 업무적인 차원을 비롯한 모든 조직적인 차원에서 연장자의 역할이 그 어느 때보다 중요시되고 있다. 왜냐하면 SNS의 확산과 오프라인 미팅이 적어져서 이제는 상호 집단지성으로 인한 시너지 극대화 차원의 새로운 조직 문화를 형성해야 하기 때문이다.

연장자의 지혜를 말하는 성어로 '노마지지 老馬之智'가 있다. 이 말은 관중과 습붕이 환공을 따라 고죽국을 칠 때 봄에 가서 겨울에 돌아오다가 길을 잃었는데 늙은 말을 풀어 그 말을 따라와서 길을 잃지 않았다는 데에서 유래한 말이다

제나라 환공이 다른 나라를 정벌하고 귀국길에 올랐다가 산중에서 길을 잃었다. 모두가 진퇴양난에 빠져 추위에 떨고 있을 때 관중이 나서서 말하기를 "늙은 말은 본능적으로 길을 찾기 때문에 이런 때는 늙은 말의 지혜가 필요합니다."라고 말했다. 그러자 여러 신하들이 이 추위에 늙은 말이 어떻게 험한 산중에서 길을 찾겠느냐며 반대했지만 환공은 관중의 말을 받아들여 늙은 말 한 마리를 풀어놓았다. 결국 늙은 말은 온통 하얀 눈으로 뒤덮인 산중에서 자신의 코를 스쳐갔던 모든 후각과 지금까지 경험한 만 가지의 기억을 되짚어가며 마침내 옳은 길 하나를 찾아냈다. 그리고 전군이 늙은 말의 뒤를 따라 행군한 끝에 무사히 귀환할 수 있었다.

위기의 상황이나 어려운 상황에 처하면 돌아가신 아버지가 생각나고 어려운 문제에 봉착하면 스승의 얼굴이 떠오르게 마련이다. 조조가 적벽대전에서 패배하고 나서 자신의 천재 모사였던 곽가가 없음을 안타까워했듯이 어떠한 위기 상황이나 어려운 상황에 처하면 자기보다 훨씬

지혜로운 사람이 생각난다. 마찬가지로 세상이 어수선하고 향방을 찾을 수 없을 때에는 고전에서 해답을 구해야 한다. 또 일이 잘 안 풀리고 뭔가 일이 뜻대로 되지 않을 시에는 제일 먼저 기본으로 돌아가라는 말이 있듯이 연장자에게서 그간 자기가 행하지 못하던 것은 무엇이고 자기가 기본을 무시하고 행한 것은 무엇인가에 대한 조언을 들어야 한다.

배우고 익히는 사람으로서 연장자를 잘 섬기는 것은 부모와 자기보다 높은 상사를 예의 바르게 섬기는 것과 같다. 연장자를 잘 섬겨야 한다는 말에는 연장자의 행실과 그 언행을 본보기로 삼아 언행에 그릇됨이 없어야 한다는 것과 연장자로부터 삶의 지혜를 배우라는 뜻이 함축되어 있다.

배우는 사람이 가장 경계해야 하는 것 중 하나는 자기가 알고 있는 것을 너무 과신한 나머지 생각지도 않는 악수를 두는 것이다. 그러므로 너무 자기가 배운 것이 확실하다고 단언하고 다른 사람의 말을 듣지 않는 것을 경계해야 한다. 특히 뭇사람을 다스리는 조직의 수장들은 다른 사람의 말을 잘 경청해야 한다. 다른 사람의 말을 잘 듣는 것이 배우는 것이다. 자기 생각에 대한 확고한 신념을 가지고 자신 있게 행동하는 것도 중요하지만 자기의 선택 하나가 다른 사람들에게 미치는 영향이 크다고 생각할 때에는 선택에 신중을 기해야 한다. 자기의 선택으로 인해서 조직의 운명이 결정되고 그로 인해 조직원들의 운명에 영향을 초래하게 된다는 것을 항상 명심해야 한다. 그래서 조직에서는 원로나 고문을 두고 있다. 어렵고 힘들고 막막한 상황에 처했을 때는 그런 사람들의 고견을 듣는 것이 새로운 돌파구를 여는 단초가 될 수도 있기 때문이다.

정나라 사람 신발 사기

극심한 취업난으로 인해 많은 대학생들이 취업을 하기보다는 대학원에 진학하는 경우가 많다. 그러다 보니 현재 우리나라에 있는 박사 10명 중 4명은 백수라고 한다. 물론 취업이 중요한 것이 아니다. 배움의 끈을 놓지 않고 계속 배움의 길을 걷는 것이 중요하다. 하지만 작금의 시대는 그것도 정답이 아니다. 이제는 돈이 되는 지식을 배워야 하고 그것을 이용하여 사회발전에 어떻게든 헌신하고 이바지해야 한다. 그런 배움이 실용적인 배움이다.

돈이 되는 교육, 사회발전에 이바지하는 교육, 세상을 더욱 복되게 하는 교육을 받아야 한다. 그것이 실사구시와 이용후생의 실학사상에 입각한 교육이다. 그렇다고 해서 취업이 잘되고 돈이 잘 벌리는 것만 가르치면 편향적인 지식인을 양성하는 꼴이 된다. 다방면의 기술을 익혀야 하고 사회적 차원에서 여러 부분에서 골고루 조화와 균형을 이루는 인재 양성이 이뤄져야 한다. 취업이 잘되고 돈이 잘 벌리는 그런 지식에 국한하여 인재를 양성하는 것은 편향적인 인재양성으로 인해 사회발전에 불균형을 초래하는 원인이 될 수도 있다.

대학에서는 배우고 익히는 목적이 자기 안에 있는 덕을 밝히는 것이고 나아가 다른 사람에게 평화를 주고 국가 사회 발전에 이바지하는 데 있다고 말한다. 또 학문과 학습의 법전으로 통하는 논어와 대학에서는 배우는 것은 사람다워지는 것이고 더 나아가 자기가 가정과 사회에서 맡은 역할과 책무를 다하는 것이 좋은 배움이고 가장 큰 배움이라고 한다. 아울러 이에 더하여 돈이 되는 교육을 해야 하고 이왕 배우고 익혔다면 그것으로 돈을 벌어야 한다. 박사 학위를 취득했다면 최소한 박사 학위를 받을 때까지 투자한 비용이라도 뽑을 정도로 돈을 벌어야 한다. 더불어 백수로만 지내지 말고 무엇이든지 하면서 사회에 공헌해야 한다.

배우고 익힌 사람들이 가장 경계해야 하는 것은 자기가 배우고 익힌 것이 마치 세상에서 제일 좋고 최상의 것이라고 생각하는 태도다. 그러한 태도를 버리고 배우고 익힌 것은 단지 다른 일을 보다 효율적이고 효과적으로 하기 위한 힌트를 제공하는 차원의 참고치라고 생각해야 한다. 배우고 익힌 것이 전부가 아니다. 현장에서 벌어지는 많은 문제점을 해결하기 위한 하나의 수단에 불과하다. 그렇지 않고 자기가 배우고 익힌 것으로 인해서 사회적으로 발생되는 모든 문제를 해결하려고 하는 것은 어리석은 짓이다.

농사를 짓는 데는 농부가 최고이고, 씨름하는 데는 씨름 선수가, 축구는 축구 선수가 최고다. 운동선수가 운동을 잘한다고 해서 농부보다 더 농사를 잘 지을 수는 없다. 마찬가지로 배우고 익혔다고 해도 그것을 직접 경험하고 익힌 사람과는 대적할 수 없다. 아무리 이론적으로 풍부한 지식을 지니고 있어도 실제로 하는 것은 다르다. 즉 아는 것과 실행하는 것은 다르다. 그러므로 아는 것으로 모든 것을 해결하고 자기가 아는 것이 마치 모든 문제를 해결하는 만병통치약인 양 자랑하지 말아야 한다. 왜냐하면 경험보다 더 큰 지식은 없기 때문이다.

배우고 익히는 과정에서는 이론과 실제는 크게 다를 수밖에 없다. 진짜 지식은 글로 표현되지 않으며 말로 설명할 수 없다. 몸으로 기억해야 하는 것이다. 누구나 아는 지식이 아니라 실제 몸과 행동으로 익혀서 자기만이 아는 지식이나 혹은 자기도 도저히 어찌 설명하지 못하는 정도로 알고 있는 것들이 진짜 지식이다. 그런 지식은 다른 지식에 비하여 비싸다. 굳이 가치로 따지면 희소성이 높은 고급지식이라고 볼 수 있다. 그런 지식을 배우고 익혀야 한다.

그러기 위해서는 기계나 컴퓨터가 대신할 수 없는 분야를 공략해야 한다. 자기 지식과 이론적인 지식을 익혔다고 해서 그것대로 모든 것을 하려고 하는 것은 현실에 맞지 않다. 물론 처음에는 매뉴얼대로 해야 한다. 하지만 가장 이상적인 것은 현실에 처한 상황에 맞는 지식을 익히는 것이다. 매뉴얼과 이론적으로 학습한 것을 가지고 현실에 맞추려고 하기보다는 그것이 기반이 되어 현실의 문제를 해결해야 한다. 또 이론보다는 경험이, 이상적인 미래보다는 현실이, 책에 있는 상황보다는 현실의 상황에 맞는 실천이 이뤄져야 한다.

앞서 말한 바와 같이 고전을 성인의 찌꺼기라고 하는 것은 그 고전에서 얻어진 내용을 현실에 접목하지 않고 머리로만 이해했기 때문이다. 그러므로 그 고전을 읽었다면 그 고전에서 얻은 내용을 가지고 현실에 맞게 활용할 줄 아는 능력을 지녀야 한다. 또 배우고 익혔다면 그것을 현장에 적용시키는 과정에서 그 학문을 더 발전시켜야 한다. 오로지 정답이 하나라고 생각하고 그것에 치중한다면 별다른 발전을 이어갈 수 없다.

다원화된 시대, 쾌속의 시대, 무한경쟁의 시대, 속전속결의 시대다. 이제는 어제의 정답으로 오늘의 문제를 풀 수 없고, 오늘의 문제가 내일에는 어떤 문제가 되어 나타날지 아무도 예측할 수 없다. 이제는 어쩌면 많이 배우고 익힌 것이 위기일발의 시기에 신속하게 행동하지 못하게 하는 브레이크 역할을 할 수도 있다.

'정인매리鄭人買履'라는 말이 있다. 이 말은 "정鄭나라 사람이 신발을 사다."라는 뜻으로, '비현실적인 원리원칙에만 얽매여 융통성이 없음'을 이르는 말이다. 신발을 사려고 하는 정나라 사람이 있었다. 그는 시장에 도착했지만 발 치수를 적은 종이를 가지고 오는 것을 잊었다. "신발은 손에 들었지만 제가 발 치수를 적은 종이를 가져오는 것을 깜박 잊었네요."라고 말하고는, 즉시 그는 집으로 돌아가서 발 치수를 적은 종이를 가지고 다시 시장에 와보니, 시장은 이미 파해서 결국 신발을 사지 못했다. 한 사람이 물었다. "어찌 당신의 발로 직접 신어보지 않았습니까?" 그 정나라 사람은 대답했다. "저는 자로 잰 치수는 믿어도, 제 발은 믿을 수 없습니다."

자기가 앞뒤가 꽉 막힌 정인매리에 해당하는 사람이라면 온고지신溫故知新과 법고창신法古創新의 성어에 숨어 있는 뜻을 잘 헤아려야 한다. 그래서 배운 것을 현실에 적용하고 계속해서 새로운 것을 배워야 한다. 그렇지 않으면 지동설이 정답인데 자기 혼자만이 천동설이 정답이라고 우기는 상황에 처할 수도 있다. 그러므로 배우고 익히는 방식도 진화하고 사회도 국가도 계속해서 진화해야 한다.

우리는 어제 배운 것이 오늘에 부용지물이 되는 지식 변화의 시대에 살고 있다. 그러므로 배움에도 유행이 있다는 생각을 가지고 항상 주변 정보를 잘 접해야 하고, 자기가 무엇을 배우고 익혀야 하는지 혹은 향후 지식이 어떻게 진화될 것인지에 대한 예지력도 길러야 한다. 그럴 정도가 되어야 진정으로 배우고 익힌 것이라고 볼 수 있다.

꿈은 상상 아닌 열정으로

함부로 꿈을 꾸지 말아야 한다. 꿈이 있으면 그 꿈은 언젠가는 이뤄지게 되어 있다. 마치 나침반이 정북방향을 찾으려고 발버둥을 치듯이 사람은 꿈을 가지고 있으면 모든 관심의 영역이 그쪽으로 쏠리게 마련이기에 결국 꿈을 이루게 된다. 그러니 자칫 나쁜 꿈을 꾸었다가는 그 나쁜 꿈이 이뤄질 확률이 높기 때문에 꿈을 함부로 꾸지 말라는 것이다. 그리고 꿈은 혼자 꾸는 꿈보다는 여럿이 함께 꾸는 꿈이 이뤄질 가능성이 높다. 혼자 꾸는 꿈은 혼자 이뤄야 하기 때문에 다른 사람의 시기나 방해를 받을 수 있다. 그로 인해 그 꿈이 이뤄질 확률이 상대적으로 줄게 된다. 하지만 여럿이 함께 꾸는 꿈은 이루어진다. 왜냐하면 여럿이 꾸는 꿈은 주변에서 방해해도 단체로 움직이고 여러 사람이 방어막을 치고 있기 때문에 방해가 덜하다. 그 결과 꿈이 이뤄질 확률이 높기 때문이다. 백지장도 맞들면 낫다는 말이 있듯이 혼자 하기보다는 여럿이 함께하면 어려운 일이 생겨도 비교적 쉽게 할 수 있다. 또 자기 혼자서 힘들게 노력하면 큰 힘을 발휘하지 못하지만 여럿이 함께 힘을 모으면 그 힘이 폭발적으로 발휘되어 거센 물살과 같은 큰 힘이 된다. 그 꿈을 이뤄가는 과정에서 여론이 형성되고 세력이 형성되어 그 꿈이 이루는 것이 대세가 된다. 그리고 그로 인해 꿈을 이루는 길이 활짝 열리게 된다.

꿈이 있으면 그 꿈이 이루어진다는 말은 꿈을 이룬 사람들이 하는 말이다. 이제까지 꿈을 이룬 사람들은 모두가 처음에 꿈을 꾸었기에 그것을 이룰 수 있었다고 말한다. 아무 생각도 하지 않거나 꿈을 가지지 않는 상태에서 꿈이 이뤄진 경우는 없다. 그리고 그들은 어떤 형태로든 꿈을 이루기 위해 헌신적으로 노력했다.

우연히 이뤄지는 것은 없다. 이 세상의 모든 물건이나 제품은 그 누군가의 발명품이다. 라이트 형제가 하늘을 날기 위해서 비행기를 만드는 노력을 했듯이, 항상 사람들은 무엇인가를 만들려고 상상했고 그러한 상상이 현실로 이뤄져서 현재 우리가 쓰는 것들이 만들어진 것이다.

'유지경성有志竟成'이라는 말이 있다. 유지경성은 "뜻이 있어 마침내 이루다."라는 뜻으로 이루고자 하는 뜻이 있는 사람은 반드시 성공한다는 것을 비유하는 고사성어다. 이 말은 중국 후한의 광무제와 수하 장수 경엄의 고사에서 유래되었다. 경엄은 원래 선비였는데, 무관들이 말을 타고 칼을 쓰며 무용을 자랑하는 광경을 본 뒤로 자신도 장차 대장군이 되어 공을 세우고자 마음먹었다. 나중에 광무제가 된 유수가 병사를 모집한다는 소식을 듣고 달려가 그의 수하가 된 뒤로 많은 전투에서 승리를 거두었다.

경엄이 유수의 명을 받고 장보의 군대를 치러 갔을 때의 일이다. 당시 장보의 군대는 전력이 상당히 두터워 공략하기 어려운 상대였다. 장보는 요처에 병사들을 배치하고 경엄을 맞아 싸웠지만 얼마 지나지 않아 수세에 몰렸다. 이에 장보가 직접 정예 병사들을 이끌고 공격하였다. 어지럽게 싸우는 가운데 경엄은 적군의 화살을 맞아 다리에서 피가 철철 흐르고 통증도 심하였다. 그러자 경엄의 부하가 잠시 퇴각한 뒤에 전열을 가다듬어 다시 공격하자고 권하였다. 그러나 경엄은 "승리하여 술과 안주를 갖추어 주상을 영접하여야 마땅하거늘 어찌 적을 섬멸하지 못하고 주상께 골칫거리를 남겨 드릴 수 있겠는가?"라고 말하고는, 다시 군대를 이끌고 장보를 공격하였다. 장보는 마침내 패하여 도망쳤다. 유수는 경엄이 부상을 당하고서도 분전하여 적을 물리친 것을 알고 매우 기뻐하였다. 유수는 경엄을 칭찬하여 "장군이 전에 남양에서 천하를 얻을 큰 계책을 건의할 때는 아득하여 실현될 가망이 없는 것으로 여겼는데, 뜻이 있는 자는 마침내 성공하는구려."라고 칭찬했다. 이 고사는 후한서의 경엄전에 실려 있다. 여기서 유래하여 유지경성은 뜻을 올바르게 가지고 그것을 이루기 위하여 꾸준히 노력하면 반드시 성취할 수 있음을 비유하는 고사성어로 사용된다.

많은 사람들이 꿈을 단순히 무형의 정신적 자원으로 생각한다. 하지만 꿈이라는 것은 유형의 자원이다. 그래서 꿈을 설계도 혹은 미래의 청사진이라고 말한다. 조직에서는 이것을 비전이라고 하고, 개인적으로는 이것을 목표나 꿈이라고 한다. 이 꿈과 목표가 있을 때 그것을 이루기 위한 관심과 에너지가 생겨서 그것을 이루고자 열정을 불태우게 된다. 또 어디로 갈 것인가에 대한 방향이 명확하게 설정되었다는 것에도 목표가 주는 의미가 있다. 그리고 목표가 있다는 것은 내가 가진 재원을 향후 목표에 집중하겠다는 의지의 표현이기도 하다.

꿈이라는 것은 이루려고 꾸는 것이다. 단순히 꿈은 허상이고 상상이며 허영심과 부푼 상상만을 주는 것이라고 생각하지 말아야 한다. 우리가 건강한 육체를 유지하기 위해서는 건강식품과 영양제를 섭취해야 하듯이 희망차고 보람된 영혼을 유지하기 위해서는 꿈이라는 약을 먹어야 한다. 그 꿈이라는 약이 희망과 기쁨과 평화와 행복한 활력을 주는 가장 좋은 약이다. 꿈처럼 좋은 기분과 희망과 보람과 열정을 불러일으키는 약은 없다. 그래서 꿈과 목표를 가지면 그것이 이뤄진다고 막연하게

강한 내가 되는 습관

생각하는 사람도 적잖다. 하지만 꿈을 꿀 때 가장 경계해야 하는 것은, 바로 꿈이 있다고 자만하거나 허황된 생각에 사로잡히지 말아야 한다. 예컨대 현재 하는 일에 최선의 노력을 다하지 않고 그저 로또가 당첨되기만을 기다리는 것처럼, 큰 꿈을 꾸고 마치 자기가 그 꿈을 이룬 것 같은 착각 속에서 지내는 경우가 있는데 그것을 경계해야 한다.

꿈을 이뤄가는 비결은 노력과 도전과 희생에 있다. 그냥 꿈을 꾸었다고 그것이 달성되지 않는다. 자기가 힘써 노력하고 열정을 다해야 꿈이 현실이 된다. 꿈과 꿈이 이뤄지는 현실과 대체할 수 있는 것은 막연한 상상이 아니다. 애써 일하고 힘써 노력하고 열정을 다해 도전하는 행동이 꿈과 대체될 때 그것이 현실로 재현된다. 그렇게 이뤄지는 꿈이 튼튼하고 쉽게 무너지지 않는 삶의 금자탑이다.

악천후도 견디는 인내력

목표를 달성하기 위해서 나아가는 과정은 병사들이 전쟁에서 승리하기 위해서 전쟁터에 나아가는 과정과 같다. 이제는 보이는 적과 싸우는 것이 아니라 보이지 않는 적과 싸워서 이겨야 한다. 그러기 위해서는 그에 버금가는 실력을 갖추어야 하고 힘들고 어려운 상황에서도 쉽게 흔들리지 않을 정도의 힘을 비축해야 한다. 모든 일에는 위험의 크기에 상응하는 정도의 수익의 크기가 있다. 투자의 원리에 위험이 크면 클수록 투자 이익도 크다는 말이 있다. 그래서 위험을 감수하고서 투자하는 사람은 그 위험의 크기에 상응하는 이익을 얻기도 한다. 이처럼 목표를 향하는 여정에서는 악천후에도 견뎌낼 수 있는 인내력을 길러야 한다. 또 도전에 도전을 거듭하기 위해서는 단 한 번의 어려움에 쉽게 굴복하지 않을 정도의 힘을 가지고 있어야 한다. 즉 목표에 함몰되지 않고 목표 위에 서기 위해서는 목표에 짓눌리는 힘을 견뎌낼 수 있는 양력을 지녀야 한다.

대개의 경우 이길 수 있는 전쟁에서 패하는 경우는 상대방이 잘해서 진 것이 아니라 자기가 어처구니없는 실수를 해서 지는 경우가 많다. 자기가 잘해도 이길까 말까 하는 복잡미묘한 세상이다. 이런 환경일수록 주변 환경에 부화뇌동하지 않고 자기가 달성하고자 하는 목표를 달성하기 위해 초심을 가지고 임해야 한다. 그러면서 올곧게 자기 힘을 발휘하기 위해서 노력해야 한다. 그것이 자기를 이겨내는 마음이고, 오래도록 자기가 정한 목표를 달성하는 여정이다.

목표를 이뤄가는 과정에서는 예기치 않는 장애물을 만나서 이를 극복하기 위해 노력해야 할 때도 있다. 그렇지만 가장 중요한 것은 그럼에도 불구하고 이를 극복하기 위한 전략을 수립해서 가능한 한 경제성 원칙에 의해서 힘을 비축하면서 목표 달성을 향해 나아가는 것이다. 그것이 자기를 온전히 자기답게 이끄는 길이다.

벽장 사이 불빛

천민으로 태어났다는 이유로 글공부를 하고 싶어도 하지 못하던 시절이 있었다. 그 당시 책이라는 것은 양반의 고유한 전유물이었기에 감히 천민은 함부로 보지도 못했다. 그러한 책을 지금은 누구나 볼 수 있다. 신분 차별도 없다. 배우고 익히는 데 왕도가 없다는 말이 있듯이, 이제는 누구나 책을 읽고 싶으면 언제든지 읽을 수 있다. 그런데 이런 시대에도 살림이 궁핍하고 가난해서 공부를 하고 싶어도 하지 못하는 사람들이 많다. 더 공부를 하고 싶고 열정을 다해 공부하고 싶은데 생활고로 인하여 어쩔 수 없이 학업을 중단해야 하는 사람들도 많다. 그런데 가난하다고 꿈조차 가난할 수 없지 않는가?

지금은 글로벌 인터넷 시대다. 향후에는 소멸되기 쉬운 직업으로 교사나 선생님을 꼽는다. 그만큼 가르치는 사람들이 줄어든다는 것이다. 또 누구나 인터넷으로 학습하고 자기 스스로 학습할 수 있는 시스템과 인프라가 구축돼 있기에 이제는 굳이 가르치는 사람이 필요 없게 됐다. 또 굳이 학교에 가지 않아도 집에서 인터넷 강의를 통해서 배울 수 있기 때문에 공부하고 싶은 의지만 있으면 얼마든지 공부할 수 있는 시대다.

'착벽투광鑿壁偸光'이라는 말이 있다. 이 말은 "어두워도 등을 밝힐 수 없을 정도로 가난해 남의 집 벽을 뚫어 그 사이로 흘러나오는 빛으로 글을 읽는다."라는 뜻으로 힘들게 공부하는 상황을 가리킨다.

추운 겨울밤에 불을 밝힐 수 있는 기름이 없어서 남의 벽장 틈으로 비춰지는 불빛으로 책을 읽을 정도로 찢어지도록 가난하게 살았다면 아마도 추위에 떨면서 책을 봤을 것이다. 그토록 가난하고 어렵고 힘든 상황에서도 배우고 싶은 마음이 얼마나 간절했으면 그리 했을까를 생각하면 측은하다는 생각도 든다.

지금도 공부를 하고 싶지만 생활고로 인해 학업을 포기하고 산업 현장으로 달려가는 사람들이 많다. 그들은 낮에 일하고 밤에 공부하면서 나름 자기가 이루고자 하는 꿈을 향하여 쉬지 않고 계속 노력한다. 유일한 취미가 공부이고 공부를 하고 있으면 시간 가는 줄을 모르는 사람들, 그들은 모든 시름과 고통과 아픔 속에서도 공부하면서 자기가 품은 희망을 불태운다. 그런 사람들이 진정으로 공자에 버금가는 호학가다.

라면이 먹고 싶어서 마라톤 선수가 되었다는 어느 선수의 말처럼 배가 고파서 돈을 벌어야 하고 돈이 없어서 일을 해야 하고 가난해서 프로 선수 생활을 할 수밖에 없었던 시절이 있었다. 그야말로 먹고 살기 위해서 어쩔 수 없이 해야 했고 하지 않으면 굶을 수밖에 없는 처지에서 생활하던 암흑기였다. 지금의 중년들은 그런 상황에서도 악착같이 뭔가를 해야 한다는 생각에서 열정을 다해 주경야독하면서 생활했던 시대를 살았다. 그런데 지금은 배가 고파서 돈을 벌려고 하는 사람도 드물고 가난을 극복하기 위해 이를 악물고 일을 해야 한다는 사람도 드물다. 그래서 항간에는 많은 사람들이 요즘 사람들은 헝그리 정신이 부족하다고 말한다. 이제는 그 어느 때보다 악으로 깡으로 버텨내는 칠전팔기의 정신과 기필코 이루고 말겠다는 강한 의지를 가진 인재가 필요한 시점이다.

강한 내가 되는 습관

아는 만큼 보이고,

보이는 만큼 느끼며,

느끼는 만큼 행동한다.

낮추면 나아진다

대다수의 사람들은 지나온 날보다 더 좋은 삶을 살고 싶어 한다. 현재가 좋은 사람들은 현재 같은 좋은 시절이 오래도록 잘 이어지기를 바라고, 현재가 고통스러운 사람들은 현재 겪고 있는 이 고통의 늪에서만이라도 벗어나다면 여한이 없겠다고 말한다.

물론 고통에서 벗어난 인생이 좋은 인생이다. 그런데 사람의 마음은 참으로 간사하다. 오늘의 고통에서 벗어나면 더 이상은 욕심내지 말아야 하고 오늘 느끼는 행복에 감사하고 기뻐해야 하는데 그렇지 않다. 자기의 힘이 미치는 한 현재보다 더 좋은 인생을 만들고 싶어 한다. 그런데 진정으로 좋은 인생을 살기 위해서는, 삶이 좋아지면 좋아질수록 낮은 곳에 임해야 한다. 사람에게는 자기보다 잘나가는 사람은 어떡하든 끌어내리려고 하는 추악한 본성이 있다. 그렇기에 그러한 본성이 전면에 나서기 전에, 타인보다 낮은 자세로 임하고 타인을 섬겨야 한다.

이 책에서 말하는 세 가지를 좋아한다고 해서 혼자서 좋은 인생을 살기는 어렵다. 이 세 가지를 습관화하고, 여기에 겸손이 체화된 삶을 살아야 한다. 즉 겸손한 삶의 바탕 위에서 사람과 일과 학습이 일치를 이루는 삶이 진정으로 좋은 인생이다.

고전을 읽다 보면 어떤 현자의 삶이 좋은 삶인지를 분간하기 어렵다. 논어를 보면 공자의 삶이, 장자를 읽으면 장자의 삶이 좋아 보인다. 2천5백년이 흐른 지금에도 이들의 삶이 좋아 보이는 이유는 많은 사람들이 널리 복되게 살 수 있는 혜안을 열어주었기 때문이다. 또한 이들은 진정으로 강한 사람이었다.

내가 말하는 강한 사람은, 많은 사람들에게 빛을 주기 위해서 진리를 탐구하거나 정의로운 사회를 구현하는 데 앞장선 사람이다. 이에 더하여 더욱더 좋은 인생은, 자기가 가진 역량을 사회에 공헌하고 오래도록 후손들에게 전하여 세상을 더 밝게 이끄는 선구자 역할을 하는 사람이다.

사실 이 책에서 말하는 세 가지를 좋아하게 되면, 교만해지거나 자만할 시간적인 여유가 없다. 또 나날이 자기의 성품과 인품이 좋은 인생을 사는 사람으로 세공된다. 아울러 일과 학습과 사람을 좋아한 결과로 배우고 얻은 것들을 다른 사람과 나누면서 보다 아름다운 세상을 여는 사람으로 거듭날 것이다.

황금빛 쇳물이 용트림하는 쇠섬에서
김해원 작가 〈해원기업교육연구소 대표〉

【참고문헌】

『(내 인생에 힘이 되는) 고전명언하루 5분, 고전과 만나는 시간』, 권경자, 한솔씨앤엠(2013)

『강의 : 나의 동양고전 독법』, 신영복, 돌베개(2016)

『강자를 이기는 최소한의 공부』, 장윤철, 스마트북(2014)

『격과 치』, 민경조, 알키(2014)

『경영전쟁 시대 손자와 만나다』, 박재희, 크레듀 출판사(2006)

『고전 오락, 고전에서 얻는 5가지 즐거움』, 허경태 지음, 도서출판 큰나무(2015)

『고전은 내 친구』, 안진훈, 21세기북스(2014)

『공부란 무엇인가』, 책담(2014)

『공자, 최후의 20년: 유랑하는 군자에 대하여』, 왕건문, 글항아리(2010)

『공자전 : 이천오백 년 동안 세상을 지배한 남자』, 바오펑산, 나무의철학(2013)

『그때 장자를 만났다』, 강상구, 흐름(2014)

『나를 바로 세우는 힘』, 정젠빈 지음 / 원녕경 옮김, 제이플러스(2015)

『나를 지켜낸다는 것 : 칭화대 10년 연속 최고의 명강, 수신의 길』, 팡차오후이, 위즈덤하우스(2014)

『논어 : 세상의 모든 인생을 위한 고전 글항아리 2012

『동양고전의 바다에 빠져라 스마트북스 2013

『동양철학 인생과 맞짱 뜨다 신정근 21세기북스

『리더를 위한 한자 인문학』, 김성회, 북스톤

『마음을 움직이는 승부사 제갈량 : 승부처는 사람에게서 나온다』, 자오위핑, 위즈덤하우스(2012)

『마흔에 읽는 손자병법: 내 인생의 전환점』, 강상구, 흐름출판(2011)

『명랑 고전 탐닉 행성 :B』, 임자헌, 잎새(2014)

『사기 선집』, 사마천, 민음사(2014)

『사기 성공학 : 사마천에게 배우는 인생 경영 비법』, 김원중, 민음사(2012)

『사기를 읽다』, 김영수, 유유(2014)

『사마천 평전 - 가장 낮은 곳에서 가장 높이 보다』, 지전화이, 글항아리(2012)

『사서의 명언』, 고성중 엮음, 한국문화사(1996)

『3분 고전 古典 :내 인생을 바꾸는 모멘텀MOMENTUM』, 박재희, 작은씨앗(2010)

『3분 고전. 2 :나를 돌아보는 모멘텀MOMENTUM』, 박재희, 작은씨앗(2013)

『365 한줄고전』, 이상민, 라이온북스(2012)

『승자의 안목 :고전과 비즈니스에서 세상과 사람을 읽는 법을 배우다』, 김봉국, 센추리원(2013)

『(의역동원)역경』, 주춘재, 청홍(2006)

『옛사람이 건넨 네 글자』, 정민, Humanist(2016)

『왕의 경영 :수신수신에서 치국치국까지 정조가 묻고 세종이 답하다』, 김준태, 다산북스(2012)

『왼손에는 사기 오른손에는 삼국지를 들어라』, 밍더, 더숲(2009)

『운명 앞에서 주역을 읽다』, 이상수, 웅진지식하우스(2014)

『이기는 묘책 :역사를 바꾼 승리의 주역들이 갖고 있는 비밀』, 이상각, 케이앤제이(2008)

『이중톈, 사람을 말하다 :인생의 지혜를 담은 고전 강의』, 이중톈, 중앙북스(2013)

『인문학으로 스펙하라』, 신동기, 티핑포인트(2012)

『인생 격언』, 김규회 외, 끌리는책(2015)

『인생의 품격 :북경대 인문 수업에서 배우는 인생 수양법』, 장소항, 글담(2013)

『1분 인문학 소소소』, 윤석미, 포북(2013)

『1일 1독 :매일 읽는 중국 고전』, 김원중, 민음사(2013)

『일침』, 정민, 김영사(2012)

『조심』, 정민, 김영사(2014)

『청춘의 인문학』, 안상헌, 북포스(2014)

『PD 고전을 탐하다』, 고영규, 경향BP(2012)

네이버 지식백과, 네이버 두산백과, 네이버 한자사전